U0528896

王安忆
长篇小说

# 上种红菱下种藕

人民文学出版社

图书在版编目（CIP）数据

上种红菱下种藕/王安忆著. —北京：人民文学出版社，2018（2020.4重印）
（王安忆长篇小说）
ISBN 978-7-02-014426-6

Ⅰ.①上… Ⅱ.①王… Ⅲ.①长篇小说—中国—当代 Ⅳ.①I247.5

中国版本图书馆 CIP 数据核字（2018）第 164058 号

| 策划编辑 | 杨 柳 |
| 责任编辑 | 刘 稚 |
| 装帧设计 | 刘 远 |
| 责任印制 | 王重艺 |

出版发行　人民文学出版社
社　　址　北京市朝内大街 166 号
邮政编码　100705
网　　址　http://www.rw-cn.com

印　　刷　三河市宏盛印务有限公司
经　　销　全国新华书店等

字　　数　190 千字
开　　本　850 毫米×1168 毫米　1/32
印　　张　8.25　插页 2
印　　数　5001—8000
版　　次　2019 年 8 月北京第 1 版
印　　次　2020 年 4 月第 2 次印刷

书　　号　978-7-02-014426-6
定　　价　34.00 元

如有印装质量问题，请与本社图书销售中心调换。电话：010-65233595

目 录

第一章 1

第二章 27

第三章 69

第四章 125

第五章 175

第六章 215

第七章 255

# 第 一 章

## 1

夏静颖生在出秧的季节,所以小名就叫作秧宝宝。九岁那年,她母亲决定跟她父亲一同去温州做生意,把秧宝宝寄养在镇上的朋友家里。这样,他们在沈溇的老屋就空出了,让隔壁的公公住进去看房子。

老房其实已经有点荒寂了,但在秧宝宝眼睛里,却是繁荣的。院子里垒着一个鸡窝,屋檐下钉着一具鸽笼,石头条凳上,搁着晒菜籽的空竹匾。房间大床里面,有一面墙那么高和宽的橱,是爷爷和奶奶从上海带来的,上面嵌有无数个大小抽屉,要是有兴趣一个个拉开来看,就可能找到一些意想不到的小玩意儿。隔着穿廊的另一间屋,原来是爷爷奶奶的房间,现在爷爷不在了,奶奶去绍兴的娘娘家住了,所以就专门用来放东西。爸爸妈妈的旧自行车、旧缝纫机、旧的采菱用的长圆形大木盆、米桶、舂米的舂子、一架破纺车,还有一套柳桉木的家具坯子,没有上漆,摞起来,顶到梁下面了。然后从东西房中间的穿廊走过去,就到了灶间。这里的光线比较暗,加上墙壁被柴火熏黑了,就显得更暗,但这却是老屋里头最兴旺的一处。黑黢黢的木梁上,七高八低悬了至少有十二只竹篮,底下一眼大柴头灶,熏黄的灶身上隐约可见粉红粉绿的莲花。灶上嵌着生了黄锈的大铁锅,直径快有一米的木锅盖戗在一边。灶旁边是液化气钢瓶和液化气灶的铁架。再旁边是一口大菜橱,装着纱窗纱门,也熏得变了颜色,里面放着碗、盘、勺、筷、油盐酱醋。锅是挂在墙上的,大大小小,有两排。从厨房的门口走过去,就是后院了。

后院里,一地的南瓜藤、丝瓜藤、葫芦藤。架子散了,藤蔓就在地面上错乱地爬着。南瓜叶子里,伸出几株月季花,到了季节,自顾自地一期期开花。在厨房的后窗下,用水泥砌了一方小池塘,专接雨水,在落叶底下,水还是很清的。旁边呢,还有一眼井。这是家里的"冰箱"。夏天里,有怕馊的剩饭菜,就盛在一只碗里,碗装在桶里,放下井去,用绳子吊着。还有西瓜、汽水,也都吊着,冰在井水里。在院子底的角落里,有一棵香椿树,树冠很大,罩了一片阴地儿。树底下,埋着爷爷的骨灰,还有上海的曾祖父、曾祖母,又有一个早逝的姑婆,他们的遗骨和骨灰也都埋在这里。所以,这一片的南瓜藤蔓,便微微起伏着。照理说,这后院是有些阴气重,但因为他们都是亲人,院子又不大,花木藤叶挤挤挨挨的,倒很热闹。秧宝宝在南瓜藤叶里翻,有时候就会翻出一个金黄色的小南瓜纽,是自己落籽长的。她把小南瓜纽很珍贵地放在屋檐下的空鸽笼里,然后就忘掉了。

在老屋的前后,村民们都盖了二层或者三层的新楼,水泥梁,水泥板。在水泥的房檐底下,竟也筑了燕子窝。并且,还是旧年的燕子。并且,谁家的燕子还是谁家的燕子,一点不曾出过错。这都是几十代的燕子了。傍晚,老燕子领了小燕子学飞,漫漫的一片,从老屋的顶上过去。村民们都说,夏介民一家是要走的。夏介民是秧宝宝的父亲,他做轻纺生意。开始在柯桥轻纺城替人看摊位,后来有了本钱,就自己做了。沈溇有不少壮年人出去做工业和做生意,做大了,就不回来了。人们常常问秧宝宝:秧宝,什么时候走啊?秧宝宝就站住脚,乜斜着眼,不怀好意地笑着:下半天走。走哪里去?人们再问。走太平洋去!秧宝宝收起笑容,给个白眼,走开了。

这地方的女孩子,多是略有些两头尖的鹅蛋脸,小小的。眼睛是细长的单眼皮,俏一些的呢,就有些吊梢,鼻梁紧窄一些,嘴再尖一些。秧宝宝还没长开,看不出俏还是丑。而且,和这个年纪的小孩子一样,皮色很黄,五官就像生气似的蹙着。神情确实也有些忧郁。但秧宝宝还是有她特别的地方,那就是她的头发。她的头发又厚又密,和她这个年纪很不相符地黑亮着。因为怕热,妈妈就将它们高高地拢在头顶,盘个髻,系一圈尼龙丝带。因为头发扎得紧,将她的眼睛吊了起来,真有些吊梢了。看起来,就像个古代的小姐。人们看见了,都会说:这孩子的头发实在好。但也有那么几个老婆婆什么的,却说:这小孩头发这么多,心思不晓得有多少。

将秧宝宝送到镇上朋友家的一日,妈妈舀了后院池塘里的天落水,烧热了,替她洗了头发,自己也洗了。秧宝宝的头发原来是随她妈妈,她妈妈就是这样一头厚发,放下来,满满一脸盆。母女俩洗好头发,就坐在前院里的石条凳上晾头发,看隔壁公公蹲在院子地上,拣菜籽,一边和他说话。公公是个耳背的人,问三句,回答一句,还是答错的。妈妈问:准备下什么菜籽?公公不响。妈妈又问:时间对不对了?公公不响。妈妈再问:院子里原先的南瓜、葫芦,还能不能活?公公说:阿仁家昨晚提住一只黄鼠狼。秧宝宝说:公公养不养鸡?鸭呢,养不养?还有,白狗养一只不是好看家吗,养不养?"白狗"就是鹅。公公也是不响,最后才说一声:今早来不及去周家桥吃茶了。他们两下里就这么自顾自说着,一点对不上茬。可是,公公在竹匾里拣着,拣着,忽然间嘟囔了一句:房子要是无人住,立时三刻塌。这好像和她们的问题有关系了,都是对这老屋的关心。

妈妈将手伸进秧宝宝的头发里试了试,凉阴阴的,还要再晾会儿。公公拣完菜籽,将竹匾拖到太阳地儿里,转身进到房间,抱出他刚搬来的衣物,走到她们跟前,示意她们让开,将衣物摊在石条凳上,吹吹风。这母女俩,一人披一头黑发,站在院子边上,看公公忙碌,安顿他的新家。

公公的儿子,一个在绍兴,一个在杭州,又有一个,过继给别人了,在上海。前两个,来接过公公,公公都不肯去。后一个,则提议一起出钱帮公公翻房子。公公的房子实在太小太破了,眼看着趴到了地面上。公公也不肯,说他是要死的人,要造就造阴穴。现在,秧宝宝家请他来看房子,倒很好。公公不必离开沈溇,又有房子住。他的那间屋,入夏后头一场雨,就下成了一张筛子。

时候不早了,公公到灶间里忙中饭去了。公公早年在一间中学里,给先生们烧过饭,厨上的事会一点,就比较讲究吃了。不一时,灶间里钻出一股草木烟,很汹涌的,呛得母女俩在院子里乱跑。公公是在烧那口大灶了。烟囱也不晓得通不通呢!柴草也是湿的。妈妈拉着秧宝宝跑出院子,站在院墙外边水杉树底下,给秧宝宝梳头。水杉也是秧宝宝家的,围了院墙一周,太阳渐高,投下一团团的影。前边的空地上,一只白狗很骄傲地踱着步子,秧宝宝喊它:鹅娘,鹅娘!它眼也不斜一下,往溇那边走去了。从两排楼房中间的土路望过去,看得见前面河上头,白花花的一片亮,是河里边的塑料泡沫块,在太阳下反射光线。人们买来彩电、音响、冰箱,还有各种各样新式的灶具、用品,拆开纸板箱,将东西搬进新房,纸板箱或者装东西,或者叠起来卖钱。那些撑箱的塑料泡沫块,就没用了,丢在河边,叫水带走,一直带到溇底,堆积起来。

妈妈替秧宝宝梳了一个双髻,各在耳朵稍后的上方,系上粉红色的尼龙丝带。这样,就变成了一个古代的丫鬟。今天,秧宝宝穿了一件新连衣裙,白色的,裙摆上缀着粉红的荷叶边,领口袖口上也缀了花边,脚上是新的白色皮凉鞋,是出客的装扮。然后,妈妈回到院子里,推出自行车,忍着咳呛,对着后面的灶间喊一声:公公,我们走了!晓得他听不见,就不等他答应,带上秧宝宝走了。走出一截,坐在后架上的秧宝宝回头却见公公正在老屋门口跳脚,手里挥着一包什么东西。秧宝宝就喊妈妈停车。妈妈骑着车绕回去,绕到公公跟前,公公将手里的东西往车前铁丝筐一放,回进去了。一看,是一块火腿。妈妈感叹道:公公多讲礼数!再将车掉了头,骑过去,上了小石桥。这时候,老屋顶上的烟囱出烟了,白色的一缕,升到顶上,轻轻地绽开一朵花,花瓣垂下来,谢落了,然后,新的花又绽开了。

秧宝宝抱着书包坐在车后架上,她的换洗衣服、毛巾脚布、漱口杯,早两天已经送过去了。走在路上,不时遇到人,招呼说:走啊?有妈妈应着,就轮不到她说话。等那人走过来,朝她笑,她便横过眼睛,给那人一个白眼。那人还是笑,一边笑一边点头,好像终于被他说中的样子。秧宝宝气狠狠的,但心底里,还是快乐的。到底是出门。总有些新鲜的人和事在等着她。她直起腰坐得更端正些。这姿势很配她这身裙子,有着淑女的仪态。麦子熟了,麦芒在阳光下闪闪发亮,风吹过来,麦穗摇摆着,麦芒的光亮就错乱着,擦出小小的金星。麦田里,这一边,那一边,矗立着水泥墙水泥顶的厂房。隆隆的机器声从这边那边传过来,交会在一起。燕子就在机器声中沉默地飞翔着。

这些厂房大多很简陋,单薄又粗劣的水泥预制板搭起来,再围一个院子,石棉瓦拼几间工棚。车间的水泥地上立着机器,机器也多是旧的,从山东,或者东北,那些破产的国营厂低价拉来。工人呢?是从四川、安徽、河南甚至广西招来的。他们停人不停机,一天两班倒着做。这些厂,大多是布厂,从杭州湾的上海石化厂买来尼龙丝什么的,织成化纤制品,交货给温州、杭州,甚至上海、广东的布商。这是大的批发买卖。另外还有无数小的零售商,他们云集在柯桥的轻纺城里,租一间门面,辛苦勤勉地做,也能做大。秧宝宝的爸爸夏介民,就是其中的一个。

他们将要去的一家人家是在华舍镇上,是夏介民在轻纺城交上的一个朋友的老师家。老师姓李,已经退休,小孩子寄在那里,不仅有吃有住,还有人辅导功课。秧宝宝读书的小学,就在镇口上。所以,样样事情都很方便。

沈溇到华舍镇,本来只有三四里路,现在镇扩大了,一出沈溇的村道,就上了新街。在水网密集的江南,新街显得不恰当的宽阔。平展的水泥路面,白森森的,没有一点遮阴,两边的房屋也因此变得低矮了。车辆轰隆隆地从新街驶过,车尾卷起一层层灰尘。新街上的空气是干燥的,"实是灰天灰地",人们从新街走过,就这么说。新街边上,有一些厂房,气派可是要比田间的那些大得多。厂名刻在花岗石的墙壁上，涂上金，门是那种自动伸缩的铁栅栏门，门卫穿着保安的制服。厂房的外墙，都贴着白色的马赛克，连体的铝合金大玻璃窗，三层或者四层。切莫以为那是什么大老板的厂，也都是些二三十岁的小老板，和秧宝宝的父亲一样，高中毕业，先是给人打工，然后自己做。会做，加上运气好，就做大了。所以，镇上有的是大小老板，人们称呼那些壮年的男性，不是称"先生"，不是称"师傅"，更不是称"阿叔"，而是叫"老板"。

这一条新街从西直向东去，从老街边上擦过，经过一领水泥桥，就到了镇东边的口子上，李老师的家，就住在路南边的教工宿舍楼里。楼下是一爿建材商店，旁边一扇小门进去，向右手一拐，就看到了楼梯。李老师家住在二楼。

## 2

李老师的家是个大家，李老师，李老师的丈夫，也是老师——顾老师，李老师的儿子、媳妇、女儿、女婿，还有一个四岁的外孙，现在又加上了秧宝宝。

李老师因为是双职工，然后自己又出些钱，所以就得到两套两室户，从阳台这边打通。虽然是新楼，还是老派的实惠的风格。没有厅，也没有转弯抹角的花巧，面积都在房间里，而且四间都朝南，一排展开，所以就有些像学校的教室。厨房、厕所，再有个小小的门厅，是朝北，开一扇门，通楼梯。现在，其中西边一套房子的门封起来了，进出全在东边那一扇门里，再从阳台的门互相走通。阳台的门是开在两间房里比较大的一间，所以，倘若要到西边的一套房间里去,就要穿过东边的大房间,走到阳台上,再从西边的阳台门进去。

东边的大房间,因为进出全在这一套的门里,所以,这个房间就等于是敞开式的,像弄堂一样,权作客堂间。吃饭、会客、看电视,都在这里。伙仓也开在这边的厨房里,那边的厨房则堆东西,米、煤球、干菜,杂七杂八,一时用不着,却又不敢扔的东西。两对小夫妻分别住两套里面积略小一点但却比较封闭安静的一间,那一间大的呢?也要供走路的,就住李老师和顾老师。他们的大床的横头,依墙新搭起一张钢丝床,就是秧宝宝的地方了。

这一家人,七八口,老的,小的,进进出出,杂沓而热闹。尤其是那两对小夫妻,四个年轻人,虽然不是太大的个子,可血气旺盛,很占地方,就更显得逼仄了。秧宝宝跟了妈妈一进去,就觉得家里穿来穿去的都是人。来不及看清楚面容,一晃就过去了。只是有无数张笑脸,在面前闪着。耳朵里声音很多,大人小孩的说话声,还有电视机里播放的电视剧人物的讲话。桌上的菜碗也是多的,一直铺到桌沿,都放不下饭碗。为秧宝宝来,李老师家特地杀了一只鸭子,拆了骨头,蒸熟,纯精的鸭肉,也只有一碗,放在了客人面前。其他的菜有河虾、干菜肉、炒南瓜。茄子、豇豆、百叶切成小方块,蒸熟,浇上豆腐乳汁。霉渍的苋菜梗,小包装的奶黄包、豆沙包,店里买来的熟食:火腿肠、熏鱼、牛百叶什么的。反正,家常人家的下饭菜,都堆拢到这里来了。

来的时候,秧宝宝是觉得肚饥的,此时,却吃不下了。饭锅盖揭起来,那米饭的微酸的蒸汽,竟有些叫她反胃。正午的烘热里,夹了些潮气,也叫人没胃口。秧宝宝低了头,筷子尖数着米饭粒,碗面上早叫各种菜堆满了。听大人们说:刚来,陌生,明天就吃得下了。也不以为是在说自己。她变得有些木呢！终于吃完饭，妈妈将她领到李老师的房间，替她换下新裙子，只穿短裤和圆领汗衫。看着妈妈将她的新裙子挂在衣架上，衣架又挂在墙上一颗钉子上，就好像看着别人的新裙子。妈妈让她躺下，搭上一条毛巾毯，然后，凑得很近地看着她的脸。因为离得太近，妈妈的脸变得不像，还变得模糊。妈妈的头发是束在背后的一把，因为刚洗过头，鬓角这里蓬松着，里面藏了两个金耳坠，垂得长长的，在秧宝宝眼睛里打秋千。那金的颜色很灿烂，把妈妈还很年轻的脸，衬得黑黄而且干枯了。

宝宝，你没有哭吧？妈妈小声说，李老师很慈祥的，家里也很热闹。过几天，妈妈会来看你。妈妈接着说。

秧宝宝并不想哭，好像是没有哭的心情。她翻了个身，脸朝墙壁，闭上了眼睛。等她再睁开眼睛，发现自己是睡过一觉了。房间里光线很强烈，空气亦是烘热的，却有风，拂在身上，凉丝丝的。李老师家里这时很安静，窗外的蝉鸣便涌了进来。这里的蝉鸣也和沈溇的不一样：嚓唧，嚓唧，有一种金属声，爆得很。沈溇的蝉鸣不是那么响亮，却绵密和悠长。秧宝宝的床，是朝了阳台门，顺墙放的，阳台的纱门，在光线的照射下，布着无数个细密的光亮的小孔。透过纱门，可看见阳台的水泥护栏，那上面的光，耀眼得很，雪亮的一道。仔细地看去，那雪亮的一道，不是静止的，而是缓缓地在游动。越过去，可看见一点点屋顶，是路对面的房顶，隐约的一道线，亮得要弱一些。看久了，也是游动的。纱门的旁边，放了一张书桌，那种黄漆面，学校里老师用的办公桌，上面一盏纱罩台灯。纱罩原先大约是粉红的，现在却变黄了。灯下有一摞书、一瓶墨水、一个竹节笔筒。还有一个小孩子的吃饭碗,塑料的,上面印着鲜艳的卡通狗,里面搁着一把勺子,好像是吃饭吃到一半,随便往上一放,人就走了。书桌上方是一扇纱窗,纱窗和纱门之间的一条墙上,挂着一幅挂历,挂历上画着水墨山水。雪白的亮光纸,在房间里充沛的光线下,反着光,纸面就显得不那么平整,起伏着。不晓得哪里来的风,吹着,挂历轻微地一翕一开,一翕一开。

那样的静,可是周围都是人。书桌前面的地上,有一双塑料拖鞋,亦已经穿久了,鞋上有着一个脚掌的印子,是汗渍和摩擦形成的。这是李老师的拖鞋。书桌前面的大床上,李老师也在睡午觉。人们在各自的房间里睡午觉,这是一个星期天的下午。秧宝宝想,明天要上学。她想着学校里那些熟悉的人和事,可是,学校却变得陌生了。秧宝宝坐了起来,双臂环了耸起的膝盖,抵着下巴。这样,她就看得见对面的房屋,隔着一条宽阔的路。那是几间二层和三层的水泥楼房,其中一间,装着霓虹灯的铁架和灯管。房顶上,竖着几杆电视天线。她甚至能看见更远处,有一个小小的金灿灿的琉璃瓦尖顶,是哪个老板的房子。即便是透过纱窗,天还是那么蓝,而且足够明亮,有一些小黑点在上下飞舞,是田野上的燕子。现在,连燕子也是遥远的了。

有一个声音在耳畔轻轻地说:睡觉啊?回头一看,李老师正伏身在她跟前。她也压低了声音:睡过了。李老师又说:起来做功课啊?她就下了床,让李老师引她到书桌前,坐在一把藤圈椅里,打开书包。她轻着手脚,生怕弄出一点声音,吵醒了家里的什么人。其实,功课早已经做好了,可她还能做什么别的呢?李老师不再睡了,走来走去做着什么,拖鞋底轻轻地擦着地面。最后,她走到阳台上,从书桌前的窗外走过去,进了那一套房间。

这一个下午,就这么过去了。秧宝宝很庆幸李老师引自己坐进这张藤圈椅里,这张藤圈椅将她藏得很好,从后面完全看不见她。房间里渐渐有了些声音,阳台上有些人影晃动着。有人穿过她身边,走到后边厨房里取东西,又走了出来,没有打扰她。她呢?把自己缩得很小,悬着脚,坐在藤椅的深处,举着一本语文书看着。藤圈椅也是旧的,颜色磨得又黄又亮,扶手上的藤条已经散了,又续上尼龙丝缠起来。房间里的光线柔和了一些,秧宝宝心里的孤寂,也柔和了一些。家里的人,都聚在那边的客堂里,叽里呱啦地说话。李老师过来看了她一回,问她去不去那边看电视,她小声说,不去。中间,那小孩子也过来一回,来拿他的小碗。他踮着脚,扒着桌沿,秧宝宝再将碗朝他跟前推推,才够着,拿到就跑了。有一刻,秧宝宝听见自己的肚子在叫,感到了肚饥,可还远不到吃饭的时间。等来叫她吃饭了,肚子又饱了。她穿着短裤汗衫,头上还梳着双髻,低头跟了来叫她的人走过阳台。上午那穿了新裙子的淑女,此时换了一个人。太阳已经下到路的尽西边,热气蒸发了,风是凉爽的。

这一顿饭,秧宝宝不再是客人了,所以,人们就随便得多了。说随便,不是说饭菜上有什么疏漏,其实也还是中午的那桌菜,但是,吃饭的规矩却散漫了。后来,又住了几天,秧宝宝就知道李老师家吃饭就是这样,不等人的。谁先到了,就坐到桌边去吃。吃完了,拿开自己的碗放到水斗里,就走开了。第二个人到了,再坐下来吃。但无论谁先谁后,总是李老师压阵收尾,最后一个吃。这时候,是李老师的女儿,拿着小孩子的塑料碗,站在桌边,挑挑拣拣地搛菜。搛好了,将小孩子领到一边去,喂他吃。其余的人,有要看电视新闻的,有要洗澡的,李老师又要最后一个吃,结果只有秧宝宝、李老师的媳妇,还有顾老师三个人在桌边吃。不晓得是谁的筷子,往她的碗里搛菜。勉强吃了半碗,就停下来了。人们劝她再吃,说:你不是来做客人的啊!秧宝宝摇摇头,走出房间,听见身后有尖脆的声音说:不要劝她,饿了自然要吃了!那是李老师女儿的声音。秧宝宝的眼睛就潮了。她低下头快步走过阳台,进到房间,重新坐回到藤圈椅里,再拿起语文书,一个字也看不清了。

秧宝宝悄悄地哭着,心里倒轻松了一些。这时,有人从那边房间过来了,走进门,看了一眼秧宝宝,吃惊地叫道:你哭了?又是李老师的女儿。她托起秧宝宝低下去的下巴,秧宝宝看见了她的眼睛,大,而且圆,讥诮地看着她。秧宝宝挣了一下,她松开了秧宝宝的下巴,却捉住了她的手,将她拖了出去,直拖到那边客堂里,对大家说:小人儿一个,在那里落眼泪,扮林黛玉呢!大家笑了。秧宝宝的眼泪干了,她拼命挣出手,反身跑过阳台,回到房间,一下子坐进藤圈椅里。这一次,她是直直地坐着,腰背挺着,双手紧紧握着椅把手,眼睛瞪着前方,微微气喘着,心里说:怕你!

这一天最后的一点时间,在对李老师女儿的仇恨中过去了。

李老师的女儿叫闪闪,出生时,天上正打着雷闪。她的脾气也像闪电,急、快、暴,但转瞬即逝,又云开日出。她长了一张略方的圆脸,中间有些凹,就显得比较厉害。她笑起来,嘴大大的,眼睛也大大的,又变得快活和爽朗了。她长得不是顶好看,但却和本地人带些乡气的脸相是另一路的。而且,皮肤很白。所以,从小,人们就叫她"上海人",尽管,她们家和上海,可说是一点瓜葛也没有。她从绍兴的一所幼师毕业后,先是在华舍镇政府幼儿园工作,年前应聘到柯桥新办的"小世界"幼儿园。那是一所"贵族"幼儿园,位置在华舍镇和柯桥之间,占地很大,像美国迪斯尼乐园似的,一座童话宫殿。还没走近去,已是彩旗飘舞,一条条横幅上写:小世界欢迎你。它高薪招聘教师和保育员,绍兴、杭州,甚至上海的幼教人员都有来应聘的。收费自然很高,可如今不是老板多吗,还不是一般的老板,你信不信?柯桥楼层最高的宾馆"鱼得水",就是私人老板开的。所以,"小世界"的生源不成问题。当然,"鱼得水"的小孩子不会来"小世界",他们是要到上海买蓝印户口的,再次一等的,则是到杭州买户口。

闪闪在家里很受宠,凡事与哥哥起了争执,大人就说:亮亮,你让让她,她小。其实亮亮只不过大她一岁。长此以往,闪闪就有些娇惯,但是,同时也养成了比较进取的性格。她很拿得主意,免不了有些独断专行,可到底是有脑子的,不瞎来。家里有许多大事情,都要听她意见,她也就自觉是有些责任的。比如,哥哥的对象陆国慎,就是她找的。是她中学里的同学,平时并不是最要好的,因为不能像仆人那么跟随着骄傲的闪闪。但其实闪闪,却不欣赏性格懦弱的人,她暗地里,有一点服帖班长陆国慎。

陆国慎的长相比较贴近本地人,长圆脸,黑一点,细长眼睛,但到底还是有着自己的特征。她的眉毛比较浓,嘴唇略厚一些,这就使她稍稍出了那么一点格,有了一些异域的色彩,好像马来人。不过,因为她的朴素和老实,看上去,依然是一个典型的本地姑娘。一个大方的本地姑娘,聪明和才智都是藏在肚里,外表总是安静与温和的。下乡学农的时候,班上负责几个猪圈,轮流打扫起圈。镇上的生活其实和乡下差不多,班上还有些家在农户的同学。闪闪在班上是个尖子,就有人自愿代她的班,陆国慎却不让,对那些要代她的人说:你能代她一次,还能代她一世?闪闪说:听你说话,好像是我老娘。陆国慎不理她,扔给她一把铁锹就走了。闪闪虽然娇,但是个硬气的人,她一左一右甩了鞋,放手干了起来。干完以后,回到宿舍,却见陆国慎替她藏了一木桶的热水,让她洗了一个澡。高中毕业以后,她俩一个上了幼师,另一个到杭州读公安学校的委培班。临去上学的时候,闪闪骑着车找到陆国慎家,直逼逼地问道,能不能和她哥哥谈对象。镇上的婚姻都是宜早不宜晚,同时,也是自由开放的。有些孩子,高中时就谈了对象,叫虽叫早恋,可却是认真定终身的。这时,陆国慎也会调皮,说:做你的阿嫂,可不可怜?闪闪认真地说:我哥哥没主意,你给他撑腰,我给你撑腰。陆国慎这才红了脸。

这就是李老师家两个主要成员的情况。

## 3

礼拜一的早晨,照例是紧张和忙乱的。大的要上班,小的,闪闪的孩子,要跟了妈妈一起走,路上把他放到他的幼儿园。因为路远,这一对母子是最早出门的。闪闪戴了草编宽檐的遮阳帽,无袖连衣裙外边系了一条白纱披风,盖住裸露的手臂。小孩子呢?穿了有吊带的西装短裤,齐膝的白长筒袜。鼻子上,架了一副墨镜。看上去,好像外国来的一对母子。然后,由闪闪的丈夫小季将自行车扛下楼,扶一大一小前后上车。虽然早,可路上已经铺过来一层热烘烘的光。闪闪驮着儿子,拉长贴地的影子,驶远了。小季是这家的杂役,送秧宝宝上学的事情,也落在了他身上。他也是做教师的,原本是顾老师班上的学生。闪闪会帮哥哥找对象,但自己的婚姻大事,倒是听父母安排的。这就是闪闪的过人之处,晓得世人都难免事中迷,也晓得大人一定是为自己好的。小季上班的中学,与秧宝宝的学校是一个方向,朝西,还不到那么西,而是在镇的中心。可是不要紧,他们可以早些出门,送秧宝宝到了校,再折回头。所以,他们是第二离家的。第三是陆国慎,在镇南派出所,骑自行车十分钟就到了。第四,顾老师,就在楼底下的华舍中学,听见预备铃响跑去都来得及。最后,是李老师,洗碗、扫地,然后锁门,去菜市场买菜。回来时,从华舍中学门房走一走,拿了当日的报纸,回家看报。

秧宝宝又穿上了白色底,粉红荷叶边的新裙子。昨天才穿了半天,折痕都没压平呢!可她却没有了前一日淑女的仪态端庄,她低了头,含着胸,头上的盘髻打散了,由李老师做主编了一根紧紧的辫子,垂在后颈上。于是,被头发牵起的吊梢眼也下来了,微微倒挂着,带着些受气的样子。就这么,让小季拎了书包、饭盒、水瓶,走下楼去。

楼下,建材店哗啷啷地收着卷帘门,门里就飘出来木材的树脂味。秧宝宝已经上了小季的车后架,忽听有人叫她:夏静颖!不由一惊,心想这里有谁认得她?回过头去,却见卷帘门下面,走出一个人,竟是班上的蒋芽儿。蒋芽儿说:夏静颖,你怎么在这里?秧宝宝说:蒋芽儿,你也在这里?蒋芽儿就说:我们搭伴走吧!秧宝宝立刻从自行车后架上滑下来,蒋芽儿呢,也迎上去,勾住秧宝宝的脖颈,一同走了。小季骑车跟了一截,喊她上车,她也不应,好像不认识一样。倒是蒋芽儿应了他,说:小毛爸爸,你管自去好了。小季只得自己去了。蒋芽儿和秧宝宝原不很接近的,她是沈溇边上的张墅人,后来她父亲为了做生意方便,搬到了镇上,不想,就是在李老师的楼下。这时候,她们两人,就好像他乡遇故知一般,倍感亲切。尤其是秧宝宝,在这陌生环境里遇到了第一个熟人,一下子安心了许多。

她们叽叽喳喳地说着话走路,太阳已经从她们的背后升出地面。她们的影子在地上,斜斜长长的,有一些倩影的意思了。宽阔的水泥路两边,有些稀朗的店铺,两三家建材店、两三家摩托车修理铺,都开了门,门里也进了些太阳。有手扶拖拉机轰隆隆地过来,上桥去,车斗里装着南山挖来的石头,造房子用的。她们也上了水泥桥,桥下路南边是菜市场,路北通老街,就有人声漫过来,气象蒸腾起来。蒋芽儿告诉着秧宝宝一些镇上的人和事:那间五金铺子是谁人开的,卖的全是假货;这边巷子里头一幢五层楼的大房子,住着一个全国十佳青年企业家,开布厂发的;又指着迎面来的一个黑衣青年说,你知道他靠什么吃饭?专门抄报纸上的文章,四处寄出去,赚稿费。

人变得熙熙攘攘起来,自行车铃声丁零零地响着,推上桥,再丁零当啷下桥。桥洞下,不时钻出一条船,船上放着出空的菜筐,立着一把油布伞,上了岁数的艄公用脚推着橹,一步一步划出去了。等她俩进校门的时候,上课铃正好响起来,于是,两人一同惊呼一声,手拉手跑了起来。前脚跑进教室,后脚老师就进来,叫"同学们好",同学们一起站起回应"老师好",她们可说不出声来,只顾大口大口地喘气,互相交换一个眼色,就有一种默契生出来。从这一刻起,她们成了好朋友。

同秧宝宝原先要好的是张柔桑,也是沈溇边上的张墅人,同进同出。现在,下课时,去上厕所,到走廊里谈心,就是三个人了。女同学总是敏感的,因为要好,又分外有心,一天下来,就觉出了端倪。放学时,推不同路的理由,张柔桑很自尊地独自走了,将秧宝宝留给了她的新朋友。要放在过去,秧宝宝就会在意了,可是这一天,许多事情都有了改变,她也有些变了。她与蒋芽儿手挽着手,慢慢往回走。走到近老街的路口,蒋芽儿站住脚,说:带你去个地方,去不去?秧宝宝说:去!两人就转个身,走上一领小石洞桥,下了桥,就是老街。

和所有的水乡镇子一样,街市本是沿水而设。现在,镇区扩大了,新房子和新街快速铺陈开来,几乎将旧时的镇制格局掩埋。只有老街,破烂,朽败,又所剩无几,则隐约流露出原先的依水生存的面目。走进老街,眼前就换了画面,许多颜色都褪去了,褪成黑白两色。笔触呢,变得细和碎,而且曲折。下午三时许的光线,因是夏天,还是硬的,吃不进去,就在黑色的瓦楞上,滚来滚去。檐下的粉墙,墙下街面的石板,亦反射着耀眼的白光。所以,还不能像中国画那样静和柔。倒有些像木刻,或者西洋的钢笔画,风格比较泼辣。

两个孩子走在老街,脚步在石板路上敲击出清脆的声响。老街此时还没从午后的酣睡中完全醒过来,人很少。几爿米店虽然敞着门,却没有人。堆尖的米粒在布袋口,亮亮闪闪的,次一成的就略暗些。一等二等的,都不是新米,倘是新米,也是暗,但暗中有光,玉一样的润光。剃头师傅自己坐在椅上打瞌睡,苍蝇在店堂里唱着嗡嗡歌。她们又走上一领桥,这领桥比较高大,站在顶上,可看见四面,矮房子后面的楼房、工厂,还有老街尽

17

头,河边上的一片豇豆架。她们慢悠悠地走过桥,桥下是黄绿色发出腥臭味的水。这股腥臭从河水里源起,渐渐弥漫了整个镇子的天空,外面的人走进来,立即会感到空气的不同。本地人习惯了,并不怎么觉得,但是,河里的水,他们却早已经不吃不用了。太多的纺织厂、印染厂,污染了河水。

她们从混浊的水上慢悠悠走过,走进两座山墙之间。山墙上长着绿苔,是有年头的老房子。阳光掩进来一个斜角,于是,两面山墙,一面亮,一面暗。因为光照少,地面石板缝里也长着绿苔。蒋芽儿拉着秧宝宝的手,转过山墙,拐进一条巷子。巷子里都是光,长长的一巷。巷子里的门大多闭着,有一两扇开着,她们正要探头朝里看,立刻就走出一个女人,挡住她们的视线,说:小伢儿做什么?那女人的脸相挺凶,秧宝宝就有些怯,蒋芽儿却不管,还从女人的身边往里看。女人身子一挪,堵住她:看什么看?蒋芽儿说:有什么录像好看?女人侧转身,把门一带:娘死匹个录像!再走过几扇门,忽有一扇开了,走出三个男青年,外乡打工仔的样子,茫然地眨着眼睛,是从暗地里猛然走进强光下,什么也看不见地从两个孩子身边擦了过去。这时,她们看见门里,房间深处的一角,撩起半幅布帘,布帘后有一个电视机,屏幕上是空屏的彩条。再过去,门就都关着了,有两扇门里,传出来激烈的格斗打杀的音乐声。这条巷子里,大都是开录像厅的营生。

她们走出巷子,从另两座山墙之间出来,又回到河边。这两座山墙相当高大,她俩站在底下,只是小小的两个人儿。太阳这会儿疲软了一些,光转成姜黄的,老街就变得鲜艳起来,像一幅油画。这两个小人儿漂亮的衣裙使得这幅画面活泼了。她们站在高大的山墙底下,商量下面去什么地方。在她俩商量事的时候,老街的西头,河道稍微开阔一些的地方,停了一艘大船。大船靠了岸,伸出几块跳板,跳板搁上河岸时发出"嘭嘭"的响声。然后就有人担了桶,踏上跳板,一左一右从船舱里舀了水,再挑了走。挑水的人渐渐多起来,络绎不绝,从她俩跟前过去,互相吆喝着:鉴湖水来了!

此时的老街喧嚷起来,人们从几领桥上过往着,店铺里也略有生意了。河边石阶上,有人蹲着涮洗拖把、鸡笼、抹布,水被搅得哗哗作响。洗东西的人隔了河说话,为使对方听见,声音放得很大,可还是在河面上飘散了。

两个孩子说了会儿事,走上另一领小桥,从两个杂货铺间穿出老街。因为跑得太快,将其中一家铺子上一双下秧田的水靴碰落地下,老板就叫:当心魂灵跑落!太阳又向西移过一步,在她们身后,老街褪去姜黄的底色,还原了黑和白,真正成了一幅中国水墨画。所有的细部都平面地、清晰地、细致地呈现出来,沿了河慢慢地展开画卷。

老街外面的新街,这会儿可热闹了。菜市场又开张了,那些打工仔打工妹们买了菜,有的乘了三轮车往回走。所以,三轮车也熙攘起来。另外呢,路边的树底下,架起了几处锅灶,老板弯腰在方桌案上切菜配菜,洗鱼的水连同鱼肚肠一起泼出去,路就变得滑腻腻的。柯桥的矿泉水车也来了,停在路边,两块钱一塑料桶。路南边,离菜市场一百米,有一片空地,种了十数棵桑树,树底下,摆了落袋桌,几个外乡人,赤了膊在打落袋。她们两人,在落袋桌边停了一会儿,看他们击球。其中一个,颈上系着红丝线,挂着沉甸甸的一块玉,回过头看她们一眼,脸上是有些凶恶

19

的表情。这一回,连蒋芽儿都害怕了。两人反身离开了球桌,上了水泥桥,走过一段,蒋芽儿伏在秧宝宝耳边说:他们在赌博!

她们看见了教工宿舍楼,一起快步向前跑去。天边上升起了红云,渐渐铺开,铺开,铺展了天空。很远的地方,有一群燕子在飞,上上下下,滑翔着。

秧宝宝钻进门洞,上了二楼,用李老师配给她的钥匙开了门。李老师家的人都聚在客堂里,闪闪在电视机前放张木盆,给小毛洗澡,一边看电视里的卡通片。桌上的饭菜也放齐了,顾老师和女婿小季喝着啤酒。只少了一个,亮亮,他早上回杭州的大学了,他正在那里读研究生。此时呢?正打电话来,陆国慎就在与他通话。电话正巧在电视机旁边的小柜上,所以陆国慎就不时要将电视的音量调小。闪闪呢,再把音量调大,嘴里说:十八相送才唱过,就唱楼台会。陆国慎不理睬,再将音量调小。

李老师听见门响,回头看是秧宝宝,就说:秧宝,这么晚回来,做什么去了?家里人急煞。秧宝宝自知是晚了,低了头在门边换鞋,不说话。闪闪代她回答道:做什么?做嬉客!做嬉客就是玩耍的意思。秧宝宝低着的头抬了起来,头颈硬硬地从人丛里穿过去,走出阳台门,向那边房间走去。将书包往自己床上一放,坐在了床沿上。房间里略有些暗,床边,墙角的暗里,有几个蚊子嗡嗡地飞。窗下的书桌上晾着一幅尺方,上面写着一个"鹅"字,墨迹已经半干,未干的那一点微弱地起着反光。

有人影从纱窗上掠过,门开了,一个人走到她身边,拎起她的书包,解下系在书包带上的纱布袋,里面装着吃空的饭盒、菜盒,还有水瓶。秧宝宝有一时恍惚,以为是妈妈,可却是陆国慎。陆国慎朝她笑笑,一手提着饭袋,一手拉住她的手,秧宝宝乖乖地站起来,随她走了出去。

吃过饭,洗过澡,换了短裤圆领汗衫,辫子盘在头顶,横插一根织毛衣的竹针,颈后散落着一些碎发。李老师将方桌上的东西都搬开,铺上一张报纸,让秧宝宝在吊扇下做功课。方桌的一半都叫闪闪占去了,摆着五颜六色的教具,苹果样的算盘珠什么的,正在备课。在秧宝宝和闪闪之间的那一边,挤着陆国慎,填一张报表。这家的男眷,则各归各房间去了。李老师凑得很近地看电视,电视机的音量调得极轻,几乎听不出来,是为不要妨碍她们。秧宝宝将自己的书本往边上挪挪,示意陆国慎可以坐宽舒一些,陆国慎很感激地点点头,动了动身子,却并不挪过去。两人之间就有了些友情。就在这时,阳台下面响起了蒋芽儿的声音:夏静颖!

秧宝宝抬起头,正好对了闪闪的眼睛。闪闪蹙着眉,好像在说:还出去! 秧宝宝唰地站起来,因为起来得太猛,将椅子推得"砰"的一声响。转身到门口,一左一右换了鞋,也不系扣,就这么跑出去了。

楼下的蒋芽儿,也是这样洗好澡的一身装扮,手里还拿了一把细木镂空折扇,对着秧宝宝的鼻子扇了扇:香不香? 檀香。只闻见一股很古怪的香气,木头和某种香精混起来的味道。蒋芽儿说:在房间里热不热? 乘风凉去啊! 两个就过到路北边。

4

路的北边,斜过去一些,做成凉亭样式的镇碑,高出地面几级台阶,有里外两围水泥护栏。暗暗的,没有灯,却看得见那里已经坐了一些乘凉的人。镇碑面南而立,东面延向柯华公路,南北向,往柯桥、绍兴和杭州。从镇碑再斜过去的对面,也就是和教工楼一边,再要往东,有一幢两层的水泥楼,四四方方,也和那些纺织厂的车间差不多的格式,但是呢,门的上方却架着霓虹灯。这会儿,红的、绿的,还有一种幽暗的紫,都亮了起来,亮出五个字:华舍大酒店。二楼一行铝合金窗户里面,隐约着有暗红与暗绿的光。四周是空旷的,那一点儿光也并不显得亮和热闹,反而,有一种寂寥似的。

这是镇子的入口,在水泥路的两边,稀疏的几幢房子之间,是还未平整完的稻田。田中间,有人在乘凉,听着半导体收音机,顺耳传过来一些杂音。这儿果真凉快。风,细溜溜地溜过来。白日里的拖拉机、三轮车,这时也都走净了,耳根子便静下来。月亮还未升起来,星星却已经出来了。趁着星光,依稀可见稻田里乘凉的那个人,坐一把破藤椅。碑上的刻字也显出来一半,但依然辨不清,只看得出些横竖笔画。人们在凉爽的细风里,说着闲话。

乘凉的人多是镇上工厂里的外乡人,打工仔和打工妹说着四川话、安徽话,各路乡音。说着说着,渐渐就让路给几个本镇人。那几个本镇人也是青年,牛皮烘烘的,争相说着故事,比试谁的故事惊人。他们的声音高起来,就将人们的耳朵吊了过去。大概因为是徐文长的家乡,此地人都会说故事,不疾不徐,娓娓道来。听的人一多,就越发起劲,说得详细。第一个青年说的故事是关于房子。

有一个老板,造了一幢五层楼的房子。大理石铺地坪,单是厅中央一块牡丹花,就要两万元。楼梯是木扶手,铁镂花,大转角的楼梯,也是大理石的梯级。每层楼有一个洗澡间,各不相同,有莲花样的澡盆,冲击按摩式;有冲淋房;甚至,还有桑拿。每个洗澡间都有电视机,泡澡时可以看。电话是当然有的,就不消说了。这五层楼是这么分配的:底层是门厅,不派什么用场;二层才是客厅、饭厅;三层是卧房,卧房的地板是红木地板,皮鞋踩上去,当当响,不像木头,倒像铜;四层是游戏室,有卡拉OK,有落袋桌,有麻将桌,有健身器,带桑拿的浴间就在这一层上;五层呢,是客房,就像旅馆一样,楼梯口放个柜台,往里去,走廊两边各是房间,每个房间都是标准间的样式。五层上面,其实还有个顶楼,尖顶,堆东西用。这些楼层除去方才说的楼梯外,另有一架三菱电梯上下。这样大的房子,老板家有几口人呢?三口。而且因为老板很忙,老板的朋友也都是忙人,四层的游戏室,是很少光顾的。再有了,老板所在既是个偏僻的地方,又不够偏僻,因为离柯桥、绍兴,甚至杭州,都是不远的,所以也很少有客人要在他这里留宿。因此,他们家实际上使用的,只是底下的三层,上面三层都关煞,电梯也关煞。此地的电压又不稳,点个电灯泡还要时时闪呢!电梯要是行到一半停止,怎么办?就这样,老板一家三口在这大房子的三层楼里生活着。到了年底,老板的娘子要扫尘,就扫到上面几层去了。这时候,她竟然发现,顶楼上住了一个人,在杂物中间辟出一块地方,架了床板,甚至还生了一只煤油炉,炉上炖着鸭汤。你们说奇不奇?

人们唏嘘感慨一番后,再接着听第二个故事。第二个故事也是关于房子。

有一个老板,有一个娘子,种田的。发迹以后,老板又讨了一个小的,当然没有叫大的知道。在柯桥买了一栋小楼,养着。

老板越做越大，厂开一爿，又开了一爿，娘子也讨了一个，又讨了一个。每讨一个，老板就要买一栋房子，养起来。房子是买在不同的地方：兰亭、柯岩、鉴湖、萧山、绍兴。所以，大家除了晓得老板有糟糠之妻，其余统不知道。而那糟糠之妻，依然在乡下，住一栋二层水泥预制板旧房，带两个小孩，劳动生活。老板每月回来一次，住两天，留下五百元钱做家用，便离开了。所以，她们母子三人过得虽然不很宽裕，可也绝不拮据。日子本来是一日一日往下过着，很好。可是，不是有话道"天有不测风云"吗？有一天，老板在宴席上，正喝酒吃菜，猜拳行令，忽然间滚到桌底下，死了。终究不知是什么病，事前一点预兆也没有，所以就没有任何准备，老板没有留下一句话。老板生前给那许多小娘子买的房子，产证都写他自己的名字。婚姻法开国以来就写明一夫一妻制，禁止纳妾，所以，那些娘子法律统不承认，没有继承权。所有的房子，里面的家具、铺盖、陈设，都归了乡下娘子。你们道，她总共收归了几幢房子？九幢！现在，老板乡下的娘子，带了孩子，过着衣食无忧的幸福生活。

人们再唏嘘感慨一番，等着听第三个故事。第三个故事就是关于女人的了。

有一个女人……说故事的人停了停，将脸转向东，朝路对过的大酒店翘翘下巴，意即故事要从那里说起。大家随了都把脸转向那边，忽然就有人惊叫道：这里有两个小伢儿，不给她们听，叫她们走！人们这才发现，人堆里扎了两个小姑娘，听得眼睛都发直了。于是便纷纷嚷道：叫她们走，叫她们走！蒋芽儿同他们吵：要走你们走，又不是你们家地盘，怕你！但到底架不住轰她们的人多，还有用手推她们的。两人手拉手跳下台阶，一边跑，一边回头骂:嚼烂舌根去吧!

这时候,月亮升起了,将这两个小人影儿薄薄地映在地上,像电视里的动画似的活动。左边那个头顶上盘个髻,髻上横插一根针的,高一些。右边的梳一条老鼠尾巴似的细辫子,手里拿把折扇的,则矮一些。两人都只穿了短裤短衫,那月光透得很,几乎要将那衫裤上的印花都映在影子里了。两个精致的小人儿,翩翩地掠过宽阔平展的路面,路面现在很安宁,没有车,也很少人,倒有几只萤火虫,错了路,从田里漫飞上来。

沿街的楼房,多已暗了灯,有几扇窗亮着,因隔了帘子纱门,也是幽静的。两人在楼下道了别。蒋芽儿家建材店的卷帘门下了大半,蒋芽儿人小,一猫腰,从底下钻进去,里面的双开门是开着的。然后就听"哗啷"一声,卷帘门放到底,双开门也上了闩,只剩秧宝宝一个人了。眼前却还留着蒋芽儿猫下腰、又回头朝她望一眼的样子。

蒋芽儿是个丑人,胳臂和腿都细得像筷子一样,还略有些鸡胸。头颈又软,小小的脑袋便总向后仰着。与她孱弱的身体相反,她精力格外旺盛。她的一对绿豆眼里,时常放射出狂热的光芒,这使她变得有些怪异,有一点像动物。一种天生弱小,因此格外警觉的动物。外界稍有刺激,立即做出反应。这种不安的性格影响了她的学习,因为她无法集中注意听讲,静不下心来抄写生字,算术呢,也缺乏耐心进行演算和背诵口诀。所以,她总是拖欠作业,考试错得不像样,老师只有向家长诉苦。

建材店老板终日忙生意也还忙不过来,他女人却是个吃斋拜佛的人,凡事都托给菩萨。蒋芽儿便被放任自流了。由于学习成绩不好,又时常让老师叫起来训责,蒋芽儿在班上是个遭人看不起的角色。虽然是小学生,其实也是一个小社会,根据他们的标准,渐渐就分出了阶层,蒋芽儿就是那最底层的人。可像方才说的,她是一种动物,她生活在另一个世界里,有着她自己的内心活动,别人的白眼并不能影响她什么。所以,她整日都是兴兴头头快快活活的。

秧宝宝站在放到底的卷帘门外,面前是寂静的新街,街角镇碑下,远远还聚着一圈人,黑压压的一团。碑顶矗在田野的背景前,轮廓十分清晰。路对面的房子也暗了灯,是店铺的,则下了卷帘门。这样看过去,街,显得更空旷了,而且,森然。秧宝宝退进门洞,她的小人影就跳进了天井。天井,一面是楼,三面是墙。天的一角让楼占去了,天空就狭了许多。她踏上楼梯,于是,那小人影儿就不见了。

# 第 二 章

## 5

在这小镇子的日子开了头,一日一日过着。早晨,由陆国慎替她装菜盒,量好米,再量好水。小学生蒸饭都要带自家的水,如今,华舍人吝惜水比吝惜油还甚。陆国慎将这些东西一一装进饭袋,交到秧宝宝手里,让她上学去。这家中,秧宝宝只认陆国慎。当然,她对李老师也说不上来什么,可一来是敬畏,二来,李老师到底是闪闪的母亲,这就足够叫她心生芥蒂了。而陆国慎,秧宝宝只以为是和她一样,是这家的外人,看见她受闪闪冲,并不回嘴,光是笑,便当是怕她,更觉同病相怜,心里就与她近了。陆国慎将秧宝宝送到门口,秧宝宝回转身,手在胸前,幅度很小地朝她摇了摇,不让外人看见,好像是她俩之间的小秘密。这样道了再见,她便出门,径直下楼。蒋芽儿早就在楼下等着她了。

蒋芽儿带着秧宝宝,已经逛遍了这镇子的角角落落。每天下午三点半,老街新街,就像燕子一样,飞着两个小姑娘的身影。现在,秧宝宝也开始同蒋芽儿一样拖欠作业了。即便按时交上去,也潦草得可以。老师说了她几次,头两次还管用,后来就皮了。老师让她家长来,家长自然是叫不来。一个班上几十个学生,老师哪能个个紧盯着?盯了几回,也就把心转移开了。但秧宝宝自此就被归到比较差的那一类里去了。而且,她的形象,也明显地流露出松懈的状态。头发总是乱蓬蓬的,既然梳不通,就也不去梳了,马马虎虎扒几下,编一根毛辫子。裙子呢,洗好叠好的衣服,胡乱往归她用的柜子里一塞,抽出来穿时便皱成一团。凉皮鞋既不洗也不上油,白鞋成了灰鞋。书包也蒙上一层灰。倘若此时,沈溇的人再碰见她,都要认不出来了。可是,沈溇是多么久的事情了啊!在一个小孩子的心里,时间是放得很大的,要不是这天早晨,公公突然出现,秧宝宝怕是想不起沈溇,还有沈溇的老屋来了。

这天早晨,秧宝宝睁开眼睛,看见李老师站在床边,手里拿了个青绿绿的葫芦,朝她面前摆摆:一个老公公送了给秧宝宝吃的。什么老公公?秧宝宝心想着。李老师又说:秧宝屋里结出的第一个葫芦。秧宝宝腾地跳起来,推开李老师,冲到阳台上往下看,只看得见一个背影,背上挎一只竹篮,篮上搭一件蓝布衫,朝西走去,已经走近水泥桥了。秧宝宝沿了阳台跑进东边屋里,都还没起来,客堂里空着,桌上放一锅烧滚的泡饭,揭了锅盖在散热。秧宝宝来不及换鞋,穿了拖鞋,撞开门跑了下去。到底人小脚轻,公公上到桥顶时候,她就追上了。公公!她喊。公公听不见。她再喊,公公还是听不见。她就紧跑几步,跑到公公面前去,截住公公。公公看见秧宝宝,并没有流露喜欢的表情,而是很平淡,甚至有些不认识的样子。他看着秧宝宝,等她说出什么来,秧宝宝倒也想不出要说什么。于是,公公就又开步往前走了。秧宝宝便在后边跟着。她头发蓬得不成样子,穿了短裤背心,脚上是一双拖鞋。而公公今天却穿得很正经,一件对襟立领衫,排纽直扣到颈脖根,裤子也是干净的,一双圆口布鞋,还穿了白纱袜,是做客的打扮。两人相跟着走了一段,走到菜市场跟前。人略多了些,但因为早,还不算多。公公朝北一转,走上一领桥,向老街去了。跟到此,秧宝宝也觉着了无趣,停住脚步,看公公下桥,再一转,不见了。

秧宝宝一个人拖着脚往回走,多起来的人,从她身边过去,她也没有心思打量。拖拉机轰隆隆从对面过来,到南山上去拉石头,她也不晓得让一让。幸亏路面宽,拖拉机走了一个弯儿,过去了。走到楼底下,建材店老板正拉起卷帘门,蒋芽儿从门里探出头说:看菩萨戏去不去?秧宝宝懒懒地摇摇头,进门洞去了。这才想起,今天是礼拜。怪不得李老师的儿子昨晚回来了,陆国慎也不太理自己了。进到二楼,推开门,小毛大叫一声:秧宝宝来了!秧宝宝顿时火起,厉声道:"秧宝宝"是你喊的吗?"秧宝宝"是你喊的吗?小毛吓得倒退一步,闪闪并不说话,站在桌边梳头,眯起眼看着,看着,然后将手中的梳子往桌上一放,说:陆国慎,我实在看不下去这个蓬头了,她是在唱"拷红"吗?陆国慎只是笑,不说话,秧宝宝白了她一眼,走过去,回自己睡的房间。在床沿上坐着,忽然间做了一个决定。迅速换了衣裙,又从自己的东西里掏出一个粉红塑料小包,里面装着一些零钱。将小包套在手腕上,快步走过阳台,穿过客堂间,走出门去。

她下到楼底,走到建材店门前,往里探。店里边堆着方子、机制板,直堆到屋顶,将店堂遮得很黑,没有人。她叫了一声蒋芽儿,也没有人应。正犹豫着,从店堂后边转出一个人,很高大粗壮的,是蒋芽儿的父亲,建材店老板,当年曾经做过李老师的学生。他认得秧宝宝,朝她一挥手:进去吧!秧宝宝就进去了。潮湿的木材发出浓郁的酸涩气,壅塞在店堂里,转过一垛到顶的方子,眼前便亮了。一扇后门,门外是一方天井,天井里搭了一间平房,摆了桌椅床柜,是老板一家起居的地方,蒋芽儿就在里面。秧宝宝又叫了一声,蒋芽儿回转身来,看见是她,很欢喜地朝她招手,让她进去。

跑进去,才看见,蒋芽儿的妈妈也在,坐在方桌边,正在梳头。面前支着一个三屉的梳妆盒,盒盖里是一面镜子。她梳着一个奇怪的发型,将细而长的头发梳顺,偏在一边,松松地绞几道,绾上去,在头顶一侧用发卡别住,再绾回来,别住,形成两个向下垂的发环。余下的发梢则用一朵水钻的珠花别在发环根部,底下是一排刘海。于是,蒋芽儿的妈妈就变成了仙女。梳好头,接下来是扑粉。蜜粉很仔细地盖住了她的三角脸上一些褐斑和细皱,变得光滑、细腻,并且透着红晕。眉画得黑漆漆的,眉梢一直长到鬓角里。对,那鬓角是刨花水(头油)调黏了,贴上去的。眼睛画得更大了,看起来幽深得很,甚至有些吓人。蒋芽儿妈妈的嘴本来就小,这时就小得更加醒目了,鲜红的一点。完事了,合上梳妆镜,站起身来,这样就看见,原来蒋芽儿的妈妈身上穿的是一件彩衣。粉色的,连肩宽袖,领是马蹄领,镶着宽边。袖口也镶宽边,腰里系一条带子,在一侧绾一个结,垂挂下来。彩衣齐膝,裤子是平时的裤子,脚下则是一双绣花鞋,软底的。蒋芽儿悄声对秧宝宝说:我妈妈扮的是何仙姑。蒋芽儿的妈妈收拾了一个篮子,篮里放着香烛、火柴、手帕、几封云片糕、三个桃子、一瓶水。蒋芽儿走过去,很殷勤地替她妈妈递东西,一边说:秧宝宝也去。她妈妈不说话。自从梳头开始,她就再也没有说话,好像做了仙女,便不可同凡间搭话了。

一切停当,蒋芽儿妈妈最后再在头上罩了块尼龙绸的方巾,绾到颈后打个结,以免风吹乱了发髻。然后,蒋芽儿跟在她妈妈后面,秧宝宝跟在蒋芽儿后面,三个人鱼贯出了门。此时,太阳已经高了。因是礼拜,路上没有那么多忙着上班上学的人,自然寂静些。织布厂是停人不停机的,所以,田野里,远远近近的,还是传来机器的轰隆声。但这机器声在空旷的天地间,也显得很寂静。

她们越到路对面,从镇碑跟前走过。这时候,镇碑底下一个人也没有,孤单地矗在那里,花岗岩的碑面在阳光下白得晃眼。绕过镇碑,向北走去,走过一个塘。塘边有女人淘米洗衣服,叫叫嚷嚷,说今早的自来水里有绿藻,不能用,只好到这里来淘洗东西。走过塘,向东转进一条宽巷。宽巷里有一处凹进去,原来是一所院子。院子里有太湖石,石凳石桌,碎花石子路通向高台阶,一幢五层高,马赛克墙面,琉璃瓦顶的楼,矗立在台阶上。听见人经过,就有两条大狼狗吠起来,此起彼伏,久不停息。走出宽巷,上了一领水泥板桥,下桥再沿了河向东径直走。河边多是旧厂房,国营厂早已关门停产。一间传达室里聚了人,在打扑克。沿了河走着,走着,就走到田埂上,一方整好的秧畈,一个农人卷了裤腿,正在落谷。一把谷种放手出去,好像一张雾,落下,再一扬手,又是一张雾。走过田埂,路就坡上去了,延进一间山墙下边。山墙的对面,是一领木廊桥,木头廊柱,木头护栏,木板地面,稻草盖顶。再走过去,下来,便是一个溇。蒋芽儿的妈妈停住了脚。

溇,就是断头河,或者说河流的底。水流将秽物带到这里,就无处可去,于是,便积起来。无非是塑料袋与泡沫块,已是污黑的了,却还是烂不到泥里去。还有油污,亦是溶解不了的,浮在溇面上,柏油似的反光。水草上缠裹着灰色的絮状的积垢物,铺了小半个溇。气味可是不好闻。不是臭,是怪异。起初是闷着,随后再一点一点烘上来,热乎乎的。溇底的埠头,几级石阶上,已经候了三两个人了。一个是男的,琴师,提着琵琶。两个是老婆婆,一个梳了头,抹了胭脂,穿着彩衣,当然颜色要素一些。另一个是平常样子,怀里抱着一大篮馒头。蒋芽儿的妈妈看见他们,表情活跃起来,开口说话了。那管馒头的女人问,是你的囡?她就指指蒋芽儿,说是。于是,老婆婆就拿了一个馒头塞到蒋芽儿手里,蒋芽儿分了半个给秧宝宝。两人一边吃馒头,一边等着。蒋芽儿告诉秧宝宝,等会儿船来,接大家到张溇,张溇有个庙,庙主是个尼姑,人们都叫她"爷爷",庙前有个戏台,就在上面演菩萨戏。等了会儿,又陆续来了几个人,也装扮过了。其中还有一个小孩,只五六岁,梳了一个朝天灯,头顶心红头绳扎一个小辫,把眼睛都吊了起来,敞了襟的短衫里,贴身系一个红肚兜,显然是演那哪吒。仗着自己是个角色,很傲慢的,谁也不理,径直到老婆婆篮里抓馒头吃。接着,船就来了。

小乌篷船缓缓地划进灰浆般的溇底,很勉强地掉了个头,停在埠头前。先是上东西:馒头、香烛、乐器,还有一张红漆桌子。东西上完,就只剩半船地方了。那扮哪吒的率先跳上船去,接着是两个琴师,然后是那最早等着的装扮的老婆婆,招呼蒋芽儿的妈妈一同上船,蒋芽儿的妈妈则向后一伸手,拉上蒋芽儿,蒋芽儿再要拉秧宝宝,却没有拉到,身后一个跟一个挤上人来。船明显吃水深了,船老大叫嚷着:不能上了!可不上怎么行?好歹都上完了,只剩了一个秧宝宝。船比来时笨重多了,一桨一桨离了码头,出得溇去。蒋芽儿挤在大人的缝里,完全看不见了。

太阳近午了,这僻静的溇底,没有人来。对面溇边山墙上的后窗,静静的也没有人影。溇面的污水,就像板结了,纹丝不动。秧宝宝站在太阳地里,地上撒了些馒头渣,有一只小虫子在里面爬着觅食。她转过身子,走上木廊桥,木廊桥里是阴凉的。好像是表示无所谓,秧宝宝脱下腕上的小塑料包,拿在手里抡圆圈,有一点放浪形骸的样子。朽烂与松动的桥板在她脚下发出空洞的声音,给这背静的角落制造出一些响动。

秧宝宝抡着小包上楼,推门,走进房间。客堂里的人,不说话,看着她。她也不理他们,背过身去在墙根换了鞋,转回来,抡着包走过房间。走到阳台门口,却被抓住了手臂。她挣了几下,挣不脱,被抓回到房间中央,按坐在一个小板凳上。然后,一只手将她的辫子打散,一把梳子从额前向后梳去。哪里梳得动,梳子的齿早叫乱发缠住了,不得不手下加了力气。梳子下那人便发出一声锐叫。那简直不叫梳头,而是叫犁地。齿子扎下去,一股劲地往下拉。头发的主人,完全由不得自己,被两个大人,一个按住身子,一个按住头。叫了两声,便哭号起来。一面是为头皮痛,一面是为这一早上的失意。这哭声非常的哀伤,是受了一世界的委屈,叫听的人都难过起来。陆国慎和闪闪不禁手软了一下,面面相觑。趁这手软,秧宝宝却一跃而起,将板凳带翻,砸到陆国慎脚背上,陆国慎不禁"哎哟"一声。闪闪手快,一把扭住秧宝宝,秧宝宝忽然变得力大无穷,死命抵着。闪闪辖制不住她,就叫陆国慎来帮忙。陆国慎走到跟前,又叫她不要来,因为陆国慎已经有了喜,怕叫秧宝宝踢着。陆国慎不帮忙,她又弄不过秧宝宝,一时急得眼泪也下来了。两人正扭到阳台,李老师听到动静往这边来了,喝道:鸡飞狗跳,乱成什么样了!

听到李老师说话,这边歇下手了。秧宝宝到底是怕李老师的,闪闪则流着泪说:都是你纵容她跟蒋芽儿一起混,心都野了!李老师斥道:你少说几句!将秧宝宝推回客堂,令她坐下,又嘱陆国慎端来一盆热水,一按秧宝宝的头,将头发全翻倒进水里。秧宝宝虽然止了号哭,却一直嘤嘤地啜泣着,眼泪滚滚落进脸盆。小毛站在一边,目睹这一激烈场面,震惊得发不出声来,这时候,方才"嗷"一下哭起来。

这一个礼拜日的上午,便在大大小小的哭泣中过去了。

## 6

这一件事过后,秧宝宝连陆国慎也不理睬了。早上,依然是陆国慎替她装米、装水、装菜盒,但再没有出门时小小地一挥手的一幕了。而且,为了闪闪反对她与蒋芽儿在一起的一句话,她跟蒋芽儿更接近了。但有一件事她却不得不让步,那就是由李老师替她梳头。每天早上,秧宝宝伏在桌上吃泡饭,李老师就在身后替她梳头,吃好了,头也梳好了。李老师替秧宝宝梳的头,比较简洁。将头发全向脑后梳拢,用红弹力绳紧紧地扎起来,然后再编辫子。编到梢上,系牢。最后用彩色发卡,沿了脑门两边,将碎发卡起来。秧宝宝的眼睛又被吊了起来,但却不像小姐和丫鬟,而是像村姑。经历了这件事,李老师也有了改变,她对秧宝宝加了管束,每天检查她的作业,看有没有拖欠,但她管不住秧宝宝下了课不回家,也管不住秧宝宝和蒋芽儿在一起。

每天下午,放学的秧宝宝和蒋芽儿在街上逛着,逛着,忽想起要向李老师交差,立地摊开作业本写起来。有时是在河边拴船的石礅子上,有时在菜场里摆摊的案子上,有时在桥栏杆上,抑或在没有生意的落袋桌上、某家店铺的柜台上,甚至直接铺在地上,趴下身子写。所以,秧宝宝的作业本就散发着各式各样的气味。鱼虾的腥气、烂菜皮的腐味、鸡鸭的屎味、泥气味、水汽味、尘土气味、杂货店的蚊香味、烟味、零食上的甘草味。书包打开,一股杂七杂八的气味扑鼻而来,呛人得很。但作业全写好了,李老师无话可说。要是说:秧宝宝,这字怎么写得这样草?秧宝宝并不分辩,垂手立着,李老师就无奈了。

天气一日一日热起来,未到端午,却热得像伏天。人们都说是水泥路的关系,不像石板路吸热,倒是将热气烘出来。还有水泥楼房,尤其是那些马赛克的贴面,更是不吸热。而琉璃瓦的尖顶则像小太阳,光芒四射。于是,季候就好像早了一个时令。每天晚上,吃罢饭,洗完澡,秧宝宝盘起来的发辫上横插一根竹针,手里也拿了一柄镂空雕花的香水扇,是蒋芽儿带她到桥头小小影楼买的。然后,她们两个一人持一柄折扇,小姐样的,却穿了短衫短裤,到镇碑那里乘凉去了。

到镇碑下乘凉的,其实基本是固定的一些人,多是打工的外乡人。有安徽宣城的两个打工妹,穿一样的衣服,梳一样的头发,要不是脸形完全不一样,就像是一对双胞胎姐妹了。两人都不爱说话,睁着眼睛听人家说,又听不懂,人家笑的时候,她们严肃着,而人家不那么好笑时,她们却咯咯地笑起来。打工仔里,以江西人为多,似乎有些结帮的意思。他们分别在不同的厂打工,最热心的话题就是骂各自的老板,比较各厂的条件,商量要

35

不要跳槽。其中有一个带着老婆,一个身材苗条、眉眼很干净的女孩,头发在颈后用一方手帕束起,颊边垂着一双长长的坠子,走起路来,就有些钗环叮当,袅袅婷婷。她很乖巧地隐在她男人身后边,从来不插嘴。她男人是个身子瘦小但脸相有几分精明的人,显然,他是这群江西人的中心。他一旦说话,人们就静下来,而他呢,也将声音放得很低,说的又是江西萍乡的口音,就一点不知道是在说什么了。这时候,气氛就比较沉默。田里的蛙声忽然变得十分喧哗,盖住了江西首脑的声音。他们都将身体聚拢起来,形成一团黑影。安徽的姐妹不合时宜地笑了起来,笑声相当刺耳,将人惊了一下。

因为工厂都是两头倒的,所以在另一些日子里,来镇碑乘凉的就是另一批人了。这时,则是河南人的天下。他们比较聒噪一些,说着家乡话。虽然他们来自河南不同的地方,但在本地人耳朵里,那语音差不多是一致的,也接近北方语系的官话。他们中间有男有女,有两三对夫妻,这里的老板,有些是提供夫妻房的,这样,别的待遇差一些,也有人愿意留下了。河南人似乎比较思乡,他们喜欢谈家乡的人和事,口音又好懂。所以,秧宝宝和蒋芽儿就更乐意同他们搭话,掺和在里面,问这问那。那几个年轻的妻子,也许是想起了留在老家的小孩,所以也对她们很和善,借她们的扇子看看,又将自己的戒指项链让她们欣赏,还打散了她们的头发,替她们重新编辫子。此外,还有一些时来时走的人:一对真正的贵州兄弟、三五个四川人、安徽颍上的一对男女,等等。记不住他们的脸,却也面熟,有个大致印象。

这一日,镇碑底下,来了一个新人。她渐渐地从夜色中走过来,人们便知道这是一个新人。因为暗,看不见她的面容,只看见她从容的步态,很闲散地,一步一步。她个子不高,略有些腿短,但却是蜂腰,于是,腰和髋之间的曲线夸张了,走路就有些扭。她的衣裤都要比她的身量紧一码,布质又薄,于是,便裹在了身上,丰腴的身体一目了然。她的头发好像是烫过又剪短,在脑后扎一个结,在方才升起的月亮下,四周的卷曲碎发勾出一圈花边。本来在说话的人们都安静下来,看着她一步一步走近,走上台阶,在一个空位上坐下,不说话。这时,她的脸迎着月光了,显出了轮廓。她的脸颊有一个弧度,渐渐收住,在颌部再形成一个曲度,勾出小巧饱满的下颌。从她脸部的暗影可见出她挺秀的鼻梁、微翘的人中,以及鲜明的唇形。她的一只眼睛在暗影里发亮,另一只眼睛在光里,却幽深得很。

人们停了一会儿,再接着说话,却忘了原先的话题了。而且,一时也找不到新的话题。东一句,西一句,很勉强地维持了一时,又停了下来。镇碑后边的稻田里,蛙声又起来了。稻田里那个乘凉的老伯伯,身下的竹躺椅的嘎吱声,还有半导体收音机调不准频道的沙沙声,也清晰入耳。路对面华舍大酒店的霓虹灯,亮着一种紫色的光,更加深了夜色,每个字又都缺了笔画。有一个人说:像不像日本字?大家都笑起来,很钦佩此话的聪明。新来的也笑了,不出声,牙齿闪烁着贝类的光泽。这时,月亮又升高了一些,可看见她肤色很白,不是苍白的白,而是象牙般细腻的润白。气氛稍稍活跃了,好像受到了某种鼓励,人们开始竞相说话,看谁的话说得好,说得俏皮。一个说此地人爱吃的一种食物,将苋菜秆子霉烂了,不臭不吃。每日里就有老头子挑着担子,穿行在巷内,喊着"苋菜梗"。"苋"发"海"的音,"梗"则发"光"的音,就变成"海菜光、海菜光"。然后,男女老少都出来买"海菜光"。大家都笑了,新来的也笑。她将一条腿搭在另一条腿上,一只手覆着膝盖,另一只手里摇着一片南瓜叶,当扇子扇。下一个人说的也是此地一种食物:活蛋。马上要孵出小鸭子来了,却将这蛋煮了吃,敲开蛋壳,里面头是头,脚是脚。这话并不好笑,还有些恐怖,就被几个心软的女孩止住,不让说下去。新来的也是笑,南瓜叶扇不来风,只是在脸面前拂来拂去,脸就在南瓜叶后边一掩一掩。第三个人讲得比较精彩,讲某厂来了一个台湾老板,坐下来谈生意,刚有三句话来回,便拍板签字了,何以爽快至此?走前他的一句话揭开谜底。他说:听你们说话,就好像听到了我们蒋委员长说话。其实此地与他蒋委员长家乡宁波尚有一段路,但在外乡人耳朵里,也就差不多了。这个笑话要想一想才笑的,而且越想越要笑。就见那新来的,将南瓜叶咬在嘴里,虽然不出声,可肩膀笑得颤颤的。

这一个晚上,快乐地过去了。下一日,她没有来,可是人们已经知道,她是镇碑往东的华威纺织厂新进的打工妹,姓黄,叫黄久香。再下一日,下午,放学以后,秧宝宝和蒋芽儿在菜市场口上,又遇见了她。她乘坐在一辆三轮车上,脚边放了一捆菜。她还是穿着那一日略嫌窄小的白衫黑裤,一只手支在车靠背扶着头,另一只手环在身侧,那里放了一只小篮。蒋芽儿就对秧宝宝说:看,黄久香!黄久香显然是听见了,回头朝她俩一笑,然后从篮里拿了一只白兰瓜,扔给了她们。两个小孩四只手忙乱了一阵,终于接住,三轮车已经走远了。就这样,她们和黄久香认识了。

黄久香再一次来到镇碑下面是三天之后。这一回来,她带了一塑料袋葵花子,分给大家吃。她穿一身碎花布睡衣裤,袖子宽宽大大,直到臂肘,裤腿却只到膝下,脚上趿一双夹趾木拖鞋。头发还是草草地拢在颈后,勉强扎一个结,两边散着些卷曲的碎发,懒理云鬟的样子。虽然她很少开口,可她却是个重要的听众,大家说话多少有些是说给她听的。都尽力拔高声音,把话说得风趣。她呢?只是笑。有谁来抓瓜子,她就把瓜子朝前送送。偶尔要是说话,也是和那几个女孩子说,说这个的头发好,这么长了都不开叉。又教她每个月打个鸡蛋清洗一回,比护发素效果好。又说那个脚样好,好在哪里?脚底弓,脚背高,天生穿高跟鞋的脚。还告诉说,高跟鞋的鞋跟特别重要,稍磨蚀一些就要换掌。否则,斜了,从后面看就不好看了。所以,渐渐地,女孩子们都聚到了她的身边,与她挤坐在一条石栏杆上。秧宝宝和蒋芽儿挤不进去,就站在她跟前,因觉着是她们的老熟人,很随便地从塑料袋里拿葵花子吃。她一旦脸朝向她俩,就很知己地对她们笑,让人们觉着,她和她们的关系挺特殊。旁边的女孩子嫌她俩站得太近,挡了风,就伸手拨开她们,她们不肯走开,打开折扇,一左一右地扇风,好像侍奉在小姐身边的丫鬟。

这一个乘凉的晚上,比上一个夜晚还过得愉快。月亮完全升起来了,是一轮满月,将镇碑、镇碑前的柯华公路、镇碑后的田野,照得明晃晃的。连远处的山峦都显出浅浅的轮廓。田间有一处工厂,车间窗口,一排小方格,透出灯光。那里正在生产,机器隆隆运转。对面大酒店的霓虹灯反倒暗了,那窗户里边的快乐也变得晦涩,哪及得上他们这里!风吹过来,带来成熟的果蔬的香气。葫芦、豇豆、南瓜、茄子、番茄,在河沿、沟边、地头地角,各自的架上棚上,吞吐空气,进行着植物的血液循环。有几块整好了,放了水的秧田,亮得像一面镜子,散发着水和泥土的气味。

39

不是香,而是丰肥的气味。喧嚷声也平息下来,大家安静地坐着,看前面路上,有从镇里面玩耍回来的打工仔,三五成群地过来,唱着流行歌,脚步杂沓。过去很远,才静下来。有一人竟睡着了,瞌眬中从石栏上栽了下来。一阵哄笑,大家方才起身要走。这时,黄久香却唤住人们,说:瓜子壳怎么办?几个男工二话不说,提起脚,将瓜子壳扫到台阶后面的田里,别的人也跟着用脚扫着,一边说:正好做肥料。眨眼间,镇碑底下的地坪,干干净净。最后一人,将那空塑料袋再往田里一抛。白色透明的塑料袋被风托起来,飘到田的中间,老半天,还在空中,不肯落下。此时,镇碑旁完全安静下来,没有一个人了。

7

端午这天,上午十一点左右,秧宝宝的妈妈来了。拎来一大包东西:雀巢咖啡、红桃K、曲奇饼干,还有一整只火腿。不容李老师推托,坚决放在客堂地上,就径直到西边房间看女儿了。

秧宝宝这时候还睡在床上。蒋芽儿一家都去齐贤镇,给石佛烧香。没有蒋芽儿,秧宝宝就没有了去处,所以,就只有睡觉了。妈妈将她拍醒,毛巾毯底下钻出一个毛茸茸的头,发卡都睡掉了,碎头发就披下来,眼睛从碎发后面茫然地看着她,不认识了似的。秧宝!妈妈心疼地看着她,半个月不见,她已经改了样子。毛巾毯底下伸出的一双脚,长大了些,眼睛也大了些,下巴却尖了。皮色比在乡下还黑,而且粗糙了。秧宝宝爬起来,盘腿坐在床上,这个姿势也是陌生的。毛巾毯缠在身上,圆领汗衫、短裤,统是皱巴巴的。睡肿了的一边脸颊上,印着枕席的花纹。

再看床下的一双鞋,白鞋已成了黑鞋。靠在墙角里的书包辨不出颜色,拎起来,打开,一股气味扑鼻而来。课本、作业本,胡乱塞着,书包就变臃肿了。抽出一本,翻开,里面的字都是草书。

秧宝宝看着妈妈,妈妈渐渐清晰起来,也是陌生的。头发剪了,削得很薄,贴在耳上,猛一看,像个男中学生。妈妈穿了一件翻领T恤衫,束在长裤里边,也像个男中学生。妈妈翻拣书包的动作,快而且果断,眼光也变得锋利。不过,当妈妈向她伏身过来的时候,她嗅到了妈妈的气味,这才是熟悉的。于是,她向妈妈身边挪了挪。妈妈却站起来,扯开秧宝宝身上的毛巾毯,说:秧宝你好起来了,妈妈去外婆家,给外婆敷药膏,端午十二点钟正点敷上,风湿痛才会好。秧宝宝说:我也去!妈妈说:敷过药膏,妈妈再来带你,去照相馆拍照。说罢就出了门去。妈妈的身姿有一股凛然的气势,呼呼地从阳台上过去了。

秧宝宝又在床上坐了一会儿。方才一幕,就好像做梦一般。这时候,阳台上响起了脚步声,李老师进来了,弯腰将秧宝宝的毛巾毯叠好,让秧宝宝下床,催她去洗脸刷牙,说:妈妈生气了,饭也不吃就走了。秧宝宝草草漱洗完,换了衣服,来到客堂。桌上摆好了菜,因是端午,杀了一只鹅,单是鹅肝,鹅肫,就切了一盘;鹅肉盛了两碗,一碗白斩,一碗红烧;又蒸了一条鳗鱼,霉干菜作底;还有虾、鱼、火腿肠。和她来到的第一天一样,菜碗都铺到桌沿上了。与平日里散漫的吃饭作风不同,全家人都围桌坐着,表情异常地严肃着。等她坐好,李老师说:吃吧。自己却站到秧宝宝身后,将她头发打散,替她梳头,笑着说:秧宝,你两顿并一顿了。闪闪腾地起身,端了小毛的碗,各样好菜搛了一些,拉了小毛到一边吃去了。顾老师又说了一遍,吃吧,大家才慢慢动了筷子。

端午节的中午,家家门里都飘出黄酒的香气,还有煎、炸、烹、煮的香气。门上系着艾草,小孩子手里提着一串串小粽子。都在快乐地过节。李老师家的这顿饭,酒也喝了,菜也吃了,粽子也煮了。可是鹅肉烧老了,鳗鱼没洗干净肚肠,黄酒大约是买了假货,不像黄酒,像米醋,鲫鱼里吃出了火油味。一顿饭草草结束,各回各的房间。秧宝宝一个人坐在客堂的沙发上看电视,等妈妈来接她拍照片。李老师也不睡午觉,进进出出,点艾草熏房间。房间里逐渐弥漫起艾草的苦香气和一层薄薄的烟雾。中午的电视没什么意思,多是广告。等广告过去,以为后面会有什么有趣的,临了却是电视大学教课。于是,换一个台,再等。秧宝宝眼睛盯着电视屏幕,耳朵却竖起着,听楼梯上的脚步声。每一阵脚步声,她都觉得是妈妈的,可等到妈妈真的走上楼梯的时候,她就知道那全不是了。赶紧跑到门口,推开纱门。这一回,妈妈连门都没有进,让秧宝宝出来。秧宝宝来不及地换了鞋,跟着下了楼。

此时已近三点,太阳虽然很辣,毕竟有点斜了。妈妈张开一把布伞,一大一小两个身影,就罩在布伞的花影里了。她们向西走,到镇上新开的影楼拍照片,好带去温州给爸爸看。爸爸也是非常想念秧宝宝的,无奈生意太忙,抽不出身回来。想到爸爸,秧宝宝心里觉得是很模糊的一个人了。她紧紧地拉着妈妈的手,手是熟悉的。妈妈在一点一点回来,又变成原先的那一个了。

路上,妈妈对秧宝宝说:李老师真不像话,一点不尽责任;方才遇见秧宝宝的班主任,说秧宝宝的学习落得很快;而且,一身上下弄得那样邋遢,人也瘦了一圈;秧宝宝在他们家,并不是白住,每月给五百块钱呢!妈妈又说:我已经扔给她几句话了,秧宝宝,你再忍一忍,妈妈重新找个人家,转过去。秧宝宝想起了中午饭的情景,不快地挣脱了妈妈的手,走快一步,走在妈妈前边。太阳便晒着她了。

这时,她们已经来到老街的桥头。影楼不过桥,开在路北,是通往新街的隘口,又沾着老街的人气,市口是很好的。原先是个日用百货店,后来倒闭了,被镇上一个姓钱的老板盘了下来。这个钱老板高中毕业后到杭州,和朋友搭伙,在西湖边上给游客拍照,一边在业余摄影班学习。赚了本钱,也赚了本事。他通过朋友的路子,贱价买了一台旧的柯达印相机,回到镇上,开了影楼。影楼取名"小小",一是因为在家排老小,二是用其"小"反衬其"大"。他按杭州影楼的格式,开了橱窗,窗内用衣架支起两套婚纱,将借来的婚纱照片翻拍后装进镜框,陈列起来。门口立着"柯达"广告女郎的硬纸型,真人一般高,远看以为是个活人,到跟前则一惊。刚开张的时候,很是轰动了一阵,是这小镇子古往今来首屈一指的摩登了。但真正来拍婚纱照的却并不多,多的还是学生来拍报名照,打工的外乡人,尤其是那些打工妹,拍有背景的彩色照,寄给家中的大人、孩子,或者说好的对象。生意仅只过得去,离预期的热烈差得远了,所以,影楼渐渐地开始做些其他的生意:发卡、别针、钥匙圈、小学生喜欢的黏花纸,还有无痛穿耳孔。那两袭婚纱呢,罩上了灰尘,颜色也褪了。

今天,影楼里却很拥挤。摄影间里满了,就漫到外间店堂里,都是来镇上打工的外乡人。秧宝宝的妈妈因认识钱老板的娘子妹囡,就挤进柜台里边,付钱开票。妹囡拉开把折叠椅让她

43

坐下,两人多时不见面,互问了些近况。妈妈向妹囡讨一把梳子,要给秧宝宝重新梳头,说李老师梳的头式难看,乡气得很。秧宝宝站到一边,不让妈妈梳,妈妈也只好随她去。她伏在柜台上,看照相馆里拥着的这些人里有没有自己认识的。有那么几个,也挤得很远,并且,自己顾自己说话,根本注意不到秧宝宝。女工们则对着镜子、玻璃橱窗,或者不锈钢门框,凡一切能照见人影的地方,梳头发,整衣衫,将一支口红传来传去地涂嘴唇。

妈妈问妹囡,怎么有这许多人来拍照,妹囡就说出了一桩悚人的新闻。

三天前,南边十里地的管墅乡,一个天目山过来贩毛竹的老头被杀掉了。想想看,贩毛竹的能有多少钱?统共一千块被抢走,再搭上一条老命,多造孽!两人感叹了一阵,妹囡再又继续往下说。警察像篦头发一样,四乡八里地排查,据说有线索表明,可能是外来人口作的案。并且,从现场脚印看,至少有三个案犯,这就更吓人了。昨天,公安局下来指令,所有的用工单位,都要给自己的外来工办暂住证,证上要贴照片。就有几爿厂来联系拍照,昨晚上直拍到十点钟。妈妈开玩笑说:这一下,你们要发了!妹囡就说:价压得很低的,就当是批发吧,又都是熟人,不好意思,利是薄的咪!

等了一会儿,人一点不见少,照相间里出来一批,店堂里就进来一伙。妈妈着急了,看看手表,对妹囡说,能不能插个队,她还要到绍兴赶夜班车去温州。妹囡就站起身,拨开拥在照相间口上的人,挤进去。一会儿出来说,因为每一张照片都是编号的,好和人对起来,一卷胶卷中间插进去一张别的,就容易弄混,或者就拍宝丽来一次性快照,当场可看见照片,只是没有底片。

妈妈同意了,便拉了秧宝宝跟着妹囡挤进去。照相间本来就小,壅了人,又开着高炽光的灯,热气蒸腾。碰巧遇见一个熟识的女工,秧宝宝就问:黄久香来了吗?那女孩没开口,旁边一个伙子却说道:你只问黄久香,怎么不问我来没来?秧宝宝一翻眼皮:我又不认得你!大家都笑了。妈妈拉过她,说:小姑娘这样会搭讪?油腔滑调的。

母女二人坐好在凳上,灯开了,候在边上的打工仔便朝秧宝宝挤眉弄眼逗她,她并不理睬。结果,出来的照片,秧宝宝是绷脸,噘嘴,生气似的。妈妈让秧宝宝看了看,就很珍贵地把照片收起来,向妹囡道了谢,离开了影楼。

太阳已经斜了,菜市场口上又开始喧闹起来,桥头上可见老街的瓦屋顶,一重重,覆着斜阳。有一些脚划船往来。

妈妈买了一只油煎粽子,插在一根竹棍上,让秧宝宝吃。路边的几具炉子,已经捅开火,坐着水,或者高汤,准备开夜市。有一张小方桌边,早早坐好了几个外乡人,要了啤酒,浸在桶里冰着。妈妈告诉秧宝宝,给外婆敷好药膏出来,她又到沈溇老屋去看了看。妈妈说:公公老了,人气不足了,撑不住房子了。老屋荒得厉害,后院里野草长得比南瓜藤还旺,水池子全叫树叶盖满。公公养的一群小鸡,也叫黄鼠狼拖吃了十之八九。可是,秧宝宝说:园子里结葫芦了,第一只葫芦,公公就送来给我的。妈妈说:公公就是这样的人,从来不肯白受人家的好处。

走到李老师家楼下,妈妈对李老师的怨气稍微平息了一些,可能还想到,秧宝宝住在李老师家,也不可弄得太僵。所以,送秧宝宝上去,又进房间同李老师说了些客套话,让李老师多多管教秧宝宝,不要对她留情。李老师就笑道:秧宝,听见吗?李老师有了尚方宝剑,要立规矩了。妈妈塞了些零钱,让秧宝宝收好。最后趁李老师没看见,伏在耳边小声说:秧宝宝乖,再忍几日,妈妈给你换人家。秧宝宝一别头,掉过身走开了。妈妈对了她的背影望几眼,眼睛一红,转身出了门。

这一日余下的时间里,秧宝宝都很乖,虽然还是不同任何人说话。她没让人叫,就自己坐到桌边吃了饭。然后,到阳台竹竿上,挑了自己的衣服洗澡。洗好澡,又开始做功课。楼下蒋芽儿叫她,她却当作听不见。小毛认错了人,从她身前挤过,双手在她膝盖上撑着跳了一下,她也没有将他的小手掸开。她早早就睡下了,闭着眼睛,听见李老师走进来。她已经听得出李老师的脚步声,一双磨薄的海绵底拖鞋,擦着阳台的水泥地,有点急促,又有点拖。李老师走进来,蹲在她的床脚下点蚊香。陶土的,盖上盘一条小龙,小龙身下有三个出烟孔的蚊香罐,轻轻地磕碰着。秧宝宝忽然难过起来,她想,她其实对李老师没有一点儿意见,她只是心里不开心。她也不知道是为什么,就是不开心。

8

这天放学以后,秧宝宝去了沈溇。她没告诉蒋芽儿,自己一个人朝着与李老师家相反的方向,向西走去。

这条回家的路,有多少时间没有走了啊!什么都是原样。通往新街的口上,那个修车铺前,依旧放着一个冷饮柜,旁边立一块硬纸板,写着冷饮的种类名称,其中有一种"青苹果"是秧宝宝最经常买的。车铺里,总是聚着一堆人,打麻将。现在,这堆人还在。车铺后面,有几架葫芦,结了大大小小的青葫芦。新街边的工厂,花岗岩的墙壁下,伸缩门前站立的保安,也是原先那一个。再过去些,有个炸油条的还在。日头下一锅热油,凉了烧开,烧开了又凉,不知用了多久,颜色变黑了,炸出的油条也是黑乎乎的,但并不妨碍有人来买他的油条。新街边,原先圈好的宅基地,这时动工了。地基已经打好,墙砌到二层,地里摞着水泥预制板、木料、砖。有几块秧畈出苗了,只一点点绿,却很均匀地布着,看上去,像一张星星网。一切都还是那样,甚至,迎面而来的几个乡人,虽然不是沈溇的,却也是面熟。可是,又好像全不同了。

在路的另一边,也是孤零零地走着另一个人,她就是张柔桑。张柔桑家住张墅,与沈溇相邻。以往,她们俩都是一同去上学,再一同回家。现在,她们疏远了,变成了陌生人。其实,她们彼此都看见了对方,却都装作没看见,各自低头走自己的路。有一些共同的往事此时想起来了,并没有使她们亲近,反而,因为不好意思,更加回避对方的眼光。下午三四点钟的太阳,已到了西边,所以,她们是迎着太阳走的。两人背着书包,因为书包太重,不得不伸长了细细的脖颈,一步一步迈着,各在路的一边。太阳还有些炫目,却不是刺眼,望出去,万物都笼着一层金。现在,已经看得见沈溇的一排大粪缸了。沈溇里,谁家的鹅娘踱到新街沿上,张望着,一股熟悉的气味扑鼻而来。是人粪、鸡粪、鸭粪,在太阳下发酵的酸气味。还有草木灰、柴灰、灶灰的气味。溇头里的臭水气味也传过来了。燕子呢,高高低低地飞着。总是这时候,大燕子教小燕子学飞。要从新街下到土路,转进去了。张柔桑是在下路的一边,秧宝宝则在路的对面,所以就要穿过新街。街上正行驶过来几辆车,秧宝宝很性急地要从车辆中

47

间穿过去。车速很快,一辆桑塔纳几乎擦着了她的脚后跟。张柔桑忍不住大叫起来:当心,夏静颖!

秧宝宝气吁吁地跑到路这边,终于和张柔桑面对面站着了,两人都被方才的一刹那吓住了,心慌得不得了。秧宝宝嘴硬地说:怕他!张柔桑说:只差一点点呢!两人就这么说起话来,一同下了路,走上了一排山墙下的小路。然后,紧接着,她们又沉默下来。在她们分开的这段日子里,许多事情改变了,她们不再有共同的语言。到了一个岔路,这两个昔日的好友,客客气气地分了手,向自己的村庄走去。这时候,秧宝宝已经看得见老屋外面的水杉了。

她走上村道,走过小桥,桥下堆放着白色塑料泡沫块,几乎壅塞了河道。此时正是沈溇最寂静的时刻,在外面上班的人没回来,田里做庄稼的人也没回来,放学的孩子呢,还在回家的路上野呢!有一个女人在埠头洗东西,应该看见秧宝宝了,可并没有与她招呼,兀自洗着。又有一个鹅娘迎面过来,伸长了脖颈,步态很优雅,没有给秧宝宝让道的表示。秧宝宝只得让它。刷了石灰粉、立着水泥柱的新楼房的廊下,也有几个女人,伏在竹匾上,挑拣菜籽。秧宝宝从新楼旁边过去了。新楼后面是一块空场,散落着稻草麦草,几只鸡在草里面刨抓着,弄得一头一身的灰土。空场周围,立着几处旧院,早已人去屋空,只余下残砖断垣,眼看着就要趴下。在这些空院之间,立着秧宝宝家的老屋。

由于四周的一圈水杉,老屋就显得有生气了。太阳光斜穿过水杉笔直的树干,照着院墙,剥落的院墙变得色彩斑斓。树冠葱茏地绿着,围护在院墙上方。天呢,是翠蓝的,停着一些云朵,在水杉顶上一二尺的地方。就在秧宝宝走到跟前的那一时刻,老屋忽然又换了一种颜色,变成一种统一的姜黄色。好像是太阳走动的结果,光线变换了角度,将其中的黄全盘倾出,连秧宝宝也染上了这姜黄的基调。她推门进去了。

公公!她喊道。没有人答应。院子里没有人,晾衣绳上搭了公公的一件蓝布衫,石凳上有公公的两双鞋,一双跑鞋,一双套鞋。几只鸡在地上啄食。她看见屋檐下,爸爸钉的鸽笼,门掉下来了,露出里面藏着的一些说不出来历的东西:一个干瘪的南瓜纽;一颗花石子,上面有着天然的水波纹;一个式样精致的小药瓶。她茫然四面看看,院里的石板地裂出一些新的纹路,里面长出草来,这时,也是姜黄色的。她站了一会儿,走进屋里的穿廊。穿廊左侧,他们原先住的房间上了锁。穿廊的板壁上有一面窗户,望进去,只看见房间中央有一束阳光,翻卷着金黄色的絮状物。大床上的夏布帐幅,静静地垂放下来,婆娑透出床后面依墙而立的大橱。这个大橱变得神秘起来,好像藏着许多幽暗的历史。秧宝宝有些害怕地离开了窗户。右面的房间开着门,在堆放的杂物底下,搭了公公的一架竹床。有一只白木的沙发坯子,翻下来放在了床边,上面铺一张席子。另一边的旧方桌上放了公公的茶缸、半导体收音机、半封绿豆糕,是公公坐着享福的地方。秧宝宝走过厨房,厨房更黑了,简直像一个大黑窟。各样的柴草堆放了半间房,墙壁上更是黑上加黑,灶头也黑了。几乎看不清里面的东西,只听见苍蝇嗡嗡飞翔的声音。然后,就走出了穿廊,秧宝宝看见了公公。

后院里,一地的瓜蔓藤草中间,公公正在扎一个葫芦架。缀了葫芦的竹支架倒在公公的身上,绿油油的叶片将他的身体全覆盖了,只露出一个头,头顶上冒着汗珠。秧宝宝下了台阶,脚踩在厚厚的藤叶上才发现,豇豆架和番茄架都倒伏在地上,南瓜藤漫无秩序地爬开了,不时结出一个南瓜。在藤叶的缝隙里,伸出狗尾巴草毛茸茸的穗子,还有几株月季,开着粉红与粉黄的花朵。秧宝宝跑到公公跟前,从相反方向抓住竹支架,拉正过来,让公公腾出手缚牢它。多出一双手,公公灵活多了,也有了力气。他一脚踩住葫芦架的底部,另一只脚后蹬,拉了一个弓步,手在葫芦叶底下飞快地活动,一边在嘴里发着力:格贼娘养的贱胎!

扎好了葫芦架,一挂葫芦矗立在满园藤草中间,孤零零的。可这里、那里,还有月季花呢!合在一起,园子里就有生气了。秧宝宝从倒在地上横七竖八的架子上跳过去,跳到园子里的香椿树下。曾祖父、曾祖母,还有那个从未见过面的姑婆,他们的石碑上也覆着野草藤蔓。秧宝宝用力扯开,露出了碑上的字。说是碑,其实只是几块粗糙的石头,上面刻着名字。公公跨着走到香椿树下,弯腰摘树根上发出的香椿芽。这时候,秧宝宝已经看过了碑上的字,离开香椿树,去找那口井。井里黑洞洞的,什么都看不见,停了一时,井里的黑忽然破出一个角,有一点光亮进去,微明中看见了井壁上的砖缝,嵌着黑色的苔藓。井底只剩一点水了,铺满了落叶。小水池子里还有水,也铺了半池落叶。这里是天落水,公公就是吃和用这里的水。两级水泥台阶上,搁着公公的一个淘米箩,箩里有白米,还有两棵青菜。

太阳光里的那一种姜黄渐渐地收走了,换来比较透明及均匀的光线。后院里的景物在这细腻的光线之中,显得不那么杂芜,而是很精致。每一缕草叶都变得纤长柔韧,交错在一起,形成美丽的图案。那些肥厚的大叶子边缘都很清晰,有立体感,一叶覆一叶,也排成图案。方才被秧宝宝理出来的,刻了祖先名字的石头,非常洁白地镶在一园绿色中间。身后的香椿树,树干上的褐色斑痕、皱褶,全是井然有序,流淌着舒畅的线条。树冠,可真是大啊!垂垂挂挂着,那绿,又是一种,带些蓝的,莹绿。公公的黑布衫裤,袖是齐肘的,裤管则齐膝,已经洗出了的布筋,这会儿也丝丝可见。公公手里捏了一把葱绿的香椿芽,用根麦草系起来,举着。脚在藤蔓里拔出来,放下去,拔出来,放下去。这一切都是如画的,秧宝宝自己也成了画中人。

草丛里的小虫子活跃起来,咬着秧宝宝裸在裙子下面的腿。不是大口大口地咬,只是小小地叮一口,秧宝宝便用手掸一下,再掸一下。池子里的水面上也有些小虫子,绿色的,还有些飞虫。后院里不知不觉换了朝代,是小虫子的朝代。它们全都出笼了,唱着嗡嗡的歌。在平斜的光线里,它们细小的身躯看得清清楚楚,都带着一点亮,像花的蕊一样,在半空中开放。院墙外边的水杉,叶子成了均匀的暗绿,衬在小虫子的底上,然后,逐渐地,小虫子回复进颜色里去,结束了它的王朝。现在,这一个薄暗的绿色调和了一切,所有的块面、颜色、声音、动态,都变成简练的,单色的线条,平伏在铜绿的画面上,定格了。后院安静下来。

太阳完全走到新街的背面去了,走过沈溇,再要向西边的地平线低下去了,可余光也足够铺陈在地面上。天空由于光、云层和气体的折射,反而变得鲜丽。它略微低垂地笼罩着新街、老街、新桥、旧桥、桥下的水、旧屋的黑瓦、新楼的水泥板,还有豪宅的琉璃顶,这个小镇子的所有景观。虽然是不协调,也还是杂乱,但因被收拢在绚烂的天穹之下,看上去,终是一体的,甚至,唇齿相依。

秧宝宝手里握着一把鲜嫩的香椿芽,急急地向东走着。这是镇上人流最拥挤的时刻,桥上、街上,都是人,往各自的方向去。外乡人都出笼了。趿了鞋,敞了衣襟,悠闲地逛荡着的,就是他们,不当班的那一批。在溽热的工棚里挨过一个下午,这会儿出来凉快了。镇子里变得喧哗。秧宝宝穿过熙攘的街心,耳朵里不是喧声,而是公公方才念的歌谣。公公念的是:状元吞有个曹阿狗,田种九亩九分九厘九毫九丝九;爹杀猪吊酒,娘上绷落绣;买得个溇,上种红菱下种藕,田塍沿里下毛豆,河磡边里种杨柳……公公今天很高兴,因为秧宝宝帮了他,就念歌谣犒劳秧宝宝。公公念得很好,起句和平时的讲白话一样,没有节奏,其实是散板。第二句就更加散了,为了念清这个绕口的数目,公公格外地慢下来,一个字一个字往外吐,终于吐光这六个"九"及六个计量单位。后面两句更找不着板眼了,比白话还白话。然后,接下来,"买得个溇",四个字一出,拍子一转,变成了数板。公公嘎哑的因为耳朵听不见又格外放大的声音,便成了走了腔的嗓音,在这明快的节拍里,奇怪地亢奋着。秧宝宝有点害怕,没听完就跑了出来。可这会儿,耳朵里全是公公的歌谣了。她的脚都好像是踩着那歌谣的拍点,人群也依着这拍点向后退,向后退。

秧宝宝推门进去,这时候,家中竟很安静,客堂里只有小毛一个人,看电视里的卡通片。人,好像都集中到那边房间里去了。秧宝宝走进厨房,将香椿芽放在砧板上,再把空了的菜盒、饭盒、水瓶,放下来,就出来进到阳台,向西边走去。西屋的门里正走出人来,陆国慎走在前边,她男人亮亮竟也在家,走在略后的旁边,手里提一个网袋,装了脸盆、热水瓶。闪闪走在更后边,手里也拿了东西。李老师走在最后边,顾老师在门口就站住了脚,目送着。陆国慎走到秧宝宝跟前,笑着说:再会,秧宝。秧宝宝想问,陆国慎你要去哪里?可因为这些天都是不与她说话的,就不好开口。闪闪催促着快走,快走,就将陆国慎催走了。秧宝宝惶然地站在阳台上,天空沉暗下来,褪成了灰蓝。

9

陆国慎住医院保胎去了。怀胎三个月见红,本地叫作三月红,最危险了,所以即刻送去柯桥医院。家中的气氛难免有些紧张。到了第五天,亮亮回来说,好些了,虽然松口气,但因家中少了个人,终还是沉闷的。

秧宝宝一直是惶然的。她依稀觉得,那日为梳头的事,她踢着了陆国慎,会不会是把她肚子里的毛头踢坏了?原来是她不和李老师家的人说话,这时,她却以为,是李老师家的人不和她说话了。闪闪进门出门,连看都不看她一眼。有一回,小毛无意往她背上贴了一下,就被闪闪拉过去,说:当心骂你!亮亮本来就和她不多啰唆的,现在就更看不到她了。小季是个老实人,又生得面善,不笑也带三分喜气,如今看见闪闪虎着脸,也跟着虎起脸。李老师很大度,照常问秧宝宝的功课,陆国慎替秧宝宝做的一套:装菜,装米,装水,李老师此时也接了过去。可那是在敷衍她呢!当她夏静颖识不出来?

怕你们!秧宝宝在心里说。日子依然往下过着,秧宝宝一早出门,叫了楼下的蒋芽儿一同去学校,下了学要逛到天擦黑才回去。反正作业写好了,李老师就挑不出她的错。蒋芽儿真是一种动物,有着锐利的眼睛、快捷的手脚、灵敏的嗅觉。她每天都能在这镇子上发现新鲜的事物,这个小小的镇子就成了一个无底的宝藏。有一回,她带了秧宝宝穿过老街,走入与水道交错的巷道,漫无边际地走着,一边亢奋地说着话。下午的寂静的小巷子里,她的聒噪起着回声,然后又消散在桥下静滞的水面。她们在巷子里穿进穿出,慢悠悠地走过石桥,水面上便映出她们的倒影。她们一会儿并排走,一会儿又前后追逐。就这么,忽然间来到一片河岸。这是一个弯道,所以,水面较为开阔,岸边种植着一些芦苇,芦苇间开着一球一球棉絮似的白绒花,一种野生的植物,人们叫它萝卜花。河岸的坡地覆着青草,青草上停放了一座房顶木架,就像一艘大船。几个女人围着,替它上漆。是一种格外鲜艳的黄漆,衬托着青草、白萝卜花、灰绿的河面、河对面、远处的黛色的会稽山,两个孩子一下子怔住了。她们停止了疯闹,悄悄地走近去。有个女人看见了她们,和善地微笑着,问道:是我们的姐妹吗?她们不懂她的意思,怔着。女人没得到回答,微笑着复又回过头去。她们有些怯生了,站住脚,再不敢往前去。那几个女人,有年老的,有年轻的,还有一个小孩子,也拿了一把小刷子,在大人肋下钻来钻去,给木椽与横架的接缝处填着黄漆。她们并不交谈,很安静地做着活。阳光从河面上斜过去,河水显得清澈,甚至有了薄薄一层粼光。女人们的脸都显得安详与和善。木架上漆过黄漆的部分就像罩上了阳光,未漆到的部分则像罩在阴地里。

她俩怔忡了一会儿,蒋芽儿终于又凑上前去,不是说过,蒋芽儿是一个特别的小孩子吗?她走上前,悄声喊方才问她们话的女人,她喊她:姐妹!姐妹回过头来,笑容更加和善了:做什么?这是什么?蒋芽儿点点她们手里的活,问。姐妹告诉她,这是在盖一座教堂,兄弟姐妹们集资二十万,其中一万,去萧山请了一个设计师画的图样。那姐妹并不嫌她们是小孩子,很耐心地向她们解释。又告诉她们,那里原先就有一座教堂,她朝身后地方指了一下,大约有一百年了,破败得不成样子,对上帝很不敬的,这次,终于下决心推倒重新翻盖。教堂造好了,他们就要去萧山请牧师来布道,到时候,两位小妹妹,也来听啊!顺着她的指点,蒋芽儿和秧宝宝离开河岸,向南走了一百米,一片旧平房中间,果然有一个工地。石头墙基打好了,红砖砌到齐腰处。工人们正歇息,坐在砖石堆上吃面。一个临时搭的灶屋里,两个女人在灶上忙着,大锅里蒸腾出热气,遮住了她们的面容。

这是一桩奇遇。过后,她们想再去找那座施工中的教堂,看看它是否完工,完工了又是什么样子,可就是绕不到那里去。而在寻找它的路上,又会有新的奇遇,吸引了她们的注意。

有一次,她们走过镇北角的一领水泥桥。桥当中放了一把竹躺椅,椅上坐了一个老公公,摇着一把蒲扇,很热情地和她们打招呼,要她们留在桥上玩玩。她们说还要到别处去,老公公就说:玩一会儿再去,玩一会儿再去。她们只得站在老公公身边,听他说话。他告诉她们,他是桥头那爿国营织绸厂的,现在织绸厂倒闭,人跑光了,设备卖掉了,只剩下一个空壳子,让他在这里看门。果然,桥头是一排破旧的车间仓房,窗户上钉了生锈的铁条,又罩上了蜘蛛网。厂房的石灰外墙上,红漆写着标语,有年头了,风吹雨淋,但因为油漆厚,字又写得大,还可看出形迹:

"抓革命,促生产""深挖洞,广积粮",三字经样的文字。其中也夹着一些新写上去的字,多是用黑墨汁写的,一条是"绍兴正宗吹打道士,呼机……"又一条是"连村乐队,越剧清唱,手机……"沿了石灰墙看过去,有几扇木门,门上钉着白漆红字的木牌,写着:供应科、财务科的字样。门关着,贴了封条。门窗上的雨檐,都垮了下来,车间顶上铺着油毛毡,一片一片披挂下来。车间后边的锅炉房上,立着的烟囱断了一截,有麻雀从里面飞出来。桥下的水也是静止不动,积了污垢,厚起来了。桥的那一头,是人家的后墙。院子筑在一个高台上,墙就格外的高耸,挡住了西去的日头,将水泥桥罩在了阴凉的影地里。这里,就有了一股森然的气氛。喧哗的华舍镇里,竟然还有这样冷清的地方,真是不可思议。老公公讲完一个段落,起身下桥到门房里搬椅子给她们坐。当他提了两把竹椅出来的时候,桥上已没了两个孩子的踪影。

她们手拉手飞快地反身下了桥,绕过高台上的院子,跑了。空气重新变得燥热,太阳还很高呢!耳边涌进起伏的人声,还有店铺里高音喇叭播放的歌曲。

又有一次,她们来到一个巷口,口上有一间铺子里,箍桶匠正箍桶,箍一个量米升。箍着,箍着,那人忽然抬起头对着秧宝宝说:我认得你,你是沈溇夏介民的囡!

还有一次,她们又来镇东边的那座茅草顶的木廊桥,就是蒋芽儿的妈妈去唱菩萨戏登船的溇头。但这一次,她们没有过桥,而是在桥这头的山墙下边。山墙下栽了几株桃树,花期已过,叶子也凋零了些,余下枝杈细细的,生着些硬扎扎的节,纷乱地伸着,有点三月雾雨的情景。枝杈间,山墙上的一扇窗内,忽然呈现出一个女人的脸,十分姣好。两个孩子不觉一惊,那脸便笑了一笑,翩然而去。窗户里仍是黑洞洞的。

这个镇子,奇怪的事物真是多得不得了。看上去没什么,可是一会儿却冒出一个,一会儿又冒出一个。不晓得是什么时候,什么人撒下的奇妙的种子,到时候就露头,发芽,长成了。每天近晚的时候,天空铺开了红、紫、蓝、灰的云彩,这两个孩子便带着满足和疲惫的神色往回走。路边的小炒已经开张,那间卖冷饮、日用杂货,又兼带出租书刊录像带的小店,将电视机移到柜台上,面向街,开始播放本地新闻了。她们心里灌满了新奇的经历,对寻常的景象视而不见。天长了,她们的漫游也延长了,经历更丰富了。

这一日,她们正往回走,忽然听有人叫她们。站定了,四下里找一周,见路南边树底下,小炒铺前,一张矮方桌边,有一个人向她们招手。她们疑惑地走过去,才看见,那人是黄久香。

黄久香让她俩一人坐她一边,占了矮桌的一面,另三面是三个江西打工仔,也是镇碑底下的常客。他们要的菜正在锅里炒,啤酒浸在铅桶的冰水里。黄久香为她们要了两罐可乐,也浸在桶里冰着。这时候,就吃桌上的瓜子。几天不见黄久香,黄久香好像有些变样。她的脸更白,头发更黑,眉毛更细更弯,嘴唇也更鲜润。她身上的衣服还是略微紧瘦的,很随便的样子,好像在房间里待着,临时被邀了出来。脚上依然是一双夹趾的木拖鞋,夹趾带是鲜红的绸带。她也还是不太说话,只是听那几个江西人说,有时候转过脸向两边两个丫头笑一笑,牙齿便闪出贝壳般润泽的光亮。她将铅桶拉在身边,过一会儿拎一瓶啤酒出来,试试冰不冰。试了几次,觉得可以了,便一瓶一瓶放到桌上。旁边立即有手伸过来,抢了瓶去,也不用开瓶器,往桌沿上一磕,瓶盖就飞了出去。还有一个,连桌沿也不碰,而是直接用牙齿一咬,咬开了。两罐可乐是黄久香亲手拉开的,又向老板要了吸管,插好,一手一个递给秧宝宝和蒋芽儿。

其中一个江西人就说:你不在,就好像把她们的魂带走了,到处找你。她们一起白他一眼,不理睬,黄久香只是笑。这时候,菜炒好了两盘,端上来。黄久香又让给两个小的添两副筷。大家一同吃喝起来。天暗了,稀疏的几盏街灯亮了。他们这里正有一盏,照着小桌。桌后的炉子上继续爆开着油锅。炉火一亮一亮的,正对着黄久香的脸。她的脸就一明一暗,一明一暗。街上人多起来了,对面小店柜台上的电视机前,也围上了人,店主搬出两条板凳,供人们坐。电视机里开演了一部香港连续剧,不时有"嗨,嗨"的武打发力声传过来。有认识的人从他们这里走过去,会说:黄久香,什么时候回来了?有几个就停下来,坐在身后,看他们吃喝,一起聊天。渐渐地,这里也围拢起人来。两个小孩子已经忘记了回家,一个是家里本来不大牵记的,另一个则因不是自己的家,就可以不牵记。

人们说着闲话。镇上哪一家厂里出了工伤,一个广西妹替人代班,连做二十四小时,最后打了瞌睡,轧掉四个手指头。那广西妹才十六岁,不懂人事,因为歇在医院,老板又送去电风扇、西瓜,赔她一万块钱,很开心的样子。倒是那个找她顶班的同乡人,年长些,想到那小妹妹的将来,一直在哭。还有,也是一家纺织厂,一个老关系,德清的一个布商,被隔壁厂抢走了,货堆积在车间里,发不出去,只好歇工一天。这一天,工人们相约着去绍兴、杭州玩。结果一早就下雨,下到第二天早上,正好接着开工了,计划泡汤。而这两爿厂的老板其实还是同学,可是生意场上,亲兄弟都不认的。再接着,有人报告了最新消息:管墅乡贩毛竹老头的案子破了,不是三个人,也不是外乡打工仔,而是当地的一个宵小,欠了赌账,没办法了,去偷老头的钱。手里的刀只是壮胆的,不想一进茅草棚,老头就叫起来。他也是慌神了,一刀下去,杀个正着,却还没有忘记找钱。找到钱,又找了老头的一双鞋,换下自己的血鞋。大概是穿着不舒服,又换了一双。所以,地上有三个人的鞋印,就因为他换了两次鞋。菜炒好了,老板用煤压住火,只留一点点火头,火光便在黄久香脸上暗下去。

## 10

黄久香回来了,镇碑下的乘凉会又热闹起来。黄久香总是中心,秧宝宝和蒋芽儿一边坐一个,已经成了固定的格局。有一些以往不来镇碑的人,现在也来了。另一些以往来镇碑的人,却悄悄地退出了。若是留心,便会发现这些退出的人多是夫妻、恋人,还有女工。但是,也有例外,那个江西人的头儿,窄瘦的脸上,有着一双锐利的眼睛,凹在突出的眉棱底下,他还是来,坐在黄久香对面的石栏杆上,这也是固定的格局之一。他那个清秀的小妻子,有时来,有时不来。来,就侧身坐在男人身边,低头织着什么东西。虽然天黑,可她也能织。江西人的头儿,也是少说话的,只是用眉棱下的那双眼睛,看着黄久香。黄久香则把眼睛移开去,看着侧面栏杆上的人,几个几乎还是少年模样的外乡人,挤簇在那里。一些本地人来到这里,看看铁箍般的人围,又走到别处乘凉了。在暗夜里,那黑压压的一团人,散发着一种危险的气息,有点叫人害怕。

其实,圈子里的气氛也是有些紧张。那江西人的头儿,看黄久香的眼光很奇怪。即便在黑暗中,也能觉出它的尖刻,像是要看穿什么。黄久香,真是在躲他呢!偶尔地,他开口与黄久香说话,不是叫她黄久香,而是叫"黄小姐"。这称呼也是奇怪的,众人就都停下来,等他接下去说什么。结果,他不过是说:黄小姐,给我一把瓜子。黄久香并不直接递给他,而是交到秧宝宝,或者蒋芽儿手里,让她们送过去。还有时,人们谈论到柯桥或者绍兴的玩处,什么KTV包房、桑拿浴室、歌舞厅,有些争执不下的地方,江西人的头儿,就会忽出一句:问黄小姐,黄小姐知道。这时,黄久香就转过头来,头一次看着他的眼睛,还是笑着:我倒不知道。江西人的头儿就"哦"一声。黄久香复又转回头去。两人有些心照不宣,又有些暗斗的意思。再有一次,大家说到杭州。虽然此地离杭州只两小时路程,可谁也没有去过,有的至多是在杭州火车站停留一下,又走了。大家历数杭州的名胜,数到断桥,不明白它是断两头,还是断中间,辩得很热闹。这一回,江西人的头儿,倒没有让去问"黄小姐",而是说了一则发生在断桥的故事:许仙和白娘娘。从他们相遇开始,说到端午,许仙要白娘娘陪他喝雄黄酒,白娘娘高低不喝,最后实在推不过,只得喝了,结果,便显了真形,还原成一条白蛇。说到此处,又着重说了一下:端午,是不可大意的!然后打住,故事结束。黄久香脸向着别处,许久,忽然"噗"地笑了一声。问她笑什么,她就说:好笑。

下弦月从云后边走着,云像烟一样,于是,清楚一阵,模糊一阵。身后秧田里,蛙声一片。人渐渐散了些,黄久香拍拍两个已经在瞌睡的孩子,说,睡觉去吧,站起身也走了。她走下台阶,走到路对面,从华舍大酒店底下,向东走了一段。她的白衬衣映上一些霓虹灯微弱的光影,旋即便掩灭在暗里了。

有一些流言在渐渐地起来。有一日,秧宝宝和蒋芽儿走过小小影楼,老板娘妹囡把秧宝宝拉进去,悄声说:华威厂有个四川女人,要认你做干女儿啊?秧宝宝朝她翻翻眼睛:什么干女儿?妹囡说:人家都说那女人是从北面沪青平公路边上来避风的。秧宝宝再翻翻眼睛,跑出来了。北面,沪青平公路边的地方,是一个神秘的地方。那里的时间是睡颠倒的。白天,了无生气。一入黑,便活过来了。灯火通明,汽车从沪青平公路上汩汩地流来,转眼间涌满大街小巷。餐馆前大玻璃缸里,是碧蓝的海水,养殖着鲜活的海生动物,也睡醒了,张牙舞爪地爬行,吐着气泡。楼顶上挂着大红灯笼,门前,窗前,倚着美丽的小姐。还有穿梭般飞跑的三轮车,上面坐着的,也是美丽的小姐。发廊里洗头发的,是美丽小姐,歌厅里唱歌的,是美丽小姐。那可是个繁华又温柔的地界啊!

晚上,人们吃过饭,洗过澡,摇着蒲扇,出来走走。一走,就走向了镇碑。走到镇碑,往人里面瞧一眼,没找到要看的人,便又下了台阶,往别处走了。

黄久香隔三岔五地来镇碑。她不来的日子,人们就说着她的故事。说她与老板吵架,老板不知说到哪句话,她便冷笑一声说:你这厂还想开吧?我告诉你,我是不想,我要想,华舍的白道黑道,我都摆平得了!吓人不吓人?等到下一日她来了,人们则像什么都没说过的一样,还是围着她,吃她的瓜子,说笑话给她听。依然有人请她喝啤酒,吃小炒。她也回请,并不白吃人家。要是碰上了,就带上秧宝宝和蒋芽儿,就像她的两个随从。也有人喊她们"电灯泡",还有叫她们"保镖"。总归,她们三人在一起,就好像古代的小姐,边上都要带两个小丫鬟。

黄久香待两个孩子一般好,不偏不倚,但秧宝宝自觉着黄久香更器重她一些。黄久香是个明眼人,一眼看出秧宝宝比蒋芽儿命好,她说:你们两家的大人都会起名字,秧宝宝是个"宝",蒋芽儿是棵"芽"。蒋芽儿说:秧宝宝本名是叫夏静颖。黄久香就说:这名字也起得好。蒋芽儿并不作深究,早说过,她是一种混沌的人物,只享有自己心里的快活。秧宝宝却晓得黄久香的意思,她就和黄久香单独有了些私交,彼此都是知情的。三个人在一起依然很好。

像黄久香这样的出众的人才,能伴在她的左右,就是十分的优渥了。更何况,她从来不像别的大人那样呵斥她们,轰鸡样地驱赶她们,她们说话,她也能耐着性子听完。虽然有着关于她的传言,可人们不还是要和她在一起,围着她,向她显摆,请她吃,也吃她请?她呢?依然那样,气定神闲。这小镇子上,没有一个人是像她这样的,外乡人里,也没有。她走到哪里,都吸引来目光。这两个小孩子,无意当中,都有些学她。学她微微有些摇摆的步态;学她手里拿着扇子,却并不扇,而是将手交叉着,由扇子垂在膝边;学她用眼睛,而不是用嘴笑;学她用手指头捉住一小绺鬓发,弯过耳后,在腮边按一按。于是,就有人说她们:两只小妖怪,扭怩作态。这样的斜眼,非但没有打击她们,反而让她们以为,与黄久香接近了一步。她们的作业写得更潦草了,因为黄久香看她们做功课是带着些讥诮的微笑,好像在说:写这劳什子做什么？于是,她们便微红着脸,快快运笔,在格子里鬼画符,列着算式,三下五除二。终于写好,将作业本一卷,一塞,完事。早操课,她们慵懒地抬着手臂。课堂里,学生们拖长了音调朗读课文,她们则是在心里默诵。她们开始憎厌学校里的生活,那太不合黄久香的风范了。学校组织学生,宣传保护水源,不往河里倾倒生活垃圾。一人发一杆小旗,分成几组站在河边,喊着:爱我家乡,爱我水乡！她们远远看见黄久香,顿觉羞愧,将小旗藏在腋下,低头退出队伍,溜了。

为了弥补黄久香对她们的印象,她们竞相说一些更有趣的事情给黄久香听。这方面,蒋芽儿显然是胜秧宝宝一筹了。她关于菩萨的话题,激起了黄久香的兴趣。黄久香甚至应允了蒋芽儿的邀请,阴历五月十四,去包殿念千人佛。

这一日,包殿里,从天不亮开始念佛,直念到日落天黑。方圆几十里的善男信女,川流不息地来到包殿,烧香燃烛,诵经磕头,是一个大日子。烧下的蜡烛油就有几大桶。馒头,几个大灶一起蒸,一笼接一笼。还有摇签。这一日的签,绝对准。寻人的,签上有下落；治病的,签上也有方子；求问婚姻大事的,签就给你指方向。黄久香问:包殿供的是哪一路仙呢？蒋芽儿说:包公呀！黄久香疑惑了:包公算是仙吗？算！蒋芽儿的眼睛亮亮的,赤红着脸,因为自己有这一路的知识,可用来回答黄久香,非常激动。包公在人间做了这样多的好事,上天之后,玉皇大帝就封给他仙籍了！黄久香便决定五月十四去包殿。她们开始是计划下午放学后去,可一算日子,巧极,那天正是礼拜,于是约好一早就去。

五月十四,她们三人在镇碑碰头。她们很少在白昼的日光

63

里看黄久香,也可能是因为刚下夜班,她没有睡觉,露出了疲惫相,黄久香变得有些不像了。她的眼睛不如以往的流转有光,饱满的脸颊明显松弛了,脸上敷的粉,似乎是浮在皮肤上,反显得粗糙,而且不干净。这张脸应当说还是姣好的,但是缺乏光彩了。黄久香的装束也换了,一身白,上衣是纱样的质地,圆领口缀着蕾丝,袖子齐肘束紧,再放出一圈蕾丝边口。腰这里也是束紧的,衣摆就微微夺起来,因为是柔软的布质,就又飘落下来,形成一些细裥。底下是一条白裤子,比较宽身的直筒式,裤脚覆在白皮鞋的浅口上。鞋是酒盅跟,略尖的头,鞋帮上筛样地镂着小孔。她站在那里,小手指头勾着一个镶珠子的小皮夹。她们总是见黄久香趿着木拖板、衣衫慵懒的样子,少看她这样的正经。但在她的正经里面,却又有一点不那么正经。好像不是正经出门,而是自家扮着玩的。这使她们觉得怪异。不过她们略微适应了一会儿,就习惯了,又看出黄久香另一种好处了。她们就也把自己的小钱包勾在了小手指头上,很随意地荡着。

黄久香招了一辆三轮车,谈好价钱,三个人坐上了车。黄久香坐一边,秧宝宝坐一边,蒋芽儿就坐在秧宝宝腿上,秧宝宝则抱住蒋芽儿的腰。车夫上了车,身体一上一下地蹬起来。三轮车向南一转,驶进了田间的土路。稻田里,秧已经插齐了,映着水,碧清。天呢,很蓝。风迎面吹来,将她们的头发扬起来。心里十分快活,黄久香的脸色也润泽了一些。蒋芽儿告诉黄久香,她妈妈早晨四点半就去了,烧的就已是二遍香了,因为有人半夜就候在包殿门外的。她们这时去,至少也是第四第五批了。三轮车驶过稻田,又驶进一个村庄,庄子里静静的,大约也都去烧香了。河上覆着浮萍,沿河蹬一段,车夫就下了车,将车奋力拉上一领石桥,再上车,任凭车自己溜下桥面,上了又一条稻田间的土路。前些日子下过雨,土路上就留下拖拉机的履带印、自行车的车辙印,路变得硌硌棱棱,三轮车压上去,就颠一下。她们人轻,颠一下,往上跳一跳,两个小的便尖叫一声。就这么惊惊乍乍的,一路来到包殿。

没看到包殿,已经听到嗡嗡的念经声。待看到包殿,不觉又是一阵意外。被蒋芽儿描绘得无比壮观的包殿,实质上只是一座土屋,三间两进,砖墙瓦顶。只不过比平常的农舍门上多一块木匾,黄底红漆写着"包公殿"三个字。木板的对开的门朝外敞着,里头黑洞洞的,一时看不见什么,而诵经声越发盈耳。嗡嘤之中,拔起绍兴大班式的高腔,令人一振。其间,又有琵琶、胡琴的拉奏拨弹,钹镲铿铿地敲打着。所以,这无字吟听来绝不单调,还有些激亢。

她们交付了车钱,在柳树下的香火摊前,各人买了一把香,黄久香还多买了一对大红烛。念佛的人从殿里漫到门外墙根下,多是女人,坐一张竹椅,膝上放一盒念珠,手捻着珠子,嘴里哼唱着。她们三人走成一行,从竹椅间挤进殿内。殿内的景象真有些震撼了。

漆黑的房梁上,垂下黄色的幔子,百幅千条,在烟火烛光中,缓缓飘摇。门里左右是两张条案,安置着烛台和香火鼎。不晓得有多少红烛,长长短短,熊熊燃着,烛花"啪啪"地响,火星乱溅,溅到黄幔上,一熄,冒出一丝白烟。要是烛火蹿高了,燎着黄幔,则"吱啦"一声,飞出一片焦蝴蝶。香挤簇在鼎中,合成一大股烟,摆摆摇摇地升腾上去,再漫开。条案底下,布满竹椅,念经声一浪高过一浪。烛泪淌下来,积满了烛台,再往下淌,就有老人专门端着盆,将烛油大把大把捋到盆里。长条案前边,各是一张八仙桌,围坐着四五个男人,掌锣,掌镲,操琴,操琵琶。那领衔之声,就来自于此处。他们喝口茶,吸一支烟,找着鼓点,忽拔一声高腔,又骤然回转落下,声声念念,再消停下来。那镲、钹、琴,却总不离手。八仙桌前,又是一张条案,横放,毛竹林般的香烛前边供着签筒。条案后边就是包公像了。一个黑乎乎的人像,眉眼莫辨,似站似坐,在层层屏障之间。殿的四周,亦是一周红烛,红烛后面,原来是一周小菩萨,供在壁龛里。包殿,外面看起来黑洞洞的,里面却是红光融融的世界。

包公座的一侧,有一扇后门,通向天井。天井里一院明晃晃的日光,日光中,也是挤挤簇簇的竹椅、嗡嗡嘤嘤的人。但因是在露天里,声音散漫开了,不那么急骤紧张。天光也叫人舒缓和明朗。天井里的灶间,涌出大团大团蒸汽,还有馒头发酵的甜酸气味,就像回到了人间。

她们三人在人堆里,由蒋芽儿引领着,先到烛台上供了黄久香的一对大红烛,再合掌举香,沿了壁龛,一路拜过去。壁龛里那一排小黑人儿,蒋芽儿竟能一一说出名目。有八仙,有罗汉,有三国里的刘备、关羽,水浒里的宋江、晁盖,还有本地绅士徐文长,又有不知哪一路的五通神。这些神仙一律是用泥巴草草捏成,眉目本来不清,又叫烟火熏煳了。身上的披戴新时大约是有颜色的,现在也煳掉了。可它们依然忠诚地各司其职,领受着人们的祈愿。走到一尊神前,蒋芽儿忽踮起脚,伏在黄久香耳边说:这是司婚姻的,我替你拜!说罢便深深地拜下去,连作三揖。秧宝宝也跟着替黄久香拜了三拜。抬起身,见黄久香已经向前挪了。她的一身白衣服特别吃光,看起来,通体都是一种透明的红。那些细密的裥褶,闪闪烁烁,飘飘逸逸,又是香烟缭绕,便明暗互替,倒像是一个活的仙了。

她们拜过一圈,回到门前的条案,将香插进鼎中,就去求签。先是蒋芽儿求,带有示范的意思。只见她在蒲团跪下,捣蒜般地磕一阵头,开始摇签。摇了一阵摇出一根,一看是中平,略有些不满意,也罢了,爬起站在一边,等那两个摇过后,一同去换签文。第二个是秧宝宝,也捣了一阵蒜,摇了半天才落下一根,捡起一看,却是下下签,就要重摇,那管签筒的竟也让。又猛捣一阵蒜,才算摇出一根中平,和蒋芽儿一样。于是,就轮到了黄久香。

黄久香双手伏地,拜了三拜,抬起头来并不忙着接签筒,而是合掌对了前方停了停。她的脸色在红光中,出奇的庄严,眼睛大睁着,嘴紧闭,鼻翼微微翕动,就像有无限的心事要与那前边的黑脸人讲。她从那老妇的手中接过签筒,不重不轻地上下摇动,很耐心地,一下,一下,许久,忽跳出一根。伏身拾起签,同两个孩子一起走了。

领签文是在天井。走到天井,眼睛不由便闭上了。绕过竹椅上的念经人,对了灶房的一角,斜放了一张抽屉桌,后面坐一个老者,专司发签文。需交上一元钱,方可领来一张签文。桌前已排起人蛇。她们三人排在队里,看那灶房里正出馒头,整笼地倾进筐中,一筐筐抬进殿内。她们依次领到自己的签文,一张二指阔的薄草纸,用黑墨刻印着四行诗文。字都识得,连成句子读来也顺口,就是不解其意,不晓得藏着什么玄机。见那老者正给几个女人解签文,便也挤上前去想问,早被人拨到了一边,只得悻悻地站开。黄久香的签文领来并不给人看,自己藏进了钱包。

只瞥见那上面刻的是红字,晓得是个好签,又看她面有喜色,两个小的也为她高兴。自己的签文拈在手里,不一会儿便忘了,松了手,顺了风一起一落地飘走了。回去是走着的,从几个村庄上走,还走过一个极小的镇市。炊烟起来了,女人们在河边淘菜,剪螺蛳,剪刀"咔嘣咔嘣"地响。葫芦在架上琅琅地打铃铛,蜜蜂嗡嗡地飞行。

　　三天之后,黄久香又不见了。这一回不见,就再也没见到她。

# 第 三 章

## 11

暑假在漫长的白昼里开始了。这个小镇子,在炽热的阳光里变得寂静了。河面反射着白亮的光,散发出一股硫磺的气味。那些五六层的新房,琉璃瓦的顶,金光四射,耸立在空旷的天空中。尤其到了午后,镇上简直看不见一个人影,蝉鸣哗啦啦一片,是它们的天下。镇碑的花岗石面,在强光里,变成金属一样的钢蓝,烫手似的。上面的刻字反而变浅了,许多笔画消失掉了。底下也没有人影。

但华舍镇还是繁忙的。载了石头的拖拉机,在毫无遮蔽的新街上驶来驶往。柯华公路上,走着小车和中巴。四周田里,蝉鸣之下,是轻纺车间机器的轰响。仔细去听,就能听见这镇子里的蒸腾气象。因为罩在暑气里,变得悠远了。

有猫,或者狗,在边缘很清的一团团树荫里打盹儿。小孩子,睡在竹榻上,竹榻安在老房子的穿堂里,风飕飕的,也带来河里的硫磺味。石桥的栏上,搭了谁家的棉花胎,一领桥一领桥过去,都是棉花胎,搭在桥栏上。桥洞下面,水边有一点干地,缩着脚立了几只鸡。这个镇子也还是安泰的。在那破瓦的屋顶上,歪斜的木窗框里面的旧家什,夏布幔子后面也是酣然的午睡。金铃子、叫蝈蝈、墙缝里的蛐蛐儿,都睡着哩!恹气里夹着安宁。

可是,却有一个小孩子,在这白日觉里走来走去。她的小身子,在桥上、水上、新街、老街,投下了清晰的影子,飞过来,飞过去。暑假里,觉睡得太多,她精神太好,而时间,又那么漫长。她就是秧宝宝。蒋芽儿一放暑假,就去乡下的外婆家了,黄久香也不见了,于是,她形单影只。在这静谧的午后,格外地感觉孤寂。好像,一个镇子,只剩她一个人了。她啪啪地跑过石桥,脚步声被蝉鸣吃掉了,没有声音。白花花的水面上,那影子薄薄的一层,也不像是她。和所有的小孩子一样,秧宝宝并不怕热,太阳晒着头顶,也不觉晒。只是恍惚,就像在梦里。明明是熟悉的地方,一下子变陌生了。

这样的明亮的静,她想找一些乐子,可是一切都凝固住了,止了声色。连那镇北角停了产的织绸厂前边,人家后墙阴地里的水泥桥上,那个饶舌的老公公,也不见了。她倒是找到了那座教堂,教堂矗立起来,不高,二层,水泥尖顶上立着一个十字架。石头基座上的砖墙面,刷了白石灰。窗和门都是拱形的圆洞顶,还没有镶玻璃。秧宝宝踩着石头基登上去,朝里看,一股水泥的凉气扑面而来,里面一片空寂。深处的壁上留了一个龛,也空着。从教堂背面的短巷走出来,那一片河岸也没有人。河对面的鸭棚,都静着。河面在烈日下,颜色变浅了。草、苇叶、萝卜花,也都浅成一种灰白的颜色。唱菩萨戏登船的那个溇头,本来就没人,这会儿更是静。溇里堆积着的塑料袋、泡沫块更厚了,边上泛着灰色的泡沫,一层一层垒起来。秧宝宝在小埠头上站了一会儿,风都是止的,溇上像罩了一层沙面,起着颗粒。反身上坡,走进木廊桥,桥面松动腐朽的木板声,听来很空洞,虚虚的。廊顶上的草稀了,漏进几缕光,针样的尖利,刺着眼。走出去,下了斜坡,有过女子笑脸的那面山墙上的窗,开是开着,没有人。桃花枝子缤纷错乱,就像张了一面网,其实是阳光。

秧宝宝走进了巷子,她有意地踢着脚,跑出啪啪的声响,可那声响更衬出了静和无人。巷子里或开门,或掩门,都是无人。巷口处有一眼井,低矮的井沿上,立了一只麻雀。她终于看见一只活物了,跑过去,那麻雀悄无声息地飞了。站在巷口,又看见了河水,泊着一条船。方才还没有,现在有了。船头扎着一柄油布伞,还有一具小煤炉,老大却跑开了。这个镇子,现在显得无限的大了。这个孩子在里面,屋顶,是要仰极了脖颈去望;石板长巷,要不歇气地跑一阵才跑得到头;桥呢,横一领,竖一领,走也走不完;河道,是一张纵横交错的大网。在这寂静的暑气氤氲的午后,这镇子忽显出它的精深,这小孩子怎么都叫不应它。秧宝宝不由有点害怕,不是夜晚里怕黑的那种怕,而是一种近似于敬畏的怕。她从桥上伏过低矮的石栏,看见水面上有一个小小的半身的人影,知道是自己,却又不像。由于水里的污垢太厚,有些像油,影子便汪在面上,更虚了。为证实是自己的影子,她伸出手,很矫揉地在头顶上张开后面的三指,做出一个孔雀羽冠的形状,那影子的头顶上,果然长出了三个翎子。小孩子一个人的时候,反正没有人看见,于是,就感到了自由。这时候,秧宝宝就很做作地蹦跳着下了桥,两只手拈着裙边,好像是一个芭蕾舞女演员在谢幕。这镇子成了她的舞台。

终于,终于屋檐斜下了一条影子,日头走动了。有一些叽叽喳喳的噪声起来了,大约是虫和鸟的啁啾。水面也微微开始波动。有几扇门扉悄悄地翕动着,可是秧宝宝已经结束她的周游,走在了回去的路上。虽然她一直在等它醒来,可一旦醒来,其实也是老一套,反叫人意兴阑珊。新街两边,零落的店铺里,壅塞着闷热与慵懒的空气,从门厅里流出来,是叫人气馁的。没有一棵树。在小块小块田地的背景下,新街出奇的宽阔、平整。秧宝宝感到日头的暴热。她走下路,在地里谁家的架上,摘了几片葫芦叶,顶在头上。这个动作使她想起了黄久香,她是多么远的一个人了啊!连蒋芽儿都远去了。小孩子总是特别地感觉时间漫长。她觉着,她一个人已经生活了很久。她匆匆地走过镇东的水泥桥,向李老师家的教工楼走去。暑气逼着她,脚板心都是烫的。最后几步她是跑着的,一口气跑进门洞,水泥楼道的凉气镇了她一下。

门敞开着,隔着纱门,可看见客堂里没有人,中间横着小毛的三轮脚踏车,沙发上摊着些报纸,桌上用网罩扣着中午的剩饭菜。她推开纱门进去,有一只苍蝇也跟了进来,在房间里嗡嗡嘤嘤地飞。秧宝宝就举了苍蝇拍,满屋子扑打。人们还在午觉,这时才两点钟,夏天的午后就是这么漫长。苍蝇终于被扑倒在电视屏幕上,秧宝宝用苍蝇拍托着它的尸体,送进灶间的畚箕里。灶间里也是静的,水斗、水泥地、花岗岩的台子,全收干了水分,变作灰白的颜色。砧板,也是晒白的,中间,凹进去的一处,起着干燥的绒头。窗台上几棵菜,干瘪地软下叶子。窗户对着的中学校的操场,空荡荡的,放假了,没有人。从窗户的左角,勉强可见一角绿色的楼顶,是邮电局,静伏在烈日之下,但楼顶上有一面旗子,却在动着。旗杆尖上,集着一点锐利的阳光。再远过去,视线就让并排的学校楼房挡住了。上方是没有一丝云的、白热的天空。

秧宝宝收回了目光。厨房里的气味这时候被蒸发出来,熟肉和生肉的气味、鱼虾的气味、米饭的香与馊的气味、咸菜卤、豆腥气、油酱、葱姜、菜叶的腐味,全都收干,变得蓬松爽利,四散开来。其中还有一种不寻常的特别的气味,就是草药的干涩的苦香。秧宝宝摸了摸浸泡着草药的药罐,这是陆国慎的药。每天下午,由李老师煎好了,滗进保温杯,然后,闪闪就骑车去柯桥医院,送给陆国慎喝。闪闪也放假了。旁边的不锈钢饭盒,也是陆国慎的。有时候,家里烧了好菜,就装在里面送给她吃。陆国慎已经住进医院半个月了,医生说还要住半个月才保险。秧宝宝几乎觉着,再也不可能看见陆国慎了。李老师有一次去看陆国慎,问秧宝宝要不要一起去。秧宝宝不回答,她想,她还没有和陆国慎说话呢!当然,倘若李老师一定拉她去,她也就只好去了。可是李老师并没有强求她,自己走了。还有一次,李老师对闪闪说,带秧宝宝一起去医院玩玩,闪闪回答说:是医院,不是公园。秧宝宝心里说:有什么稀奇的!就走开去了。秧宝宝揭开药罐,看看里面的药浸得怎么样,却听见客堂里有人走动,晓得是李老师起来了,便退出了灶间。果然,李老师弯腰在沙发上收拾报纸,又将小毛的三轮脚踏车推到墙根儿,嘴里说着:靠边靠边!然后就走进灶间煎药了。

秧宝宝在沙发上坐下,心里盘算:这一日李老师问要不要去柯桥医院,去不去呢?灶间里传出瓦罐碰响的声音、液化气燃气的呼呼声。再过一会儿,小毛也出来了。秧宝宝沉浸在她的考虑之中,就没有注意小毛靠着她坐下来。小毛也放假了。接着,闪闪起来了,好像还没有完全睡醒,神情恍惚地进到灶间和李老师说话,声音已经是清醒的了。秧宝宝竖起耳朵听着,听她们几次提到陆国慎的名字,不知好还是不好。草药的苦味从灶间里涌出来,一下子漫开了。闪闪和李老师一起笑了,秧宝宝松下气来,这才发现小毛紧紧挨着她,便向他瞪起眼,压低声说:去!小毛想起了母亲关于不要惹秧宝宝的告诫,离她远了些。

中药煎好,滗在保温瓶里,潺潺地响了一阵,然后,闪闪提着药瓶,在墙根下换好鞋,走了出去。没有人问秧宝宝,要不要去看陆国慎。

午后过去了,时间开始向黄昏里走,脚步变得比较活泼。光线也减缓了它的锐度和紧张,松弛了些,许多种颜色亦呈现出来,视野里便不那么空寂,而是趋向繁荣。风也凉爽得多。

## 12

倘若在镇碑前驻步,看一遍碑文,便可知道这个镇子的方位所在。它在绍兴市区西北面,距离十五公里的地方。最初是由华姓人在此居住,然后渐渐成镇街,所以就叫华舍。碑文上还写道:同治初年,此地丝绸业就开始繁荣,鼎盛时期,"有绸庄三十余家,丝寓七十余家,商店一百三十余家",所以,此镇有句美誉,叫作:日出万丈绸。

在这个镇子的西南边,约莫三公里的地方,就是柯桥。这可是个更古老也更繁荣的大镇。揣摩一遍,华舍的兴起多少是因傍了柯桥的缘故。丝绸客商从柯桥摇船到华舍,看过货色,谈妥价钱,然后,银货两讫,装船,解缆,开走。沿了河道抵达柯桥,再从柯桥入运河,向北,向南。所以,柯桥与这镇子,就有着密不可分的关系。在镇民们的心目中,柯桥的威望比绍兴还高。柯桥的桥比他们高大;河流,比他们宽长,四通八达;柯桥的屋脊都要比他们高三砖。人们说起地方,是以柯桥为坐标:柯桥南,或者柯桥北。人们说起历史,是以柯桥为纪年:那时,柯桥的济公桥还没有呢!人们说起热闹,也是以柯桥为标准:比柯桥还旺盛!这就不得了啦。在古代的画面上,柯桥高墙坚瓦,屋脊鳞次栉比;河道里船只如梭,桥洞一眼套一眼,直下十里;沿河的店铺挤挤挨挨,酒旗、菜幌、灯笼的流苏,都绞在一起了。箍桶铺里,堆起着盛米的斗升;篾席铺子,是养蚕的匾和席;方木铺里,织绸的木梭子,成筐成筐;还有棺材铺子,斗大的"财"字,颠倒挂着,底下是裁好的楠木方子,散发着木脂香气。柯桥气象蒸腾,无数的银两在此进出。

如今,繁盛还是繁盛,却是换一番景象。一些支流水道填平做了大街,一周一周地往外扩。往昔的船只换成车水马龙,最多的是中巴,挂着"绍兴""杭州""萧山""温州"的牌子,沿途喊着拉客。住宅楼、商场、酒店,一幢一幢矗着,悬着巨幅广告牌。柯桥的老街快给新街挤没了,剩下那么掐头去尾的一截,几领桥,供绍兴、杭州的旅行团来观光。所以,街上就又多了些金发碧眼的外国人,跟在摇着小旗的导游后边,人群里挤进挤出。镇的东南,造起一座轻纺城,面积极大,抵得上一个镇市,里面交易的是化纤面料,迎接全国的布商。因此,那华舍镇子,也改了桑蚕,开起轻纺工厂。这小镇子还是傍了柯桥的繁盛。

现在,柯桥的繁盛似乎达到了饱和,发展的余地小了,就有一些明眼人,留心到柯桥四边的地界,想来找找机会。这个夏天里,华舍镇上三三两两地来一些外乡人,并不是打工仔的装扮,而是穿了名牌T恤,皮带扣上也钉着名牌的标记,挂了手机、腰包,乘了出租车,从柯华公路上过来。人们统称他们为老板。老板们四圈里走一走,中午自然要找地方吃饭,于是,新街与老街上的一些饭铺,兴旺了起来。老街上的饭铺多是茶馆,一个开水灶,另一个灶上蒸馒头,再煮一锅茶叶蛋、豆腐干、铁硬的蚕豆。每早来一些茶客,多是老客,坐到十时许,便收了摊。现在,就不失时机做了饭店生意。新街,尤其是镇碑西边,教工楼对面,有座"江南楼"。新起的,三层楼,马赛克墙面,铝合金窗框,茶色玻璃。老板也是李老师的学生,蒋芽儿父亲的同学,最早是在镇政府里做一名小干事,后来辞职出来到柯桥做生意,再回来开这个"江南楼"。因为关系多,拉得到客人,生意还不错。但平时中午是关着的,只做晚市,现在,中午也有几分热闹了。有些客人是开私家车来的,停在"江南楼"下,暴晒在太阳里。二三时许,走出些客人,预先打开发动机制冷,人呢,面红耳热地站在门檐下剔牙,打手机。这镇子的尾上,午后的寂静里面,就有了些小小的喧哗。

现在,从绍兴开出的出租车,送了客人不想空车回程的,会弯到这里来拉生意。多是紫红面的桑塔纳,也有黄壳红壳的夏利。静静地停在稀疏的树影底下,也不知等多少时间,然后,不知不觉地,一辆一辆开走了。三轮车不歇响了,慢慢地转悠,有一些还新张了条纹布的车棚,绷平了,被太阳照得透亮。

秧宝宝伏在阳台上,耳里灌满了蝉鸣,看着路对面的动静。暑假里的觉,实在是太足了,她就像是一个患了失眠症的人,很孤独地挨着时间,忍耐着这漫长又怄气的午后。对面的风景看上去也是沉闷的,而且,有一种恍惚,就像在梦里。那老板踱着步,对着手机无声地说着什么,汽车无声地震颤着车身。"江南楼"外墙上的空调外机汹涌地淌着水,也听不出一点声音。有几次,她看见蒋芽儿的父亲,从阳台底下走出来,穿过街,向对面走去。蒋芽儿的父亲是个粗壮的男人,穿一条宽大的蓝白条沙滩短裤,上身是一件橘红色圆领T恤衫,已经穿脱了形,松松垮垮地挂在壮硕的肩背上。黝黑的颈项上围一条麻花金项链。先前在张墅乡下的时候,他只是老老实实种田,后来女人在月子里得了一种病,此地人叫作"瘛症",神思恍惚,不吃不喝,发起病来会要啼哭、昏厥,甚至寻死。到处看病,西药中药吃了不知道多少,将房子都卖了,地也典给人家种了,不得已,中学同学凑了些本钱给他,开始做建材生意。一旦做起来,竟是个精明的生意人,又能吃苦,只二三年便模样大改。在此期间,他女人又受了一个吃素的老婆婆的引领,拜了菩萨,四乡八里地去烧香念经。不想,病真的渐渐好了。即便这样,他也是不信的,他只相信流年,晓得运是一轮一轮的,走过背时,自然就有顺时。但也还是供了一尊赵公元帅,早起烧三炷香。现在,他生意只能算做到小发,大发远远谈不上,中间都不是。这镇子里近年来,发迹的例子太多了,程度也相当高,说出去就怕你不信,可是眼见着,一幢幢金砖碧瓦的楼起来了,不怕你不信!

蒋老板本性是稳扎的,种田呢,又做小了胆子。看看周围,都像在做梦,自己呢,是大梦里边的小梦,更不敢忘形了。而他其实又是相当敏锐,很善于捕捉商机。现在,他越到街对面,站在"江南楼"旁边。隔几步,是一幢三开间的二层水泥楼,比较旧了,房主在别处有了房,并不在此住,空着。蒋老板就站在楼与楼中间那个空当里。可看见背面的一块空地,荒着,什么也没种。他站在那里,嘴角上衔了一支烟,两只手微微夆开着,脚也分开着。他的身姿有一种特别的关注,好像是注意听什么,又好像在嗅着什么。倒不像个生意人,而是像一个老练的种田人,在凭经验观察着天气、季候、风向、土地的生熟度,以决定下一季种什么作物。他站了很久,大约是被嘴角上的烟头烙着了,他惊了一下,拿下烟头,扔了。

秧宝宝因为注意看蒋芽儿的爸爸,不自觉中探出了身子,于是,便看见楼下的太阳地儿里,有一个小小的头。她转它也转,她停它也停。她伸出手,那头上就长出了手。

太阳其实已经西斜了一些,阳台的边缘向外推移着。她的影子不见了,被罩在一条长方形的影里。蒋芽儿的爸爸所站之处,是个风口,只见他的汗衫鼓荡着。他继续在沉思。

午后的恹气使人忧郁,但已不那么尖锐了。暴晒中褪白了的景物,颜色回来了一层,变得柔和了。又斜出些影子,显出了立体感。身后房间里起来了些窸窣的声响,午觉过去了,要开始下半日的生活。蒋芽儿的爸爸也走回到阳台底下,他自己的店面里。对面的私家车也开走了,"江南楼"壁上的空调外机不再滴水,窗户推开了,可看见屋内墙上的一块光。午后的寂静里,有一种神奇的景象,现在褪去了,又变回原先的、真实的面目。

秧宝宝听见身后屋里,李老师走动的声音,晓得她收拾了这边,就要过到那边,给陆国慎煎药。然后,闪闪也要起来,准备准备,开路。秧宝宝沿着阳台,抢在李老师之前,过到那边客堂,端坐在沙发上。李老师的脚步在阳台上响起了,越来越近,然后,纱窗上映出了李老师的影子。就在李老师推门进来这一刻,秧宝宝拿了本幼儿故事书举在眼前看着。李老师从她跟前来回走了几遭,将小毛的玩具归拢,闪闪的毛线团拾起来绕好,墙根下的一堆鞋,一双一双尖朝里跟朝外地放好。她好像没有看见秧宝宝。此时此刻,人还是半醒,注意不到周围的情形。所以,李老师并没有和秧宝宝说什么,就进了厨房。然后,瓦罐碰击的声音就传出来了。再然后,液化气"嘭"的一声燃着了。又过些时,闪闪出来了。她和李老师的风格不同。她刚出房门,还慵懒着,眼睛也半开半闭。可只一刹那工夫,她的眼睛睁圆了,在房间里的走动带着风声,塑料拖鞋底清脆地敲着磨光的水泥地。她显然是在找一本什么书,二话不说,从秧宝宝手中抽出那本书看了一眼,不等秧宝宝反应过来,又塞回了她手里,不是这本,再继续找。李老师刚才收齐了的房间,此时又摊开了。小毛也出来了,目光茫然地看看周围,看秧宝宝拿了一本书,便弯下腰从书背面打量这书。这天下午,大家都对这本书发生了兴趣似的。闪闪进了厨房,和李老师说话,药在瓦罐里沸腾了,发出"突突"的声气。秧宝宝合起书,扔给小毛,灰心地想,今天又不会叫她一起去柯桥医院看陆国慎的。她们根本把她忘记了,陆国慎呢,也把她忘记了。到底不是自己的家!她将手垫在腿下边,呆坐着。闪闪在厨房里哼起了歌,煎好的药淅淅沥沥地滗进保温瓶。李老师的声音也大起来,说着笑话。小毛不知听见了什么,忽然哈哈大笑起来。大家都很快活,只有秧宝宝是悲戚的。

这天下午,小毛也跟去了。秧宝宝起身拉开纱门,走过阳台,回那边屋去。身后李老师喊她:秧宝,去不去买菜?秧宝宝冷笑一声,心里说:我就只配买菜!她回到自己的床上,躺下,顾老师正站在书桌前写字,问她:秧宝宝不舒服吗?她不回答,顾老师也没有再问,继续写他的字。秧宝宝躺着躺着,却睡着了。

暑假里的觉是很乱的,因为随时可以睡。就这样,已是接近黄昏的时分,秧宝宝睡着了。她在午后的寂静生活里消耗了的体力和精力,现在要补回来。这时候,这镇子有些闹了,可她已经成了个睡倒了觉的小妖怪,人家睡时,她醒着,人家醒了她却睡了。房间里有一时很静,顾老师将写好的大字卷起来,出去找同道者交流,李老师一个人买菜去了。不知从哪里攀上来一只猫,在阳台护栏上,脚步柔软地走过去,并没有打扰屋里的睡觉人。柯桥来的卖水车就停在他们楼下,有人正与卖水人论理,前一日的水里有一条虫子,应当调换。可是,怎么知道就是这车上的水呢?柯桥卖水车不止一部,卖水人辩道。他们一句去一句来地说着,虽然不相让,可也不激烈,声音在空阔的新街上散开了,也没打扰楼上的人。秧宝在酣甜的睡眠中,这些动静,她都知道,而且,有一种甜蜜的抚慰的含义。在这些微小的嘈杂之中,她沉到了睡眠的深处。她绷紧的小身子这会儿放松与柔软下来,体内分泌着生长的激素。要是和一个多月前她刚来这里时比较一下,你会惊异地发现,她可真长高不少。她的脸看上去还是那样,可俊俏了一些,为什么呢?仔细想一想,是因为各处的轮廓都鲜明了一些,好像被一只无形的笔描了一遍。额角的线条出来了,发际生得略低了点,也窄了点,但因为脸颊是窄的,额头呢,又有些鼓,所以保持了匀称。眼睫毛线深了,就显得长了,而且真有些吊呢!鼻梁的形状清楚了,虽然不是高挺的鼻梁,可至少不塌。唇形也出来了,这才发现她的人中挺长,又微微上翘,其实是很俏皮的。可惜平时总在生气,绷紧着,现在松开了,显出了优点。当然,脸色还是黄和黑,十岁以下的常在室外活动的孩子,都是这种脸色。皮肤薄,油脂不丰厚,就特别吸收紫外线。

这一时的清静过去了。人陆续都回来了,在阳台上跑来跑去,两边的纱门开进开出,大人孩子都在高声说话。电视机开了,播放着动画片、广告,再就是本地新闻,而且,天陡然变了。乌云在霎时间铺满天空,雷声从很远的田野那边滚过来,风里裹着一股湿润的水汽,潺热一扫而尽。大人孩子在这陡然降临的凉意里,都有些兴奋,很夸张地说笑。秧宝宝睡沉了,没有人叫她吃饭,说过的,李老师家吃饭很涣散的。不知是谁在她身上盖了一条毛巾毯。

等秧宝宝睡醒过来一个人在桌边吃饭时,暴雨已经下成中雨。均匀的雨声笼罩了镇子。暑气、嘈杂、腐味,全在雨中偃旗息鼓,静谧下来。

## 13

接下来的三天,是在雨里度过的。秧宝宝没有出门,坐在房间里看外边的雨。从外面回来的人说,老街里的河水已经涨到街上,有人一脚踩偏了,就下到河里去了。楼顶平台边上,专门用铁皮接出一道槽,雨水就顺槽流下,流到铁皮桶里。接满一桶,倒进水缸,再接。后来,水缸满了,就倒进洗衣机,横竖洗衣机从来不用,水压不够,自来水也不洁净。第三步,倒进浴盆。雨水还是不停地流下。李老师让每个人都洗头发,煤球炉和液化气同时烧水。闪闪给小毛洗,李老师给秧宝宝洗,然后是亮亮、小季、闪闪、顾老师,李老师自然排到最后。房间里充满了香波的柠檬气味。雨水敲着铁皮桶,叮叮当当响。开水在火上突突地冒气。因为下雨天凉,大人小孩都加了衣裳,晾着湿头发,在房间里走来走去。加一个陆国慎,全家人就都到齐了。

沙沙的雨声中,有人在楼下叫,叫的什么听不见,叫久了,就伸出头去。看见雨地里,有一个人,披着蓑衣,戴一顶草帽,所以看不清年纪。他仰着头,手里拎着一包东西,向阳台上的人一送一送,嘴动着,只听得见几个字。终于听懂了,是从金华过来的一个镇民,受人之托,给李老师捎来东西。李老师拿了伞下去,与那人说话,交割东西。雨点打在伞面上,响亮了些,更听不见说什么了。新街的水泥路面被雨水冲刷得十分洁净,天空是一种水蒙蒙的浅灰,铺到很远。远到极处,却亮起来。有一道起伏的青色的线,那就是会稽山。那几个琉璃瓦的尖顶,颜色倒淡了,不那么触目。"江南楼"也显得灰暗,尼龙布的雨棚耷下了边,或者缩卷起来,稀脏的。斜对面的镇碑变得很小似的,倒是边缘清晰。后面的几方水田,可是绿色盈盈。李老师打的是把黄花伞,明亮的黄色在雨地里,投下一团光晕,浅浅地印着几朵花,微微摇曳着。然后,老师终于告辞了那捎东西的人,进了门洞。

这包礼物来得正是时候,大人小孩都围上来,看李老师拆开包,是饼。小毛刚要伸手,被李老师止住了:且慢!这是一种特殊的饼,它的吃法也很特别。然后,李老师吩咐闪闪去拿几张干净的白纸。闪闪拿出几张作业本上裁下的纸,李老师说太小。顾老师又拿来几张写大字的毛边纸,李老师说也不行,太软,而且不够光滑。亮亮拿来的是电脑打印纸,李老师说接近了,可是代价太高,浪费了。最后,小季找来几张作废的报表纸,才通过。李老师让小季将纸一人发给一张,照她的样子,铺在桌上,放上一个饼。饼是小月饼那样的大小,壳很脆,要小心拿起,否则会散。饼放在一半的中间,将纸对折起来,盖住饼,双手捂住,一按。只听见咔啦啦一阵细响,揭开来,饼已成一片碎屑,碎屑里间杂着干菜、肉末。然后,用手指撮着,仰起头,张开嘴,送进去。果然脆香可口。秧宝宝有一撮没送好,全送进衣领里去了。大家都笑,她自己也红着脸笑了。

李老师说:这是一种古老的物产,独金华才有。闪闪就说:那么古人用什么来吃?古时候又没有报表纸。李老师说:古时当然不是那么考究,就用手掌直接压碎。顾老师则说:是用薄面饼,压碎了,包春卷样包起来吃。那样说起来,还是古人考究了。一边讨论,一边撮饼屑吃,一个上午过去了。

雨天的午后,并不是那么恹气的,总有一个两个不想睡午觉的,静静地做自己的事。这天,是闪闪不睡觉,拉出缝纫机,铺了一桌子的布料,缝裙子。小世界幼儿园暑假里要参加绍兴市的幼儿汇演,放假前就开始准备。闪闪给大班的小朋友排了一个舞蹈,让小朋友扮成树,其中一个则扮作小鸟,在树林里飞翔。小鸟的服装是现有的,白纱裙,背上有一对翅膀,头顶戴一个冠子。难得的是树。闪闪决定给每个扮树的小朋友缝一条咖啡色的裙子,头上系一条绿绸丝带,手上各举一束叶子。咖啡色的涤纶布家中现成有一匹,还是前两年有个在轻纺城租摊的朋友,急着收摊,贱价处理时买来的。可这几年又不兴涤纶了,兴卡其、纤维麻之类的,比较透气。所以,就塞在床底下,等老鼠来咬。老鼠却不及换口味,不爱吃化纤,因此,还是完好无损。现在,闪闪就在桌前,一条一条地裁裙子。说是裙子,其实就是直筒筒的一身,直到胸前,前后两边各缀一条绿绸带子,在肩膀上系一个蝴蝶结,就挂住了。缝纫机一开,很快便可做成。但闪闪又别出心裁,要在前胸钉两片树叶形的绿绸子,这就要用手工了,工程也不小。可闪闪不怕,她决心做一件事,就必须做好。

闪闪裁裙子的时候,秧宝宝就坐在沙发上。闪闪裁下一块,随手往沙发上一甩,秧宝宝便伸手理一理,理成一幅一幅的,不会绞在一起。因闪闪背对着她,完全看不见,所以就不了解秧宝宝其实是可以帮助她的。

这个酷暑中的凉爽雨天,人的心都变得柔和。秧宝宝温柔地抚弄着这些光滑的涤纶布,将剪成叶子形的绿绸子,两片两片叠好。还有绿绸带,分两种,一种是宽的,系在头上;另一种,细的,钉在肩上系蝴蝶结。闪闪特地去买了一块绿尼龙绸,裁成这些附件。闪闪是个手脚利落的人,只听见剪刀唰唰地响,裙片、绸带,一件一件飞向沙发。最后,剪毕,手一撸,将剪下的碎布残片,一把握起,纠成一团,桌面就干净了。然后拉过缝纫机,坐下,手扶转轮前后推几下,噔噔上了皮带,伸手到沙发上扯过一幅裙片,两边一合,嚓嚓嚓地踏起来。裙片飞快地从针板下走过去,走到头时,下一幅裙片又两边一合接上了。走过去的,缝成筒裙的涤纶布落到地上,渐渐堆起,又摊下,漫了一地。闪闪头也不回,一伸手从沙发上就扯过一条,好像本来就该摆得好好的,等她闪闪来扯,而不是纠缠一团,分也分不开。她都没有向秧宝宝望一眼,可能这只是因为她做事专注,但看上去多少是目中无人。

不过,秧宝宝今天气量变得大了,她甚至有几分欣赏地看着闪闪做活的背影。高高束起的马尾辫活泼地摆动着,她的手略扶一扶裙片,就放开,身子微微一仰,扯过下一幅裙片。脚却一直踏着踏板,始终不中断。好像不是做缝纫活,而是一种舞蹈。

雨天里的午后也是寂静的,但是含有几分安宁的气氛,还有几分活跃。天地间有一种力在运动,均衡,平稳,有节律。这是很滋养的季候,田里的秧苗,还有架上的瓜呀豆的,都在明长暗长,长成最和谐的高度和曲度、纤维的疏密度、淀粉和蛋白的比例、神经分布的最佳图案。所以,寂静中,万物都在活动,运用着它们的力。

闪闪已经踏完了所有裙片,一条一条扯回来,用剪刀剪断连接着的线,然后穿了针线,将绿绸带缝缀在前后两边。这时候,她的动作就慢下来了。因为闪闪虽然手脚快,但并不是一个粗糙的人,做事情不肯马虎的。没了缝纫机的声响,房间里安静下来,沙沙的雨声罩着,久了,也没有声音了。闪闪低头缝了一会儿,忽然不抬头地说:看见没有?就这样缝,又不难!秧宝宝不相信地站起来,看着闪闪的背后,马尾巴很安静地伏在后颈上。闪闪又说:针和线就在缝纫机抽屉里,用一种咖啡色的线。秧宝宝走过去,挨着闪闪的身子,拉开缝纫机的抽屉,取出针线,穿了进去。

秧宝宝是个细心的孩子,她先不急着缝,而是拿了闪闪缝好的裙子,对比了位置,用滑粉打上印子,才开始动针线。她很慎重地送进针,抽出线,针脚细细的。速度当然比较慢,大约闪闪缝三条,她才缝一条。然后,是缀叶子。这比较简单,只需缀几针,让叶子垂着,但是要换一种绿线。时间就在一针一线中过去了,雨声也悄然而止。等李老师出来,走过阳台,看见天空上出现了一道彩虹,从东边跨向西边。

这天的药,是亮亮送去医院的。李老师又让他带上几个金华饼和几张报表纸,好压饼吃。秧宝宝没再想,会不会带她去。她问自己,就算带她去,她难道空着两只手?她带什么去送给陆国慎呢?这里,样样东西都是人家的。秧宝宝头垂得很低,专心缝缀,注意着针不要抽得太紧,也不要太松。缝好的裙子,一件一件摆开着,确实很好看。天晴了,阳光照射在街对面的"江南楼"上,已是夕阳,清洁的,柔软的,姜黄色的。地面、墙面,一下子收干了,露了白。街上又有了人,向西边镇中心走去。

缝工,一直到晚饭后才结束。秧宝宝也学着闪闪,手在沙发上、地上,一撸,将线头团起来。再又将摊开的裙子一件件叠好,摞起来。她做这些的时候,闪闪都没说话。这样更好,倘使要夸奖她,说不定她扭头就走。这一大一小,其实都是犟性人,所以,都绷着脸,不说也不笑地做完了一切。清澈的天空上,星星一下子布满了,虽说不像雨天时那么凉爽,可空气洁净极了。远远望去,镇碑下又扎了一堆人,几乎听得见说话的声音,那种外乡的口音。秧宝宝没有跑下去,她搬了张椅子坐在阳台上,乘凉。有些小虫子在耳边嘤嘤地飞,是从田野上飞来的,庄稼地里的昆虫。几方水田在暗里闪烁着荧光。很多事情变得遥远了。在这种多变的暑天里,溽热、怄气,以及突来的凉爽带给的欢愉、惬意,调节着时间的漫长和明快,将它们奇异地结合在一起。其他季节的人和事,因是在另一种节奏里面,就好像是另一个世界。

柯华公路隐在暗中,灰白的一条。这镇子又恢复了它僻静的面目。萤火虫渐渐多起来,乱舞着,画着交错的短促的弧光,又渐渐为亮起来的月光覆盖,冥暗了。月亮升上来了。先是有一些烟状的云缭绕在周围,慢慢地,那一弯新月走了出来,皎洁无比。暗里的一切都浮现了起来,斜对面,镇碑石栏杆的接缝都看得清似的,人也有了轮廓。天际上的会稽山呈现出了线条,可却变得远了。

这个小镇子,简直就是在地球的边边上,前面是那样、那样辽阔的地方,它的这一点点喧哗谁听得见呢?只是一只虫子一样的嗡嘤。月亮升上天空的时候,天空明亮了,可底下又暗了,好像往下沉了一沉,影子贴到了地上,变得更小了,小人国似的。夜晚真是不得了,什么都现了原形。

## 14

早晨,秧宝宝谁也没告诉,去了沈溇。

雨过天晴,气温又升高了,还只是七点来钟,太阳已经相当烤人了。秧宝宝戴了一顶遮阳帽,手指头勾着钱包,快快地走着。她要到老屋里去找一样东西,带着去看陆国慎。无遮无挡的大太阳地儿里,走着这么一个俏丽的小人儿,远远地看,就好像走着一个小花虫子。迎面有沈溇到华舍镇上班的人走来,不认得秧宝宝了,再加上急着赶路,什么话也没有地,从秧宝宝身边骑车过去了。秧宝宝就把头低下,也不与他们招呼。鹅娘从院子里踱出来了,它们辨得出生人熟人,所以并不对秧宝宝咬,而是很安静地从她脚边踱过去。狗也是认人的,一点不惊,由着秧宝宝走下路,进了村庄。庄子里静静的,暑气早已蒸腾起来。秧宝宝不想遇见熟人,将帽子拉下来,遮住脸,目不旁视地走过桥,向老屋走去。

公公不在,大约喝茶还没回来。秧宝宝走过穿廊,到了后边的园子。她不由站住脚,停在了穿廊口上。园子里一派杂芜,南瓜架、葫芦架、豇豆架,全倒了,挤在一簇,荒草从瓜豆间密密地冒出来。池塘里的落叶,厚起到池沿边,破出一点洞,露出涨满的清澈的水,略显出一些生机。

秧宝宝试着走下台阶,迈进菜园,可地面上爬满了藤蔓,伸不进脚去。她又试着抓住一架藤,竖它起来,岂料早已叫乱草缠住了,根本拉不动。秧宝宝放弃了努力,直接从藤架上踩过去,在草丛中寻找着,看能不能找出一只葫芦,或者南瓜,抑或是一只红番茄,哪怕是一把豇豆也行。她的脚踝很快叫竹片划破了,手指头也破了,汗,糊住了眼睛。她没有看见她要找的果实,倒是看见藤蔓下的草丛里,各色虫子在飞快地爬行。她沮丧地退了回来,这才看见,穿廊口的台阶上,拥了一群鸡,看着她。

公公养的鸡,是瘦巴巴的,身架子小小的,可是眼睛却很锐利,有一副精明相。它们有的单立一条腿,有的侧了身体,后边的则伸长了颈子,好看得到前面的情形。它们一律沉默着,带着世事通达的表情。真是谁养的像谁,它们都有些像公公呢!在它们的注视下,秧宝宝甚至感到了自己的狼狈。她从藤蔓中挣出脚,走上台阶,鸡们很自觉地让开一条路,目送着秧宝宝走进穿廊。灶间完完全全成了一个黑洞,四壁熏得漆黑,地上散着柴火,灶台边的酱油瓶也成了黑瓶。顶上有巨大的蜘蛛网挂下来,蒙在秧宝宝头上。

秧宝宝走回到天井里,喘息着。太阳晒到了半边地,地上的石板又碎了几块。鸡们这时也来到了天井,在她脚下漫步着,啄着食,发出咕咕的深沉的声音。秧宝宝抬头看看屋檐下的窗子,玻璃的灰厚起了,窗格子的木头显然朽了,断落了几条,隐约可见窗里有一幅幔子,垂落了半幅,好像在动。秧宝宝不由有些害怕,退出院去。鸡们又朝她簇拥过来,在院门口站住脚,停在门槛里面。院子外围的水杉却是欣欣向荣,挺直的树干,叶子在阳光里闪亮。拉开些距离看,散了架的老屋又聚拢起来,有肩有脊,有梁有架,老屋的神还没散。秧宝宝一步一回头地,离开老屋。走远一步,老屋倒好像近了一步,等她走到桥头,老屋又回复到先前的样子,她甚至看见了老屋顶上的烟囱里,升起了炊烟,就像她和妈妈离开老屋去华舍镇的那天。那已经是多么久的事情了呀!渐渐地,她又好像看见老屋的院子里,有个小女孩在晾着洗干净的头发,一边蹬着凳子爬上去,拉开鸽笼的门,藏进一些宝贝。那就是她自己呀!连自己都变成久远的事情了。

走过桥的时候,公公迎面来了。她喊一声公公,想他其实是听不见的,就走了过去。不料公公却喊住她,让她跟去老屋。

秧宝宝走在公公后面。公公总是背一只篮,篮上罩着一件蓝布衫,布衫下面有一两块点心,喝茶没吃完又带回来的。公公的裤管下,露出小腿肚,盘着老树根一样的静脉血管,一串一串。脚踝很细,走路略又开着,每一落脚都像要戳进泥地里去。这是一双出过大力气的腿脚,一世没有清闲过。秧宝宝跟了公公走进天井,鸡们本是停着的,此时都活动起来,扑扇翅膀,伸缩头颈。公公便在喉咙里发出一连串的骂声:格贼娘养的贱胎!在公公的咒骂里,鸡们加倍活泼着,有一只还飞到了屋檐上,像只鸽子似的停着。

公公走进屋里,拿出一支圆珠笔芯和三张信纸、三张信壳,让她写三封信。秧宝宝趴在石条凳上,再加一张小板凳当桌子,铺开了信纸。鸡们也都围拢过来,那只屋檐上的,则俯瞰着这一幕。

信是公公写给儿子的。一共三个儿子,住在三个地方,但因为信的内容是一样的,所以公公只需口授一封,再抄写两封。信的抬头,依次为大儿、二儿、三儿便可。信的内容其实很简单,就是两个字:要钱。但公公是个重礼数的人,开头要道平安,问安好。接下来是训导,有关处世为人,养家教子。要钱呢,并不直接地要,而是回溯以往,曾有几次,儿子你要替为父盖房,为了不拂你们的孝心,所以,思来想去,还是从命为好。无须多,只一千元足矣。最后,还要说些"勿念""自保"一类的客套。不过,这一套繁文缛节都被秧宝宝简化了,她不怎么懂得公公半文半白的话,更不知如何下笔,但她抓住主题:要钱,一千元!所以,意思是明确的。只是字数太少,她又写得紧凑,一张纸,只顶上三行半,看上去很不匀称。于是,她在第二封信上就改进了格式。放大字,开阔行间,一句一换行,看上去像新体诗,簿面上好看许多。等她写完三封信,又照样子写了信封,已经日近正午。公公在灶间里烧火,烟囱冒出了白烟,老屋变成了她方才在桥头想象的那一幕。鸡们呢,也与她熟识了,不那么警惕地盯着她,而是散开来,悠闲地踱步。从天井的角度,通过穿廊看到后院,芜杂的枝叶忽变得错落有致,金光烁烁。老屋又回来些生气。秧宝宝在石条凳上坐了一会儿,等公公从灶间里出来,将写好的信和圆珠笔芯交给公公。公公又让她留一留,去到房内,拿了一只皮鞋盒,交给秧宝宝。打开一看,只见金黄的麦草上卧着七八个鸡蛋,小小的,尖尖的,蛋壳特别薄,透着亮,嫩红嫩红的。公公说,这都是小母鸡的头生蛋,特别滋补。秧宝宝将盒盖合上,小心地捧着出来。现在,她可以去看陆国慎了。到老屋总归会有收获的。

回到李老师家,连李老师都已经吃过午饭,睡觉去了。她把鞋盒放进她的小床下面,才去吃饭。心里盘算着什么时候去看陆国慎,又如何去看。她晓得陆国慎住的是柯桥人民医院,那么就应当乘中巴去柯桥,到了柯桥总归能问到。为了不和闪闪他们撞见,她决定下一天的上午去,这样就错开了。等一切盘算好,饭也吃好了。她将剩菜用纱罩扣好,碗筷拿到水斗里冲干净,就回自己的房间,躺上了床。为防止小毛来这里,不小心撞碎鸡蛋,她下半天哪里都不去了,就在这里,守着。

人们都在睡觉,谁都不知道秧宝宝的计划。午睡起来,依然是那一套节目:收拾,煎药,浇药,烧饭,收衣,洗澡。秧宝宝自始至终盘腿坐在床上,垫着膝盖写暑假作业。李老师和顾老师都叫她到桌上来写,她都不听。等房间里没人时,她则迅速溜下床,从床底拖出皮鞋盒,揭开来看一眼,又合上,推进去,复又上床坐好。这样反复折腾了五六趟,天色也近黄昏了。

黄昏的澄净柔和的光线里,蒋芽儿的爸爸又从楼底下走出来,越到街对面,在"江南楼"与那水泥二层小楼之间的空当里,站着,抽烟。"江南楼"还没有上客,门窗大开着,空调机停歇不动。蒋老板在这时节的光里,变得清俊了一些。他脸上带着深思的表情,就像一个哲学家。

小毛过来叫她吃饭了。小毛叫她"宝姐姐",是闪闪兴出来的,多少有些促狭的意思,秧宝宝就装作听不见。不过,通过缝裙子的事情,秧宝宝与闪闪心底下其实是和解了,面上还是不说话,因为都是骄傲的人。秧宝宝暗里还有些佩服闪闪,觉得闪闪聪明,竟然能设计出这样的舞蹈和服装。所以,两人的关系就顺多了。可是,闪闪到底是不好比陆国慎,和陆国慎不说话与和闪闪不说话不同,这里面不单是使气的意思,还是难过。想起陆国慎,秧宝宝不由就有些难过。她想起她和陆国慎之间的小秘密:每天早晨,送她到门口,她小小地一挥手。她们两人是很知己的,可是不知怎么就闹成了这样。

吃饭的时候,从医院回来的闪闪在讲,昨晚陆国慎住的妇产科病房里,六个产妇生了六个小姑娘。听医生说,很奇怪的,要就是一起生男孩,要就是一起生女孩。有老人说,观音娘娘送小孩,是一船一船送的,一船男孩,一船女孩。秧宝宝听到耳朵里,心里记下了,陆国慎住的是柯桥人民医院妇产科。

## 15

第二天一早,秧宝宝出门了。她把遮阳帽压低,好像怕被人认出来。钱包挂在手腕上,腾出手捧住鞋盒,往菜市场那边走去。

菜市场后边,有一块空地,停着一些中巴,就是汽车站了。这些中巴没有固定的发车时间,一律是等人上齐再发车。发车后,沿途只要有人上,必定停车,直到塞满为止。所以,秧宝宝要多走几步,到车站上车,这样才能坐到座位,保证鸡蛋安全。

此时,去柯桥上班的人已经走了,到绍兴或者杭州办事的人,也趁早走了。所以,人就不多。车呢?则耐心地等着。开车人就站在车旁抽烟、说话。这片空地原先也是农田,然后废了耕,做了停车场。车辆将它几乎碾成一个坑,下过雨,几天后还泥着。秧宝宝生怕摔跤,小心地绕着水洼,一脚高一脚低地来到一部挂了"绍兴"牌子的车前。往绍兴的车必定要路过柯桥。

车上已经坐了半车人,她找了个靠窗的后座。这样,无论上来多少人,也不会挨挤。卖票人也在车下抽烟,和那开车人是兄弟俩,是张墅的人,搭伙开一辆中巴,各半个车主,也已小发。

太阳高了,从车窗晒进来。秧宝宝摘下遮阳帽,罩在鞋盒上,让鞋盒里的鸡蛋阴凉一些。于是,太阳光就正好晒在她的脸上。可是不要紧,她并不觉得有多么热。现在,她很安心了,就等着开车。又上来一些人,有一个黑衣青年,戴了墨镜,径直走到秧宝宝旁边,坐下来。秧宝宝认出了这人,蒋芽儿向她介绍过的,专门抄了报纸上的文章,四处寄出赚稿费的那一个。见秧宝宝看他,就朝她笑笑,秧宝宝扭过头,心里骂:抄书郎!

等了一时,座位坐了大半,车主决定发车了。一个扔了烟头,爬上司机座。另一个,也从后门上来,站在门口,很不甘心地看着,还有没有人来。车就这样慢慢地转过头,开过空地,被地上的车辙印和坑洼震得左摇右晃。上道路时,车几乎是半立着的,人就全仰在座位上。秧宝宝紧紧抱住鞋盒,绝望地白着脸。幸好,汽车很快结束了这种危险的姿势,尾部大颠一下,上了道路,放平了。卖票人还立在车门口,探出半个身子,喊着:柯桥,柯桥,绍兴,绍兴!果然,菜市场口就停了一次,上来一个妇女和一个小孩。到了镇碑下,又有三两个人站着等车,再停一次。秧宝宝看见了李老师家的阳台,晾着的衣衫里有自己的几件,晒着了太阳,亮闪闪的,被风吹得抖起来。新上来的人没有座位了。卖票的从座下抽出两张折叠矮凳,第三个人就坐在汽缸的盖上,坐下去,又跳起来,嚷道:难道是电热毯吗,这样温暖,要不要加钱?大家就笑。

汽车上了柯华公路,卖票人关上门,开始售票。都是半熟的乡人,所以并不一个一个盯着,后面的自往前面递钱,前面的,则往后面递找头,票呢,多半是不要的,有要的,就向他讨。票价是,柯桥两元,绍兴四元。接了钱,摊平,理齐,一折二叠好,往脖颈上的一个旧军用挎包里一放。秧宝宝将鞋盒放稳在膝盖上,空出手,从钱包里挖出两块钱硬币,旁边的"抄书郎"立即接过去,往前传去,嘴里喊一声:柯桥。秧宝宝却发现"抄书郎"自己并没有买票。秧宝宝等着他再往前递钱,可他再没有动,而是低下头,用手撑着下巴,打起瞌睡来。卖票人最后叫一声:都买过了?大家应声道:买了! 秧宝宝再看"抄书郎",他一动不动,好像已经睡着了。秧宝宝等了一会儿,还是不放心,又转脸看他。不料他忽然笑了一下,说:看什么看? 秧宝宝转回头,心怦怦跳着,暗暗骂:怕你,抄书郎!

中巴一路停了无数次,下去的少,上来的多。上来的除去人,还有货,大包小包的布匹。一看便是零售商,到轻纺城送货。很快,中巴里挤得满满当当。座位是谈不上了,勉强可插下脚去罢了。有几个包裹,还一直扛在卖票人的肩头上。每一停车,上人或者下人,都需里外上下地周折一番。于是,车程便拉长了。抄书郎一直没买票。他低头瞌睡一阵,然后,瞌睡醒了,坐直身子,从口袋里摸出香烟点着,一边左右转头在车厢里找寻。果然被他找出来一个熟人,两人搭上话,互问去哪里,做什么,近况又如何。此时,车厢里喧嚷得很,四面八方都在联络,说话,说的多是年成和生意。说着说着,就说到一处去了。有时一人说,众人和,有时则众人问,一人答。说到中途,照例出来一个故事家,一个人独讲。讲的是一个兰亭人,千方百计要在轻纺城里租一个摊位。其时正是三年前,轻纺城最最火爆的时候,哪里有现成的摊位等你从兰亭过来租呢？只有从别人手中转租。可是你们要晓得，转租的租金就不是原价了，又是在那样紧俏的当口，总要贵上一成，或者两成，甚至三成。转租呢，也不止是过一只手，有时要过两只手，甚至三只手。这个兰亭人运气特别好，他中了个大彩，他转租的这个摊位，已经过了五只手——听到此处，车内的人都发出一声感慨，"轰"的一声——等他终于租定了摊位，买了账簿、电子计算机、放钱的银箱，进来布料，坐好，轻纺城的市面就转了。布卖不脱手，摊位赚不回来，纷纷关门大吉，三钱不值两钱地出手。独独他一家，放鞭炮，开市！故事到此戛然而止，有反应慢的，就问：怎么会呢？这就不用故事家来说话了，七八张嘴一起回答他：怎么不会？人人开店，谁来买东西？

　　说着故事，就到柯桥。单是柯桥，就停几停。轻纺城的先下，连货带人，车内就空了不少。然后，又停一停。秧宝宝大声问：人民医院哪里下？那车主也不知听没听清，回答说：下一站！于是，再坐一站。这一站下的人就多了，抄书郎也是这里下。秧宝宝紧跟他后面，看他会不会最后再买票，可是没有。他和俩车主很热络地道了再见，坦然走下车来。车空了大半，卖票的站在门口，喊着：绍兴，绍兴！一路开了过去。秧宝宝定定地看着抄书郎的背影，看他一步一步走远，忽然撒腿追上去，大声喊：抄书郎，逃票！抄书郎也不知是听不见，还是装作听不见，并没回头，斜穿过马路，走进了人流。

　　柯桥说是镇，看上去却像个中型城市。以往的水道填平了大半，变成北方城市那样的宽展的街道，车水马龙。高楼错落，张着巨大的广告牌。人特别的多，熙来攘往。秧宝宝站在街沿，茫然看着眼前的车和人，不知该向何处拔脚。太阳高了，直晒下

95

来,再从柏油路面反射上去。汗从秧宝宝的脸颊流下来,遮阳帽戴在了纸盒上。这样的热,小鸡都孵得出来。但秧宝宝终究是秧宝宝,她很快就镇定下来,了解了自己的所站位置。这是一个路口,车辆汇集,无数中巴在这里下空了人,再喊着:绍兴绍兴,或者杭州杭州,载了客过去。秧宝宝决定了,要从这里再搭车回华舍,当然,是要过到街的对面。接下来,她就要着手问路,如何能去人民医院。路上的人都是行色匆匆,又见是一个小孩子问路,并不当真,停都不停下。秧宝宝只得追着问,回答过来的也是含糊不清,听不出个所以。或者,马马虎虎地一指,秧宝宝自然信不得。只有一个女人停下来,认真听秧宝宝话,却又是个外地人,自己辨不清方向的。

秧宝宝决定过到街对面去。街对面有一排商店,店里的营业员,总归是本地人,明了地方的。过这条街可不容易,车辆永远是飞速地驶过,一停不停,而且难得间断。秧宝宝脚头快,南来的车流稍有空当,就飞奔到中间,等北去的车再有空当。这一刻,她就站在路当中,车夹着她的前胸后背开着,秧宝宝的眼睛早已叫汗糊住了,脑子却很冷清,一点不着忙。终于,北来的车流稍有消停,她拔脚便蹿过去,只听背后"嗖"的一声,一辆桑塔纳擦着脚后跟过去了。

店铺前的投币电话是非常忙碌的,一个在打,另一个在等,大约又不容易打通,就直着嗓子喊:喂!喂!秧宝宝向那电话后边水果铺里的女店员问话,女店员多是傲慢的,皱着眉,然后摇摇头,就不理会了。秧宝宝从店铺间一条小街穿进去,看见了一领高大的拱桥。汽车的发动机声隔离了,扑面而来的是又一番喧闹。拱桥上面是一个旅行团,一个小姐摇着旗,对了喇叭筒说话,嗡嗡的。后面跟了一群外国人,被太阳烤得龙虾似的涨红面孔。桥两头的楼阁显然是新修的,漆色十分鲜艳,挂着些灯笼、彩旗。河道要比华舍的宽阔,岸也是宽阔的,两边的店铺,生意更比华舍旺,卖竹器、木器、杂货。河边泊了乌篷船,一艘连一艘,老大的眼睛都很毒,盯着了游客样子的人就不放开,招呼他们去太平桥,或者周家桥,还有柯岩。

这是柯桥的中心了。秧宝宝沿着河岸走了一阵,走到一个巷口,有一个配钥匙的摊子,坐了个男人,看他还比较闲适,便向他问路。那男人却啰唆得很,问她是老人民医院,还是新人民医院;老人民医院的房子早已经坍了,不能用了,所以,在另一处批了地皮,建起了一幢高层楼房,就是新人民医院。那么,就是新人民医院了,在哪里?秧宝宝问。那人正要说,忽然过来一个老头,手里端一口钢精锅子,原来是他父亲,给儿子送早饭来了。于是,那人便专注于锅里的面条,把她给忘了。秧宝宝站了一会儿,转身走了。沿着河又走一段,店铺换成了人家。二层或三层的板壁楼,每一层都很矮。板壁已经发黑,屋顶上的瓦也碎了,面河的门敞着,有几个小伢儿坐在门口玩耍。摩托车"嗖"地开过去,把其中一个惊哭了,门里的大人就奔出来喊:一头冲进河里淹死你!

秧宝宝走累了,就在河边一棵树的阴地儿里蹲下来,看那几个小伢儿。方才哭的那个小得很,话还不大会说,那两个大的也不过四至五岁,一左一右地搂住他哄:莫要哭,胆大点,长大要做老板!哄好了,三个人就围一张方凳打扑克。并不会打,只是分发了牌,堆在面前,一张一张比大小。秧宝宝看了心痒,就过去教他们对子、同花顺、三带两,然后就可打争上游了。这么一复杂,自然把那最小的挤了出来。那小的是个哭精,所以又哭了起来。门里的大人再奔出来,见多一个大孩子,认定是她带坏她家的孩子,很凶地问她从哪里来,做什么来。秧宝宝回身抱起鞋盒就跑,跑了很远,回头还见那大人瞪着她,脚下簇拥着小孩子们,也一起瞪着她。

太阳很高了,柯桥有一时的宁静。旅游客少了些,或者往柯岩去,或者往太平桥去了,河边泊的船至少也走了有一小半。秧宝宝离开河边老街。新街上的服装摊位都摆出来了,化纤质地、镶了蕾丝的衣裙,一层层地挑起来,遮住风,更热了。有三轮车在衣裙的帷幕间兜着,一会儿出,一会儿进。是要比华舍的三轮车华丽得多,漆色鲜亮的车身,雪白的坐垫,蓝白条纹的车棚。车夫也要比华舍的年轻,穿着齐整,也更风雅,见有外乡装束的路人,就慢慢地骑过去,唤道:客人,上车吧,去看看古镇新面貌。

秧宝宝差不多已经走乱了,她在路边冷饮柜前买了支"青苹果",一种绿色的包着奶油芯子的冰棒。她站在柜边吃着,顺便问那卖冷饮的:人民医院往哪里去?这一回,得到了比较详细的指点。那人还告诉她,路程不远,只需十分钟,便可走到。吃完冰棒,她道了谢,顺了指点走往人民医院。

# 16

正午时分,秧宝宝终于来到人民医院跟前。她仰着脑袋看上去,这幢马赛克贴面的高楼,在太阳下锐利地反射着光芒。白色铝合金的窗框,一行行排列着,有无数行。陆国慎就在其中一个格子里。秧宝宝的目光又回到楼底,金属的伸缩门拉起一半,人和车频繁进出着。因为院子是阔大的,所以并不显得拥塞。门口的保安查询也不严格,只是静静地站着。秧宝宝却收住了脚。

她这时才发现,她还没有和陆国慎说话呢!自从不理睬陆国慎以来,她再没有和陆国慎说话。最后那天,陆国慎同她告别,她都没有回答。现在,她看见陆国慎,怎么开口说第一句话呢?向她讨饶吗?秧宝宝不干的。人们从人民医院的大门进来出去,多是带着满脸的心事,根本不会注意太阳地儿里,有一个小孩子流着汗在苦恼。这座新医院真是大啊!就更显得这小孩子小了。她穿着白色镶粉红荷叶边的连衣裙,本来是新裙子,可却有点嫌短了,伸出细长黝黑的手臂和腿。皮凉鞋的一个搭扣断了,用一只别针代替钩着。头发扎起,编紧,像棒槌样粗粗的一根,颈后的碎发被汗粘住了。她的手指间也是粘着,是方才"青苹果"滴下的糖水。由于"青苹果"里大量的糖精和香精,吃了反而口渴,嘴唇上都起了焦皮。她怀里抱了一个鞋盒,上面顶了一顶花布帽当阳伞,对着伸缩栅栏门里的大楼,蹙着眉,被太阳晒得眯缝了眼。望出去,满目的白亮光芒。

太阳又往中间移了移,所有的影子都往里收了收。往来的人略微稀疏了些。蝉,"哗啷"一下齐鸣起来,顿时盖满了院子。张眼看去,路边,院里的那些树的枝叶间,亮晃晃一闪一闪的,好像都是蝉开合着的翅翼。秧宝宝向大门边挪着脚步,门口几乎没有人进出了,保安也进门房里吃饭了。走进大门,穿过空阔平坦的院子,走上大理石台阶,那一排玻璃门,推开,陆国慎就在里面了。然而,到底,她们还没有说话呢!最后,秧宝宝把鞋盒子交给了门口的保安,两个中间年纪稍大,因而也显得牢靠一些的那个。她在盒盖上写了几个字：妇产科，陆国慎。那保安问了句：为什么不进去？就在三楼。秧宝宝没有回答，转过身，快步走开去。蝉鸣一直跟在她的背后，转眼间，遍地都是蝉鸣。

鸡蛋留下来，遮阳帽又回到秧宝宝头上。她手指头勾着小包，甩啊甩地走。现在，她无事一身轻了。可她并不忙着回去，反正是赶不上中午饭了。她在一家点心店门口买了一个硕大的肉馒头，有一个菜碗那么大，又非常的松软。此时，她是在一条新修的长廊里。木结构，顶上雕着回形镂花，红、绿、蓝相间的漆色，底下两排美人靠椅子。沿水，水道也是新修的，水泥河岸，护着一道粉墙。水却是污脏的，布了垃圾，又流不畅，淤塞着，发出难闻的气味。廊下坐着的，多是外乡人，借了这一条遮阴，有坐的，还有横下来躺着的。

秧宝宝慢慢地吃着肉馒头，微甜的面香，带着酵粉的微酸，肉馅掺着大量的姜、葱、酒，香气扑鼻。不知不觉地，那么大的一个吃下肚了。秧宝宝从小包里抽出一张餐巾纸擦手，顺便看看里面还有多少结余。哒哒的风吹来，虽然是热风，可吹在汗湿的身上，还是有一些凉意。秧宝宝踩上美人靠椅子的窄座，坐在栏杆上，手撑着，两只脚悬着打晃。边上的外乡人，坐着和躺着的，都在瞌睡，有一个要饭似的北方男人，干脆睡在青石板的地上，蜷着身子，怀里抱一个人造革黑包。在激烈的蝉鸣中，这些沉默的人都好像是静止的。

有一些柳丝从廊檐上垂下来，本是想造出一种烟花亭台的江南韵致，但周遭的环境是粗陋的，水那样的浑和臭，垃圾遍地，人，那样的杂沓，背后大街上的车流则汹涌澎湃，尖啸阵阵。这一台风景则是扎眼的新和亮，反露出俗艳。

秧宝宝晃着腿坐着歇午。廊下的人都木着身子,脸上的表情却多很愁烦,大约是没有受过江南这样的溽热,汗在脸上慢慢地爬着。有一些苍蝇从河面飞进廊里,无声地滑翔,轮番在那些睡脸上停一停。秧宝宝一瞥眼,发现那睡在地上的北方男人正悄悄地睁开一只眼看她,不由一惊,但定睛看,原来是一片柳叶的反光,正好在他眼睑上。秧宝宝在心里哼一声:怕你!移开了目光。

正午的大太阳,有一种镇压的意思,所有的动静都偃住了声息似的,变得沉闷。只有秧宝宝是活泼的,她左看看,右看看,那一条粗辫子就一会儿摆到右,一会儿摆到左。河那边的粉墙外,也有一行柳树,又是仿制出来的古意,底下应该有一些佳人才是。可此时一个没有,只有嘹亮的蝉鸣从柳树上压过来。偶尔,风吹动柳丝,粉墙上就扫过几缕影子。这时候,墙下驶来了一辆三轮车,车上还真坐了一个佳人,微微侧身坐着,一只臂肘支在靠背上,托着头,乌黑的头发在顶上绾一个髻。本来是黑色的衣裙,但阳光将车篷上的海蓝条纹映在了身上,就变成天鹅绒一般,一道一道滚着光亮。衬着那一面粉墙,墙下的几缕柳丝,成了一幅图画。秧宝宝的眼睛跟着三轮车走了一时,眼看着三轮车走过去,画面上只剩下白粉墙的衬底。忽然间,她挺起了身子,她发现,画中人是好久不见了的黄久香。她从栏杆滑到地上,向长廊外边跑去,差点儿被地上的睡觉人绊倒。

这时,三轮车已转过围墙,驶进一条直街。秧宝宝跑过一座小桥,沿了围墙跑一截,也转进直街。直街其实是服装市场的入口,进去后,便是纵横交错的铺面街。方才,秧宝宝就是从其中一条夹道里穿过来,去找人民医院的。色泽鲜艳、质地轻飘的衣服,高高挑起,连成了彩墙,密不透风,比那河边闷热得多。人往那里一钻,就看不见了。秧宝宝站在一丛丛的衣服中间,茫然四顾。正午时分,铺面虽摆着,可也没有什么生意,老板都在铺子里面瞌睡,此时就是衣衫的世界。秧宝宝从一挑衣服底下钻过去,衣裙上的水钻饰物丁零响了一阵。可是,三轮车呢? 秧宝宝又从一挂衣服下钻过去,又是丁零一阵。忽然,前边的街口,弯出一辆三轮车,直直地向前驶去,秧宝宝撒开腿追上去,那车上的美人正是黄久香! 支着手臂,撑着头,头发留长了,又烫过,绾在头顶,露出一段后颈,白得耀眼。

秧宝宝在衣服的彩墙中间奔跑着,她喊:黄久香! 可车上的美人听不见,没有回头。那车夫将车踏得风快,转眼骑出了市场街,又是一拐,钻进一截横街,不见了。横街上方拉了一条横幅,写着"鱼得水大酒店"六个大字,秧宝宝从横幅底下追了过去。

"鱼得水大酒店"的招牌在三十层的顶上,柯桥镇上任何一个位置都可看见。要是你乘着船从鉴湖过来,老远可看见那雄伟的楼身和巨大的招牌。到了夜晚,招牌的四周,便滚动着灯光。没想到,它原来是在这么个逼仄的地方,周围簇拥着低矮的旧屋,还有窄细的街巷。它把四下里都遮暗了。楼底下,大约有十来步的空地,挤着一辆奥迪、几辆三轮车。奥迪里面没人,三轮车上,则坐着打瞌睡的车夫。秧宝宝从中间穿过去,上了大理石的台阶。台阶正中,是一个转门,正转出一个保安,向她喊:小孩子,别处去玩! 可秧宝宝已经闪进另一扇格子里,转了进去。她看见那保安跟进后一扇格子里,敲着玻璃还在朝她喊。心里一急,使劲地推门,不料转过头,又转出来了。秧宝宝才不上当呢! 她继续推门,终于进去了。可是前面却横着一排玻璃门,也没有门把手,不晓得哪一扇进得去。秧宝宝只得依次推,推不开,那保安倒已经转进去,朝她走来。正在这紧急的时刻,玻璃幕障在秧宝宝面前豁然开了。秧宝宝赶紧钻过去,向一根立柱后面一藏。见那保安也进了门,可并没有找她,而是径直往里走去。秧宝宝松下一口气,从立柱后面出来了。

  正午,连这大酒店也是寂静的。虽然是白天,可因为大和深,四周又是茶色的玻璃墙,日光就很微弱。顶上开着一盏盏的灯,黑色大理石的地面,反射着幽光。比起外面,这里面可真是大,几乎称得上辽阔。左手,上两级台阶,用盆花圈起来一片桌椅,桌椅中间,有一架三角钢琴,荸荠色的琴身上流连着几条茶色的日光,是从拉起的窗帘缝隙里照进来的。右手,是几圈沙发,倚墙的几具上也蒙着暗淡的阳光,如同一层细灰。秧宝宝渐渐适应了大堂里的暗,景物顺了光线的强弱、距离的远近,依次呈现出来。她移动步子,大堂的深处,是服务台,柜台里有一些窃窃的笑语声,听不真切,但说明里面有人。柜台上方的墙壁,挂了一排大钟,秧宝宝惊奇地发现,所有钟上的时间都不相同。为了看得更清楚,她又向里移了几步。

  秧宝宝站在了大堂的中央,顶上亮着无数盏灯,映在大理石的方格里,一格里栽一束光。四周全是光滑、透明、发光的物体,交相辉映着。这真是另外一个世界啊!这里的人,也像是另一个世界的,对这个小孩子视而不见。有几个人在大堂的周边活动,擦拭灰尘,或者拖地。方才追逐她的保安从大堂中间穿行过来,却不再留意她。她再往前走几步,那一排钟点确实不一样,时针,分针,各指着不同的方向。秧宝宝双手捂住嘴笑了起来,心想,这下子可有说头了。她眼前好像出现了镇碑下的一幕,人们在听她说,"鱼得水"的人连钟都调不准,然后一起笑。她笑了一会儿,还不放心,再往前走去,要最后确认一下。这样,她慢慢地就到了柜台跟前。柜台后面没有人,但侧边开了一扇门,投出来一些比较明亮的光,声音就是从那里面传出。这会儿也静了。这时候,秧宝宝看出问题了,掩着嘴的手放下来,她不敢笑了。每一面钟底下都标了字,英文和中文。一面钟底下写着"伦敦",另一面底下是"巴黎",还有"纽约""东京",等等。原来是指那些地方的时间啊!秧宝宝学过些地理,晓得"时差"这一说。到底是"鱼得水"啦!幸亏,幸亏再来看一眼。否则,就不是笑人家,倒是笑自己了。

秧宝宝的情绪低落了一些,她翻转身,靠了柜台,站一会儿。大堂里的光线有些像暮色,但不是暮色那样流动与活跃,而是固定,一成不变。秧宝宝觉得时间已经晚了,应该走回头路了。她直起身子,向大门走去。地砖上反映着她的倒影,与河面上的不同,河面上的倒影也是波动的。她听见空气中有嗡嗡的声响,是冷气机运作的声音。不知道是什么时候,她一身汗全干了,身上滑溜溜的。她几乎忘记这是盛夏的午后,一天中最炎热的时间。她向方才进来的自动门走去,她已经知道那是自动门,人走到跟前,便自动开了。这一回,她注意到咖啡座的旁边,有一条走廊,走廊里开着玻璃门,门里有一个人,背对着坐在椅上,像是黄久香。秧宝宝这时方才想起黄久香来。她朝了门里走去,却发现那是一面镜子。现在,镜子里的,正是秧宝宝她自己。她让开身子,打量一下,见那镜子斜对着对面的一扇敞开的门,她转身向门里走去,门里也一面镜子,镶在照壁样的一面墙上,镜子里的椅上却没有人。

秧宝宝转过照壁,探进头,里面是美容厅,墙上有无数面镜子,将屋里的景象折过来折过去,没有人。秧宝宝定定神,回身要走,却看见房间最里边的墙角,一张美容床上躺了一个人,头发被白布裹起来,脸上涂了厚厚一层白膏,只露出一双眼睛和一张嘴,看上去有些可怖。

17

暑假将要结束的时候,妈妈又来过一次。这次来,不晓得是忘了,还是对秧宝宝的现状比较满意,没有提换人家的话。李老师留她午饭,她也肯坐下了。吃过午饭,妈妈挤在秧宝宝的小床上,迫她一同睡了午觉。秧宝宝的身子长了许多,蜷在妈妈的怀里,有些滑稽的大。她就用劲往小里缩,贴住妈妈的身子。她又嗅到妈妈身上的气味,从小嗅大的。在这熟悉的气味中,她睡着了。午觉起来,妈妈借了闪闪的自行车,让秧宝宝坐在书包架上,去沈溇老屋里,取一家三口的秋衣。白露眼看就到眼前,天要凉了。

车过老街口上,妈妈进小小影楼找妹囡说话。妹囡看见秧宝宝,神秘地笑笑,将妈妈拉进照相间,留下秧宝宝一个人在店堂里。今天的影楼很冷清,没有人来。秧宝宝站在柜台后面,双肘撑在台面上,托着下巴,端详玻璃板下的照片。多是镇上的人,有几个还叫得出名字,抬头不见低头见的。此时,一律呆板着脸,即便笑,也笑得很僵。看毕照片,就抬起眼睛看门外的人。太阳还很辣,行人就也少,过往的几个人,均匆匆的,蹙着眉,好像很愁苦,其实只为躲避顶上的日头。眼睛顺了门前的街一径看过去,可看见半眼石洞桥,桥洞里藏着一艘乌篷船,看得见船头立着一柄油布伞。可是,稍稍一走神儿,回过来,那船已不见了。这时间,撞进来一个人,脸对脸看见,两个人都一怔,原来是她班上的男生。一个暑假没见面,都不讲话了。男生又退了出去。

妈妈终于出来了,脸上带了些愠色。秧宝宝猜到妹囡讲她坏话了,走时就没理睬她。果然,路上,妈妈就问她:华威厂那女人同你要好的唻！秧宝宝装糊涂:哪个女人？妈妈自然识得破她:不要装,那个女人来路不清的;端午前后,两个贼杀了贩毛竹的老头,警察四乡里排查,她立即滑脚;事过之后又回来,阴历五月十五,杭州的警察追毒品,直追到华舍大酒店,第二日她又滑脚;好好的人,看见警察怕什么？秧宝宝忽然想起有一日在镇碑底下,江西人对着黄久香讲的白蛇化精的故事,特别强调,端午的雄黄酒不好喝。黄久香回答一句:好笑！她那张月光下的脸出现在眼前,很姣好的。她也在肚里嘟一声:好笑！妈妈接着说:李老师也真是,到底年纪大了,家里事情又多,顾不上你,还是要换人家。停了一会儿,妈妈又说:算了,反正没几日了,你爸爸正帮你联系,到绍兴去读书。秧宝宝犟了一句嘴:我不去绍兴！妈妈就骂她:去不去由你说了算？华舍有什么好,乱的唻！

母女俩拌着嘴,就下了新街,进沈溇了。公公却不在,院里的鸡见来了生人,扑棱棱地乱飞。这些鸡都长了身个,毛硬扎了,看人的眼光很凶。妈妈说:公公养的不是鸡,是鹞子。打开西厢房的锁,推进门,一股森凉之气扑面而来,眼前顿时暗了一暗。蒙蒙的日光里,无数细绒翻卷着。夏布帐子静静地垂着,隐约透出背面的一行橱柜。脚下的砖缝里,长出一些苔藓类的生物,绿茸茸的。占了半间屋的木板地上,均匀地铺着细细的灰粒,看上去反显得极为清洁。但等妈妈一脚踏上去,嘎啦啦一响,腾起一股烟来。妈妈三脚两脚蹬上床板,将帐子一把搂起,撩到帐顶。背面倚墙而立的大橱便露了出来,紫檀木的面上,镶了无数黄铜的把手、锁孔、包角。秧宝宝跟着蹬上床去,拉开大大小小的抽屉。霉味,潮气,樟脑味,抽屉里的什物的各种气味:松香味,甘草味,布的浆水味,绒线的臭羊毛味,等等,等等,一股脑儿钻出来,有一些模糊的印象回到眼前。

抽屉里有多少宝贝啊!有过去的旧东西,也有新发现。大大小小的绒线团、别针、布头、纽扣、瓶盖、一根细铁链子——妈妈说是爷爷拴怀表的。妈妈忘了拿衣服,和秧宝宝一起搜拣这些零物件,翻来覆去看,想,回忆,研究。这些破东西,都是过日子余下来的杂碎。日子越长久,积得越多,说不上有什么用处,却也舍不得扔掉。平时不在意,可这会儿,这母女俩都是离家久了的人,看见它们,感到无比的兴趣。妈妈说:人家都叫李老师的图"上海人",其实秧宝宝你才是上海人呢!最早的时候,你奶奶在上海开绒线社,隔壁是你爷爷的小百货铺,然后才找人做媒结的婚。那么怎样会到沈溇里来的呢?秧宝宝漫不经心地问一句。无论爷爷奶奶也好,上海也好,对她都是遥远的事情,她感兴趣的是一个穿针器,蚕豆大的一个小东西,中间有一道槽,正好倒插进一根针,针眼呢,又正好对了个孔。这个孔是漏斗形的,一头大,一头小,将线从大头穿进去,自然引进针眼了。落魄了呀!妈妈将手里的抽屉砰地推上,结束了历史课。

这时,天井里有人叫妈妈的名字,跟着声音,人就进屋来了,是隔壁邻居,曾经与妈妈一同在村办厂做过的要好的小姊妹。

说有人看见她们娘和囡进老屋了,所以过来看看。妈妈说:正好,来帮我打下手。于是,一个站在床上,一个站在地下,将东墙下一高摞箱子,一个一个搬下来。来人告诉说:公公一早就去柯桥拉木头了。拉木头做什么呢,公公难道要盖屋？妈妈问。来人说:公公要盖屋,但不是起阳宅,是造阴穴,做一口寿材。妈妈就说公公脑筋不开化,有钱不吃点用点,偏要去做棺材。两人一起把箱子上的灰掸一遍,打开来,妈妈在里面找,来人在一边接。找到秧宝宝的衣服时,两人一致说紧了,倒是妈妈的几件旧衣服,看上去合秧宝宝的大小。于是又将秧宝宝拉下地,让她试穿。果然很好,都说秧宝宝块头这么大,像谁？妈妈就说:像她爷爷。

一边搜拣着衣服,一边说着村里的大小事故。某人贷款开冷轧厂,厂房造起一半,设备也进了,工也招了,原料也进了,出货方向也有了,上头却来了文件,此类排污严重的厂,必要有处理系统,投资比开两爿厂都不止,结果倒灶了,只得逃到深圳做打工仔。又有某人好吃懒做,轮番到一些走空人家的房子里找东西出去销,这些房子成了他家自己的宅地,想进就进,想出就出,门都是虚掩的。来人说:幸亏你家老屋里有公公。妈妈说:无须公公出头,公公的这些鸡,就把他眼珠子啄出来。说到这里,窗台上扑棱棱地飞上一只鸡,向里张望着,黑了一片暗影。两人都笑了。东西收拾完毕,来人就拉母女俩上她家吃茶。妈妈说不去了,当夜还要赶回绍兴搭火车。来人说:急什么？一日离开,夏介民就要变心啊？妈妈先是骂,后是笑,然后就与她两人跑到院子里说话,不让秧宝宝听见。此时,秧宝宝已搜出一堆宝贝。除了穿针器,还有一副九连环、一朵绒线花、一根绒线钩针、一个竹绷箍、一把旧钥匙——把上有一个圆圈,身子是圆的,带一周螺旋纹,齿呢,是平的。还有几枚铜钱,中间带眼。她将这些,爱惜地装在一个香烟听里,绷箍则套在手上,晃着。安置好了,走到院子里,妈妈她们却又转移到院子外面去了。跟到院子外面,她们则站远了些,在水杉底下头抵头说话。

太阳低了,正照在院墙,将水杉的影,还有妈妈她们的影,都画在墙上,拉长,收细,又放斜了。燕子出巢了,一群,上下翻飞。前几月的小燕子,都长壮了身子,与它们的爹妈分不出来了。它们逆着光飞行,变成光里的黑金点子。前边的楼房里,走出几个人,向溇边走去。然后,又有几个人,从老屋背后,走过空场,向溇底走去。那边,好像发生了什么事情。虽然是午后的寂静的村庄,这时却有一股兴奋的空气掀起来了。秧宝宝不由也向那边走去。有更多的人走过去了。连张墅方向,也有人朝这边跑。其中,有张柔桑的身影。看见人跑,鸡、鸭、鹅,还有一条狗,也跟着跑起来。气氛变得喧嚷。有人在说:公公回来了!

这个小村子,越来越寂寥,甚至荒落。此时,活泼起来了。太阳到了西边,将这条东西向的小河照得金灿灿的,就好像早晨日出时候的情景。河边堆积的垃圾,河里边的塑料袋、泡沫块,总之,一切难看的东西,似乎全在这金光中溶解,不那么触目了。阳光还给河面上的污浊贴上了金箔。斑斑驳驳的一河金。河边的大人、孩子、家禽、狗,因为一律迎向太阳,脸上都染了金丝缕。在那太阳光里,过来了一艘大船,公公就站在船头。

公公的装束很奇特,依然是蓝布对襟的短衫,齐膝的布裤,但他头戴一顶白色遮阳帽,帽舌长长地压在额前,顶上写了两个红字:杭州。赤脚蹬一双白色旅游鞋,细瘦的小腿底下,鞋子就

109

显得格外的大,像两只船。公公立在舵前,单手扶舵把,另一手叉在腰间,身后是一摞方子。河面上顿时飘起树脂新鲜的苦香气。小孩子一迭声地叫起来:公公!公公!公公很矜持地不回答,眼睛瞪着前方。船徐徐地进了河道,从桥孔底下穿行过去。桥上也站了人,鹅娘从人们的膝间挤出头颈,看着船从脚下滑出去。木材的两边各站一名壮汉,船尾也立了两名,一个人摇橹,另一个只是袖手站着。由于受到这样隆重的欢迎,神色都变得庄重起来。

小孩子跳着脚,狗呢,吠着,几只鸭滑下了河,扑腾腾绕着船游水。几乎全村,还有邻村的一部分人,都围拢到这里。秧宝宝看见妈妈同她的小姊妹也挤在人群里,脸上的表情挺激动。不晓得什么时候,她和张柔桑站在了一起,而且,手牵着手。她们说着下星期就要开学,听讲要换班主任,新班主任是上海人于老师,插队落户到这里,就再没有回去,她的小孩却已经到吉林读大学了,于老师要把她们这班一直带到毕业。她们还说起暑假中各个同学的情况。有一个去北京夏令营,是他家大人到杭州讨来的名额,带过去一车腈纶布,做校服用的。又有一个到太平桥玩,碰到拍电影的,让他跑龙套,穿一身长袍马褂,清朝的帽子,帽子后头钉着一条长辫子,进账五十块钱及一盒盒饭。然后,她们就说到蒋芽儿,提到这名字,两人都停了一停。

这时候,船已经靠在河边埠头下了。船上的人不急着上岸,而是歇着,由其中一个在煤球炉上烧开水,喝过茶再卸货。公公坐在船板上,两手扶着膝,一动不动,歇息着。人们的注意力暂时离开了船,自顾自地聊天说话。从来没有过这么热闹,这许多人聚在一起。有从华舍做工下班回来的人,下了自行车也来到这里,扶着车与人闲话。蒋芽儿,张柔桑停了停说,他们家买房子了,就在如今建材店的对面,"江南楼"旁边,不是有一幢二层房子吗?房主是张柔桑爸爸的朋友,在别处起了新楼,五层,带电梯,院子里有假山,亭子,花窗,旧房子就要出手。你不知道吗?张柔桑最后问了一句。秧宝宝摇摇头,说她一个暑假没见蒋芽儿。再说呢,她也补了一句,她并不是一天到晚与蒋芽儿在一起的。两人说了许多话。疏远多日,这会儿又接近了,心里很愉快。

船上的人吃毕茶,太阳也完全到了西边,金的颜色浅了些,光线较为柔和了。公公站起来,登上埠头,身后两个壮汉,"嘿嗨"一声,扛起一根木方。溇边的人"轰"的一声聚拢过来,又迅速让开,留出一条路。木料上岸了。

## 18

船尾上站着的那人,是从管墅乡请来的木匠。管墅乡里有个溇头,历来穷得很,公公歌谣里唱的那个"曹阿狗",恐怕就是他们祖上——"买得个渡,上种红菱下种藕。田塍沿里下毛豆,河礓边里种杨柳,杨柳高头延扁豆,杨柳底下排葱韭。大儿子又卖红菱又卖藕,二儿子卖葱韭,三儿子打藤头,大媳妇赶市上街走,二媳妇挑水浇菜跑河头,三媳妇劈柴扫地管灶头。一家打算九里九,到得年头还是愁。"愁到头,就愁出手艺来了。这溇头人家多是做方木和圆木。方木就是木器,圆木则是箍桶。

方木匠姓钮,中年,此地人的身形与脸形:精瘦,黑,高眉棱,凸颧骨,凹进去的小眼睛,很是明亮。因为有手艺,难免就骄傲了,不苟言笑。公公自知耳聋,不想惹人生厌,也是话少。带来的那小工呢,因没人搭腔,就算是个话多的人,也没处讲了。虽然是那样沉闷的性子,但是劳动本身却是欢腾的。锯齿在木头里来回走,锯末飞溅。搬木头下力,不自觉喊出一声"嘿嗨",鸡们四处乱躲。那烟囱管里从早到晚出着烟,砧板上剁着鱼和肉,灶上坐一锅高汤,咕嘟着。这个寂寥的小村子,如今数这座老屋最红火,最热闹了。小孩子都挤在门口看稀奇,大人也要伸一伸头,问一声:公公,什么菜式?或者:大木匠,料硬不硬?院内忙碌的人,矜持地都不作答,问的人也没什么,反而更羡慕了。看一会儿,才走开去做自己的事。

傍晚,收工了,钮木匠坐在院中的沙发坯子上——公公特意从屋内搬出来供他坐的,小工扫着地上的刨花和锯屑,公公摆着晚饭桌:拼两张方凳,端上下酒菜,黄酒连瓶温在钢精锅的热水里。越是天热,越要喝酒散发,否则屏在体内,就要上火作病。然后,三人三面,手里扶着酒杯,喝起来。

有时候,还要开夜工,从屋里拉出电线,换上一只一百支光的灯泡,将院子照得通明。这样,就有了不寻常的空气,村人们都跑了来,聚在院门口说话,玩耍。人们奉承钮木匠,说做寿材是积德,添寿数,子孙也得善报,会发迹。再又恭维公公,福气好,儿子有孝心,替他出钱做棺材。这样的晚上,喝酒就推迟了,推到消夜的时候。已是十点钟光景,乡下人总是早睡的,人都走散了,只剩他们。还是三人三面,热过的黄酒,慢慢地喝。灯关了,因为月亮已经出来,足够的亮。别以为他们晚睡就要晚起,才不呢!一早,又传出锯刨声了。公公呢,走在了去街里的路上,到茶馆去买馒头。

一天里边,很少的一会儿,公公闲着的工夫,便站在院子里,看木匠做工。公公微驼着背,两手垂下,青筋暴凸的小腿下是那双白色旅游鞋,站开了一些距离。这姿态有着一种虔诚。钮木匠背着身做活,看不见公公,但等公公转身走开,他便回过身去,将手中一块板子,对了公公的后背量一量。钮木匠虽然寡言,其实很调皮。公公晓得有人做手脚,并不动气,还笑。简直无法想象公公笑的样子,可他确实笑了。精瘦的脸上,刀刻一般的皱纹,原以为是凝固了的,此时则神奇地弯曲了。公公好像为自己的笑很不好意思,就用脚踢着院里的鸡,让它们闪开。这些鸡已经与钮木匠他们熟了,在料堆跳上跳下,在锯屑里刨着食。

这一天,老屋里来了一个生客,一名道士。公公这边做寿材的事传开了,传到这名道士耳里,就觅了来探虚实。道士大约有六十来岁,身体很健。他穿一件灰绿条子衬衫,涤纶西式长裤,裤腰里别一个寻呼机。骑了一架自行车,车把上挂着人造革黑拎包。他就好像长了一双顺风耳,一进沈溇,径直向老屋骑过来。自行车旧得撑脚架都没了,往院墙一靠,取下车把上的拎包,一手推开虚掩的院门,笑盈盈地跨进去了。

院里的人各自忙碌着,道士给每人发一支烟,打过照面。他很识理地没有去坐那张沙发坯子,而是拉张矮板凳坐下了。他嘴碎地问东问西,并不在意没有人回答他。而这三个寡言的人,其实也喜欢有人聒噪出些声音,手下的活更起劲了。道士将院中的事物问过一遍,就说起自己的见闻。像他这样,从十四岁起,先是跟了师傅,然后独自单干,走村串乡做道场,见识自然很广。钮木匠破天荒地插了一句话:你至今为多少人送过终?道士伸出手来:扳指头算好了,十四岁开始,到如今六十一了,总共四十七年;每年三百六十五日,平均每两天一场,你说有多少?钮木匠不由一笑。凡不常笑的人,一旦笑了,总是很好看,一下子变成了个孩子。那小工就说:牛皮是不是太大?脚头走得到的这块地场,两天就有一个走?道士认真道:何止是脚头走得到呢?还有行车走船的呢!石门、乌镇、南浔,都去过,不是自吹,我是有一定名气的。小工还想说话,叫钮木匠用眼睛喝住了,让他扶好料,开锯。

道士坐了一个时辰,起身告辞了。走时,一人发一张名片,上面写着:"绍兴正宗吹打道士",底下是呼机号。小工趁机又说话了:你一个人如何吹打?还要念呢!道士就笑了:小弟弟,这你就外行了,有说法讲,有理不在声高;有说法讲,内行看门道,外行看热闹;不是要人多,家什多,又不是打架,而是要有板眼,有规矩。不是自吹,我一个人自吹、自打、自念,比一个管乐队还要有气氛。不相信,什么时候来参观!最后一句话,道士的眼睛是看着公公说的。小工说:我晓得你在何处吹打?道士推起自行车说:打我呼机好了!上了车,走了。

经他搅扰一阵,院子里生出一股兴奋的空气,影响了终日。被饶舌的道士带的,收工后,两杯滚热的黄酒下肚,就扯出些话头来。公公问钮木匠,手艺从何处受传?答是他爹爹。他爹爹自小跟了一个东阳师傅,粗细木工都来得,最闻名的是做眠床。一架眠床,有三进,第一进门厅,第二进妆漱,第三进才是床。不用一根钉,统是榫头。四边穹顶全是雕花,不用螺钿。图样有讲究,单是八仙,就分明和暗两种。明八仙是八仙,暗八仙,是八仙手中的器物。他爹爹曾经雕过全本《三国》。这样一张床,要一千工。但因木匠不能予人做床,做床要折寿,所以,木匠的床是赠送,床前挂一块名牌,刻上木匠姓名籍贯做落款,然后收一只红包。四乡八里,大户的人家,多少床头都吊着他爹爹的名牌! 要问何以做眠床要折寿,钮木匠只说是一代一代传下来的规矩。公公则解说:予人做子孙床,不是将自己的寿数贴给人家了? 钮木匠想想,说:大约也是。

三人喝去二斤黄酒,盛了稀饭吃着。稀饭早已烧好,如今胀稠了,温吞柔软,入口正好。热酒发出来的汗一点一点收干,身上十分爽快。过后,各人从锅里舀了温水冲了身上,分头睡下。公公照旧睡屋里,钮木匠在穿堂架了棕绷床,小工怕热,直接在院里睡张竹榻。月亮明晃晃地照着,墙角落有只蟋蟀"嚁嚁"地叫。照理该入睡了,可精神格外的好,都睁着眼睛。公公忽在屋里说起话来,聋人多是这样,喜欢自语。他说道他这一生,从来没有住过自己的屋,从前是穷,后来虽然有屋了,可那是分了地主的屋,并不是自己的。这些年,家家都在造屋,可是家里的人只有走,没有来,四方八面落了户,他且到了阎王不叫自己去的岁数,造阳宅不如造阴穴了。公公嘎哑的声音在水一般的月光里踯躅,渐渐静下去。又过一会儿,鼾声就从三处地方起来。又一天过去了。

公公做寿材传出去了,一早总有人上门,问公公要不要酒肉、糕饼、油条。顺便伸头看看,工做得如何,手艺好不好。一来二去,与钮木匠熟了,晓得他人不坏,只是面相凶一些,敢同他开玩笑了。说:你们那里的溇头,听说出过状元呢! 钮木匠回答有,隔墙头就是。谁人? 人们问。钮木匠笑嘻嘻说:腰里缚玉带,脚下跨白马——箍桶匠嘛! 箍桶人不是腰里系一条汗巾,胯下坐一条板凳? 这才晓得被他绕进去了。说过,笑过,各做各的去了。近晚时,又来了,因是家中烧了特别的东西,杀了只鸡鸭,蒸了条鳗鱼,就送半碗来,给大木匠过老酒,人家说。

这段日子,老屋成了沈溇的中心,公公呢,也有了点明星的意思。走在路上,会有人认出来,说:不就是做棺材的老头吗?年轻人是觉着公公背时,人家在造黄金屋,他好,做棺材!上岁数的却觉着公公有远见,自己亲手打点好去路,定定心心地走,多么有归宿!公公沿了溇,走小路去华舍镇上买菜肴。经过一个裁缝铺,一早起就拥足插金戴银的姑娘们,一见公公来,便挤在窗口看。身前身后又都是色泽鲜丽的衣料,花团锦簇的。公公戴着白帆布旅游帽,足蹬旅游鞋,从她们讥诮的笑眼里,一步一步走过去。

公公走进老街的茶馆,相熟的茶客照老规矩坐在方桌前吃茶,公公则站着,等蒸笼揭盖头,拣了馒头放进篮,拔脚就走。如今,公公是忙人了,其余人就有种虚度光阴的愧意。嘈杂的街里,只有公公是静的。说也奇怪,熙攘的人堆,在公公面前自然会分出一条道,让公公走。喧声到公公这里,也止住了。他和众人,就像有一道分水岭,各行其是,互不相干。迎面来的人,冲公公笑,嘴动着喊他。公公也动动嘴,发出些不相干的声音,作回答。再继续走他的路。

日头里有了些秋意,这体现在光线略有些薄,风就透了进来。虽然还是热,可却轻快多了,尤其走出街市,沿了河边的土路,看鹅娘在柳荫里卧着,稻香扑鼻。远近厂房的机器轰鸣,扰不着这个聋人的。身后篮子里滚热的馒头,渐渐温凉下来,也是面香绕鼻。经过一处无名的溇头,铺了极厚的浮萍,灌木丛倾在浮萍上,绿得发暗。暗中有无数光点,斑斑地亮。走在这世外仙境里边,你知道公公想什么呢?公公在算账。一五一十地盘算,木料钱多少,酒肉钱多少,糕饼钱多少,蔬菜钱多少,再除去木匠的工钱,余钱有多少。公公心里一本明细账,错不了丝毫。公公可是个精明人啊!

公公走进村庄,过了桥就听见老屋院里的锯刨声。这一时,他的听觉可灵了。他钦佩地想:钮木匠真是个手艺人!靠一双手挣吃喝,本分。再接着,他就能嗅出锯末酸涩的气味了。燕子在公公前边后边翻上翻下地飞。这时节,村子里可是冷清,只老屋里那一点动静。太阳升到与水杉上端平行的地方,将水杉一周全映透了,叶子在光里翻上翻下,都快翻出响来了。公公走过去,推开院门。这回,公公的听觉和嗅觉可是错了。钮木匠早已收起锯刨,正给寿材上腻子,院里满满都是桐油的气味,香!

公公走进穿廊,去灶间烧饭,看见后院,荒到了底。倒伏的豆架瓜棚间,生长出一种带绒头的草,齐刷刷的一片透亮。

## 19

开学的前一天,蒋芽儿从外婆家回来了。一来就站在阳台下面喊"夏静颖"。秧宝宝伸出头去,两个人一上一下地对视了一阵,有些陌生。双方多少改了样子,高,黑,而且瘦。脸形似也变了。秧宝宝的脸长了些,下巴颏尖尖的。蒋芽儿的脸更小了,大约因为肩膀阔出了些。两人的眼神都有着一点落寞的表情,好像各自经历了什么,无法沟通。停了一会儿,秧宝宝缩回头,很快,两人在楼底下,面对面站着了。

停了一时,蒋芽儿说:方才看见李老师了。秧宝宝说:是呀?

蒋芽儿又说:李老师说你在家,我就喊你来了。秧宝宝"哦"了一声,没话了。两人又冷了一会儿场,到底是蒋芽儿,像动物一样灵敏善变,她忽然笑了,露出尖细的牙齿,拉住秧宝宝的手:走呀!两人一拉住手,隔阂便没了。那些分离的日子,倏忽过去。她们穿过街面,从"江南楼"旁边的狭道穿过去,一路咯咯笑着,惊得一些鸡和猫都四下乱窜。狭弄另一头,那幢二层水泥房的后边,是一片空地,约有一亩地大。原先是一块稻田,现在废了耕,用铁丝圈了起来。蒋芽儿拉着秧宝宝从铁丝底下一钻,进去了。麦茬硌着脚底,还有些野草,划破了她们的脚踝。空地的上空,飞扬着白色塑料袋,在风中鼓荡。她们在空地中央停下来,喘着气,笑着,直不起腰来。好几次,险些儿被地下的麦茬或者草根绊倒,又互相拉扯着不让倒下。最终,两人抱成一团,站稳了。

　　她们互相抱着对方的身子,嗅到了对方的气味:肥皂的气味里夹着太阳和干草的气味,就像某一种特别的植物,没有开出花来,所以不是香,而是苦涩涩的,但却很清洁。她们抱着站了一会儿,然后各自松开一只手臂,另一只手臂互相勾着颈脖。蒋芽儿说:这是我们家的。她抬起那只空着的手,对着前面的水泥楼房,划了一周,将空地也划了进去:我爸爸都买下来了。由于空地上什么也没有种,就显得比实际面积更大,两个小孩子站在中间,则分外的小。她们站了一会儿,就勾着颈脖往水泥楼房走去。房子的门锁着,旧房主还没有将东西迁走。她们蹬着台阶从窗户往里看。所有的窗户都从里面钉上了木板,显然是遭过了盗贼,才这么封死的。房里很暗。两人看了一会儿,渐渐适应了,才看得见。里面只是堆着一些杂物,在家具交错的腿之间,张着一面大网,一只巨大的蜘蛛,正辛勤地吐着一根长丝,荡着,荡着,向对面另一只家具腿上荡过去。荡了几次也没够到,可它却很耐心,歇了一会儿,再荡啊荡的。木板后面照射进来的一点光线,穿过家具堆,落在丝上一点,一点。看上去,那丝是断断续续,又像是一串极细的珠子,在空中滑来滑去。

两人头并头,屏住呼吸,看那大蜘蛛在丝上荡秋千。那大蜘蛛显然比她们潇洒,似乎不是够不着,而是不着急,还荡出了花样。那细珠子就一会儿弯,一会儿直。最后,终于,大蜘蛛登上了家具脚,大网又拉出一根经线。两人都吐出一口气,转过眼睛互相看看。由于在暗里看久了,回到阳光下,看出去,两人的脸都花了,有无数光斑在游动。她们手拉手跳下台阶,让那大蜘蛛在它的乐园里玩耍。

走出空地的路上,蒋芽儿不停地弯下腰,拾地上的易拉罐、汽水瓶、塑料袋。废弃久了,这块空地自然就成了垃圾场。秧宝宝也帮她一起拾,拾了放进一个较大的塑料袋里,很快就装满了,一人扯着一角,提出空地。看看,空场上的垃圾并没觉减少,便又回去拾。这样来回拾了五六袋,才觉得干净了些。太阳也到了正午,两人都热得不行,汗流满面,收了手。两人跑过空场后面的稻田,绕过几间房子,来到河边,下到埠头洗手。河对岸是个鸭棚,鸭子听到有动静,一迭声地叫起来,几乎将棚顶掀翻。蒋芽儿火了,拾了河岸的烂泥,朝鸭棚扔过去,嘴里喊:怕你!怕你!鸭叫得更烈了,带动一百米外另一户鸭棚也骚动起来。终于,鸭主出来了,一个女人横着竹竿子,朝她们喊着。隔了河,又有风,再加上鸭叫,听不见她说什么,只看见竹竿的梢对了她们一扬一扬,女人耳朵上的金坠子一晃一晃。她们便也不怕,对了她喊:碰你鸭子了吗?你看见吗?有证据吗?女人也听不见她们的话。双方就这么无声地喊了一阵。鸭子大约晓得没什么事了,倒安静下来,女人退了进去,她们也离了河岸。

分手的时候,她们很热切地道着再见,约好下午碰头的时间。然后,蒋芽儿一闪身,消失在她家黑洞洞的店铺里面,秧宝宝三步两步跑上楼梯。她这时方才发觉,她度过了一个多么漫长难挨的暑假啊!那些烈日下的午后,一切都静止着,白日梦似的。好了,现在蒋芽儿回来了,它们就又活过来。蒋芽儿真是一个精灵啊!她像一只鼹鼠穿行地下一样,穿行在这个又老又新的小镇子里,什么动静都逃不过她灵敏的嗅觉。她离去这一段日子,再回来,又有许多新发现。嗅嗅空气,气味大不相同。只这一上午时间,秧宝宝已经把张柔桑的友谊忘在了脑后,她们差不多已经重续旧缘,又要变成好朋友了。可是,谁知道蒋芽儿会这时候回来呢?

吃罢午饭,蒋芽儿果然在底下叫了。秧宝宝奔下楼,见蒋芽儿换了装束。穿一条白色镶花边的长裙,直垂脚踝,上身是一件血牙红的无袖短衫,手中撑一把粉红碎花的太阳伞。但这些并没有把她变成一个淑女,反而有些滑稽,就像剪纸画老鼠娶亲中的那个新娘。秧宝宝惊异得很,问她要去哪里?做什么?蒋芽儿挽住秧宝宝的手臂,拉她到伞下来。伞下透明的阴地里,蒋芽儿的眼睛烁烁发光。她说她爸爸的一个同学,也是老板,儿子过生日,找些小朋友去玩,她们一起去吧!秧宝宝不曾想蒋芽儿出了这么一出节目,站住脚,说:我又不认识他儿子,我不去了。蒋芽儿却不放她,定要她去。秧宝宝还是不依,蒋芽儿也执意不放她。两人僵持一回,又撕扯一回,最后,蒋芽儿泄气说:我也不去了!说罢收起了伞。这时秧宝宝才看清,蒋芽儿的脸搽了胭脂,开始还以为是伞上的花映上去的。秧宝宝心一软,让步了。蒋芽儿欣喜地打开伞,地面立刻投上一团花影,两人挤进花影中,走了。

原来和上回搭船看菩萨戏走同一条路。从镇碑底下走过,这时间,镇碑底下竟坐了一个人,背着身。以为是黄久香,结果当然不是。回过头看她们,大约也在想,这大中午的,她们去哪里?走过塘,塘里积了水草,只在塘心露出一小块水面。没有人,却遗留了一双绿色的塑料拖鞋,好像过会儿就会来人似的。然后转进一条宽巷,那宽巷里的凹进去的一处院子,院子里有太湖石、石凳石桌、莲花瓣立灯、碎花石子拼成图案的甬道,甬道延向高台阶,台阶上的五层楼房,就是她们要做客的人家。这一回,大狼狗没有叫,而且,院门开着。她们走进去,上了台阶,底下的两扇玻璃门也开着。门里地面上横七竖八放了一堆鞋,于是,她们也把鞋脱了,赤脚站在大理石上,脚心一阵沁凉。迎面一弯楼梯,也是大理石的,柚木的扶手上,嵌着金线。门厅的左首,是饭厅,长形的大餐桌上,正开着饭,坐了一圈人。她们显然是到早了,一个烧饭女人引她们到右首的客堂坐着。这一间客堂的四周,放了红木沙发椅,又深又宽,后背很高。面前的红木长几中间,嵌了大理石,描着彩色的花鸟。壁上一面挂了字画,一面挂了锦旗、奖状,再一面是彩色照片,照片上蒋芽儿爸爸的那个同学,一个矮壮的黑脸男人,笑着与各种人物握手,举杯,合影。

这两个人悬空了脚坐在沙发上,听那边饭厅里的喧嚷声。钟打了两下,两点了,却没有散席的迹象,而且,还唱起了歌。电子琴打着节拍,音响震出嗡嗡的颤音,反有些模糊。唱歌的人大多合不上拍点,音也不准,但却唱得很投入,坚持把一首歌唱到底。所有的人都是唱同一支歌,就是《九九女儿红》,唱到副歌的段落,一律上来情绪,反反复复,越唱声越高,听的人就拍手。在循环往复的"九九女儿红"里,钟又打了三点。进来一个小男孩,坐在她们对面,其实是认识的,就住在菜市场过来一些的新街口上,家里开日用百货小店,到天黑就在柜台上摆出电视机的那个老板的小孩。但是在这里碰到,大家就都做着姿态,很严肃地坐着,谁也不说话。

终于,一阵哄笑中,音响戛然而止。可是,立刻又换上另一支歌曲:《把根留住》。这一回,是合唱,将这一支委婉的歌,唱得颇为雄壮。只不过还是音不准,节拍又不在一起。唱了三遍,又是一阵哗啦啦的掌声,然后,一阵桌椅的碰响,散席了。一个个面红耳赤的人鱼贯走出,并没有穿鞋出门,而是向里去,上了楼。楼梯上啪啪一阵脚底板响,直响到他们坐的客堂的天花板上,再接着,便传下来哗哗的洗牌声,牌局开了。几个女人进出着饭厅,端出无数杯碗盘碟。又过一会儿,那个烧饭女人过来了,让他们再等一时,老板的儿子在睡午觉。好像怕他们吵似的,走时还将门带上了。

他们三个被关在了房里,面面相觑。首先是那后来的,动了一动。因是男孩,又小一点,不像她们有耐心,已经坐不住了。他反过身,跪在大沙发上,用膝盖挪着,欣赏壁上的字画、照片。她们便也站起来,看墙上的物件。三人绕着客堂看了一周,念着锦旗奖状上的字样。待到要念字画上的,就念不准了。尤其是那小孩,不管认不认得,一径地念,这两个大的就笑。于是他便得意起来,更加胡念一气,她们更笑。三个人憋了这半天,实在闷得很,此时就有些放纵,一个劲地疯笑。反正也没人理会他们。忽然,其中一个从窗里发现有人进了院子,招呼那两个一起来看,竟是抄书郎!他依然黑衣黑裤,戴着墨镜,脸上却露着微笑,显得很谦虚。他手里提了无数大盒小盒,盒上烫了金字,系了红绸带。其中有一个格外大的圆盒,四周是粉红的玫瑰花样,顶上是透明的塑料盖,可看见里面蛋糕上的奶油裱花。还有一篮鲜花,每一朵都是用彩色玻璃纸包裹着。这些东西,莫说是华舍,就是柯桥、绍兴都未必见着。这些宝贝东西挤在他膝边,脚都迈不开了。他磕磕碰碰走过彩石甬道,上了台阶。然后就听见他颤颤地叫:有人吗?等他放下东西,让烧饭女人送出门外,走过甬道,将要出院门的时候,屋里这三个约齐了一同喊:抄——书——郎!抄书郎回头看看,什么也没见着,笑笑,走了。窗下伏着的这三个,早已笑得浑身打抖,爬不起来了。

这样,他们的兴趣就在了窗户外面。趴在沙发椅上,等着还会有什么奇迹发生。太阳斜过了一半院子,果然又来了人。拉着车,车篷上写着"柯桥矿泉水",车停在院门口,然后,一桶一桶往里送,送了足有二十桶,车子大约也空了,才慢慢地骑着走了。之后,便没人来了。于是,三个人对这窗外的戏剧也没了耐心。又呆坐一时,那小孩突然站起身,推开门,出去了。这两个跟在后边,见他飞快地到门厅里捡了自己的鞋,拎在手里,向楼梯后面跑去。她们也跟着捡了自己的鞋,跑过去。楼梯后面有一条过道,通灶间。她们随了那小孩,赤脚跑进灶间,从巨大的烧柴灶前跑过去,直跑出了后门。一股潮湿的水汽扑面而来。

门外是河,河面较宽,专砌了个埠头,烧饭女人们都在河边淘洗,与柳荫下的厨子调笑着,没有注意这三个孩子跑来。他们沿了河跑去,小孩子一眨眼没了影,剩下她们两个。蒋芽儿早不耐烦她的长裙了,脱下来拎在手里,只穿一条花短裤,太阳伞夹在胳肢窝下。各人手里都还提着鞋,沿河找好下脚的地方涮洗。爽洁的阳光下,空气是清澈的,所以,其中的气味就清晰可辨。青草、泥土、秀穗的稻谷、水汽中含有的家禽粪便和油脂,连小虫子的分泌物都可嗅见,就是那种在鼻子与口腔之间的部位,有些触痒的,像吞一口烟似的气味。

# 第 四 章

## 20

暑假过去了,坐回教室里,至少有一个上午,大家保持着严肃。在那晒得格外黑的皮肤底下,各自藏着一些成长的秘密,使彼此变得生分了。可是,很快地,那些朝夕相处的日子又回来,接着续上了。嬉戏,吵嘴,小心眼儿,背地里使坏,重归于好,密密匝匝地刻在读书的时间表上,这时候,又往下刻着笔画。这不,到了下半天,他们又挤簇在一起,各样的事都生出来了。就说夏静颖、蒋芽儿、张柔桑这三位吧!张柔桑先还以为老朋友回到了身边,欢欢喜喜地迎上前去,不料新知己也来了,三人两面撞个正着,局面顿时尴尬起来。小孩子的要好,是有些像情爱一样,很讲专一,甚至比情爱还严格,一点苟且不得。张柔桑目光严厉地看着秧宝宝,秧宝宝自知有错,不由从蒋芽儿身边站开一点,蒋芽儿却机敏地逼了过去。三人都不说话,站了一会儿,铃响了,各自回到位子上。张柔桑直着身子,目光直视,再不看她那负心的朋友一眼。秧宝宝低着头,只看桌面上的一块墨水斑迹。蒋芽儿的眼睛却从这两人身上移来移去。蒋芽儿的嗅觉又起作用了,她嗅出些危险的征兆,于是立即做出反应。下课铃一响,她过去就坐到秧宝宝身边,手臂弯过去,勾住秧宝宝的颈脖。张柔桑停了停,然后起身离开了教室。一场争斗在无声中分出胜负,结束了。

可是,新的学年,总是有新的气象。簇新的课本散发着油墨气,不是好闻,而是新。课程的内容自然与上学年不同,即便是旧科目,也是有了新进度。新老师呢,也许还不如旧老师,可也沾了新的光,谁都想讨好。总之,这一些都使得生活有变化,日复一日里面,突兀出了一点标记,可供划分阶段的。当这开学头一日结束的时候,小学生背着大书包,欢蹦乱跳地奔过操场,切莫以为他们没来由地开心,其实是有来由的。

这一日,蒋芽儿一直待秧宝宝很温柔,勾着她的脖颈,轻声与她说话。虽然秧宝宝很沉默,但外人看上去,她们真是一对相亲相爱的知己,不晓得前世修了多少年。秧宝宝的沉默多少影响了蒋芽儿,她便也静下来,两人走入老街,沿了河走。过桥时,河面上就留下她们的倒影。此时,农人们到了回家的时间,河里的船只有些拥挤。尤其过桥洞,船帮碰撞出沉闷的声响,是含了水分的老木头的声响。老大们左撑右挡地操着桨,一点一点挤过去。河边那些板壁房子,还有巷子里头,高墙厚瓦的院落,住的都是这镇子的老居民,多少代的世家了。虽然板壁酥了,墙头颓败了,瓦呢,也碎了,又覆上了新瓦,可那里面的烟火气足哩,就还撑着,有威严。那里面,不晓得有多少户,是同治年间兴隆的丝寓、绸庄、丝行。不是说它"日出万丈绸"吗? 昔日里,商船云集、万舸争流的景象,在这桥洞下,船板的相撞里,留有着一点余音。太阳低下来了一些,它的亘古不变的光芒覆在瓦顶上,给这镇子恢复了一点古意。从某个角度看过去,真的不知道何年何月。

　　两个孩子在镇子里穿行,之间发生的那点微妙的小事端,使她们有些忧伤,连面前的景色都变得伤情。房顶的瓦缝里,长出白茸茸的草,在风中摇曳。背阴的山墙上,布着裂纹,像一张大网。河里的水,稠得起浆,过去的那条乌篷船,吃水深的味,帮都看不见。船上的老大呢,也委实太老,老成一根藤筋。板壁房的穿廊里,潮气一股一股漫出来,夹着老鼠屎、馊饭粒、腐菜叶、哈火腿的气味。小孩子哭精似的,咧着嘴,眼泪纵横,一张小脸爬满污脏。还有太阳光,是那样柔软的金黄色,柔软得叫人鼻酸。

　　这两个人走在桥头,并不惹人注意。这镇子,有的是这样情意缱绻的小姐妹,从一丁点儿到长大成人。头并头,手挽手,唧唧哝哝。越剧《梁祝》里面的"十八相送",大约就是从这里来的。只是将一双姐妹换成一对兄弟,不过那一对兄弟其实是让姐妹来扮的。总之是,缠绵悱恻。

　　这时候,忽听河那边一个尖厉的声音传来:秧宝宝,乘花轿;蒋芽儿,黄瓜儿!两人同时一激灵,抬头看看,河那边一排板壁房前,只两个女人自己在说话,并没有别人。两人手拉手奔下桥,沿了那一排屋,走过去,一扇门,一扇门地查看。有的门里没有人,有的门里有人,也是大人,做着自己的事。当她们头伸进人家屋看时,又响了一声:秧宝宝,乘花轿;蒋芽儿,黄瓜儿!她们唰地拔出头看去,又是没人。她们撒腿追过去,只见一扇门里,是一条幽暗的木廊,通向后院,尽头有一块亮,有两个逃窜的身影,迅速地掩起来。可她们也看清了,其中一个正是班上的一个男生,于是她们大声喊出他的名字:宋继纲,小和尚!这样连喊三遍,没把宋继纲喊出来,倒是喊出了一个瘦长的老太,穿一件浅灰底白碎花的衣裤,手里还拿着一本卷起的书,对她们说:你们喊他什么都可以,就是不好喊他小和尚,他是我们家的独苗,怎么可以做和尚?不是咒我们家吗?这两个不是饶人的,又占了理,就说:让他自己出来说话,他为什么自己不出来?老太还是说:你们喊他什么都可以,就是不要喊他小和尚!有些缠不清的样子。她们对了她身后骂一声:缩货!走开去了。

方才的忧伤这会儿烟消雾散,她们愤愤地跺着脚下的石板街,想她们并没有惹着他,他倒来惹她们。她们走出老街,从小小影楼前走过,走上新街,来到菜市口上,壅塞着人,停了一辆卡车,车上是没长熟的青苹果。人们都爬上车去挑苹果,然后爬下来过秤,付钱。卖苹果的竟是抄书郎,还雇了小工,替他做买卖,他只是抄着手站在旁边监督,好像已经是大老板了。菜市场进出往来的大半是外乡人,都面生,似乎工厂都换了新人,原先那批一个都不见了。路边小炒摊,方桌上围坐的也是另一批,形貌都很两样。她们从熙攘的人群里穿过,走上水泥桥,可看见教工楼了。天短了许多,此时已成暗灰,但依旧明亮。她们走到楼底下分了手。再前面,街角处,镇碑轮廓很细致,立在收割的稻田前,底下没有一个人。这就是新一批外乡人的不同了。他们不在镇碑下集合,他们多是在菜市场后面,汽车站那个凹地里。这些几乎占了镇上一半人口的外来民,改变着这个镇子的面目。

那么,这时分,她们又到哪里去扎堆呢?晚上,虽然谈不上溽热了,但还会余些暑气,在这夏季的末梢上流连。有几阵子,挺闷的,雨要下又下不来。贪凉的人们摇着扇子,趿着拖鞋,在街上走来走去,寻找有风的地方。这镇子就还有些喧哗。那些沿街的铺子,点着节能灯,还开着张,蚊香、蚊香盘、火柴、方便面、肥皂,摞起来,直延到街心。这一批打工妹普遍喜欢嗑瓜子,一路走,一路嗑,吐着瓜子皮,没有一个有黄久香那种风度的,但又都好像是黄久香的遗风。打工仔呢,似乎都比上一批身量高大,喜欢一手拿支烟,抽着走路,黑暗中,眼光有些阴沉。

说蒋芽儿嗅觉灵呢,她一下就寻到了这镇子的热闹。她们两人,吃了晚饭,洗了澡,短衫短裤外头罩件长袖衫,逛啊逛的,逛到了汽车站。空地上停了中巴,大约有四五辆,中巴与中巴之间,亮着一些烟头。空地边上,那几棵柳树后面,是落袋桌,有清脆的击球声传过来,更显得这里寂静。蒋芽儿与秧宝宝有些怯生,脚步迟缓下来,这里的气氛和镇碑下面可不相同,有些森严似的。脚底下坑凹不平,两人一脚高,一脚低,渐渐走了进去。在空地的中央,光线略微明亮,四周多少有一些遮蔽物投下的阴影,月亮还没完全升起。人们都站着,很少说话,打工妹们互相趴在肩膀上,有几张脸,在朦胧的光里显得很清秀。亦有几个本地人,在空地上穿行,捕捉着凉风。他们的身影显见是悠然自在的,脚步有些外八,背着手,蒲扇在手里转动。她们有意从那些外乡人跟前经过,挨得很近地看他们的脸。这些本地人,优游其间,带着一点居家的安闲表情,一定程度缓和了这里的危险气氛。

那里,有一丛人忽然蹲下,头凑头的,不一会儿,又站了起来。站起来后,便松开些,略走几步,活动活动。好像方才进行了一桩严重的事情,使他们神经紧张。他们猛吸着香烟,烟头便急骤地明灭,明灭。另一处,也有一丛人,这时蹲了下去,头凑头。空地上的人,多了一些,但依然是沉寂的。外乡的女子,互相伏在肩上,表情漠然。没有人注意到秧宝宝和蒋芽儿,这些外乡人,显然不如前一些那么风趣,而且简单,他们好像彼此怀着敌意。她们所以没有离去,也是蒋芽儿的嗅觉在起作用,她总能嗅到不寻常的气息。在这静默里面,一定是有着什么,将要发生。她很机警地向一个本地人打听时间:老伯伯,几点钟了?老伯伯也没戴表,但手里托了一个收音机,里面传出嗡嗡的说唱声,他说:八点出头了,你们好回家睡觉了。蒋芽儿很乖巧地说:好的。却并不离开。过一会儿,再遇到老伯伯,他们就成了熟人。老伯伯说:你们怎么还不回去睡觉?又问她们是谁家的小孩。这一老二小站在一处说话,说了一会儿,蒋芽儿忽然踮脚凑到老人耳边问:他们在做什么?老伯伯四下看看,并不回答,说要回去睡觉了,身上的汗早已息了。两个孩子就跟他一起走出空地,迎面又有人向这里来。月亮升高了,空地完全暴露在月光底下,人的眉眼都是清晰的,看过去,数量显得很多,几乎有些挤挨着,本地人却都不见了。

她们沿了一道缓坡攀上空地的边缘,走到路上。老伯伯与她们同一个方向,一同走过菜市场,在空旷平整的新街上走了一截,天地开放了许多,风里含着稻香,她们禁不住一阵轻快,哼起了歌曲。老伯伯手掌里的收音机,声音也响亮许多,嘶嘶啦啦的,老伯伯说:马上要报时了。果然,嘶啦几下子,嘟,嘟,嘟地报时了。他们一起走过水泥桥,老伯伯要往桥下岔道去,分手时,他问她们:晓得他们在做什么吗?蒋芽儿眼睛亮亮的,吐出三个字:拉皮条!老伯伯反身又走上路,绷起脸,盯了她们问道:到底是谁家的小孩子?她们倒退着走了几步,然后回转身飞快地跑了。

跑了一大段,再回身望望,老伯伯看不见了,只听得见他收音机里的咿呀声,也越来越弱,渐渐没了。镇子的中心地带已沉入到一些矮房子后面,那里有着神秘的事情。九点钟,在这镇子里算是很晚的时间了,安居乐业的人都已经躺到床上,看完电视连续剧的一集,准备入眠。经过一个溽热的暑天,初秋的夜晚特别好睡。可是,华舍还生出了另一种生活,夜生活,正在进行。两个孩子觉出夜的凉意,瑟缩着,抱着肩膀,快快走到楼底,来不及道声再见,一个闪进门洞,一个钻入半卷的门帘底下,不见了。

## 21

电影院前面的空地,也是外乡人喜欢聚集的地方。电影院位于这条东西向街的另一边,北边。菜市场、汽车站,则在南边。电影院是上世纪六十年代初造的,四角四方的水泥建筑,立在水泥台阶上面,底下是大约二百平方米的水泥地坪。在这个人口密集、水道交错的江南镇子上,这一片空地,可算得是辽阔了。这一个建筑呢,多少有些突兀,可渐渐地也不了。这种北方化的机关式房屋多了,统是四角四方,阔大的院子。尤其近年来,住宅楼起来了,旧房翻成新房,水泥预制件大量涌入这个砖木结构的小镇子,原先那种细的工笔线条便被灰白的块面掩盖了。几十年里,不知不觉地,这镇子改着模样。所谓的老街,仰仗街下的水道,前后通贯鉴湖和运河,暂且还留着,老街就也留着,可也真是瓦砾堆了。要从上往下看,已经被那些灰白颜色的水泥块垒,挤成了一条缝,差不多就要合上的意思。

再说电影院,曾经是很繁荣的。每来一部新电影,那广场上就都是人。有票的等进场,没票的买票。门前画着大幅的电影海报。电影院里有专门绘海报的,架着梯子,用尺子打上格子,一格一格朝里画,逼真极了。有年纪的人还记得,那画匠叫老莫,喜欢喝黄酒。后来,有了电视机,电影院就不大有人去了,改成放录像。但是,那老街后头的巷子里,挨门都在放录像,片子还更多,更开放。录像厅也就没人去了。电影院基本就算关了门。偶尔的,有镇民大会,就开启了做会场。还有时,大约十年里面有一两次吧,某个穴头,带了歌舞杂技班子,到这里来走穴,效果也不怎么样。这地方,说偏也不偏,自从柯华公路开好,到柯桥只十来分钟,什么没见过?所以,这电影院就荒了下来,被几家厂借作仓库,堆放东西。那画海报的老莫,也不知什么时候走了。广场上几盏路灯坏了,没有人修,一入夜,这片空地就黑着。

  黑暗里,聚着外乡人。这里的外乡人,是在台阶上坐着,男的坐一边,女的坐一边,并不说话。不像汽车站上那样骚动和紧张,但是,有一种诡黠。四方的电影院平顶投下整齐的阴影,正好罩住台阶。人脸都是黑的,看不清轮廓。那些闲逛的本地人,仔细去看他们的脸,也看不出什么。

  秧宝宝跟随蒋芽儿夜间外出的活动,被李老师禁止了。天并不是那么热,甚至还有些凉。更重要的是,这个镇子已不像以往那样太平。倒不是说它已经发生什么事情了,而是,气味。有年纪的人都嗅得出来,气味不对。不是连秧宝宝她们自己,都觉出了不安?所以,晚上,就不出去了。至多,两人站在楼下的门洞里说说话。那一方小门洞,堆了谁家的旧煤炉、竹鸡笼、几摞砖,只有转身的空儿,两人就在这里喊喊喳喳。门洞外面路上,很寂静,柏油路面反着幽光,几乎没有人走过。这样的静谧也是令人不安的。不用大人发话,她们自己就止了脚步。镇碑底下的消凉会,变得渺茫极了。那一方碑,如今兀自立在台阶上头,下面的人都不晓得去哪里了。她们手扶着水泥门洞的墙框,朝外张望着。远远地,越过稻田、豆架,传来机器的轰鸣声。不是闹,而是更静。

蒋芽儿嗅嗅空气,灵敏的小鼻子里传入了什么异常的成分,她预言道:要出事,真的要出事!由于害怕,还有兴奋,她的声音微微颤抖。她转向秧宝宝,两只小绿豆眼灼灼发光:和我妈妈一起念经的老婆婆,家里一只公鸡生了一只蛋!秧宝宝不由也有点害怕,嘴里却说:这又算什么呢?蒋芽儿说:丁字巷有户人家盖房子,我爸爸送木料去,正打地基,打下去,窜出来一只黄鼠狼。秧宝宝说不出话来,看着蒋芽儿的眼睛。蒋芽儿再接着说:"江南楼"的老板你有多长时间没看见了?跑掉了!对面的"江南楼"果然黑着灯,想想,是有多时没开张了。蒋芽儿一把拉住秧宝宝的手:你晓得吧,上回我们去看菩萨戏的那个张溇庙,尼姑,女爷爷,中午打瞌睡,做了一个梦,有只东北虎窜到这里,你再想想,镇上的外乡人,哪里人最多?东北人!两个小孩子的手心都出了一层汗。看来,出事情是不可免的了。可是,出什么事情呢?怀着这个老大的悬念,两人各回各的家,爬上床去,睡了。

接下来的日子,平安无事地过去了,什么也没发生。甚至于,秧宝宝又看见了"江南楼"的老板。他骑着一辆铃木摩托车,骑下大路,往北边去了。"江南楼"却真是打烊了,门窗紧闭,室外空调机上的雨篷,翻卷起来,揪成一团,好像一只鸟巢。这也没什么,镇上有许多生意,停了做,做了停,走马灯似的。蒋芽儿呢,似乎已经忘了她的预言,再也不提。两人每天早起,走在初秋爽洁新鲜的阳光下,一同上学去。无论是车站,还是电影院,早晨的时候,都是另一种面貌。一律是嘈杂,而且邋遢。中巴摇摇摆摆驶过空地,攀上道路,尾部喷着气,汽油味漫了整个路口。电影院这座水泥建筑,在日光中更见灰暗,台阶上遗留着瓜子壳、塑料袋、烟头、果皮。黑暗所造成的封闭此时打开了,敞着,与这镇子其他的部分连为一体,使这镇子变得大了,平了,并且令人厌倦。然而到了夜晚,诡异的空气又降临了,每一桩物体都投下暗影,将空间阻隔成小块,遮蔽着。这镇子就像有了阶层的划分似的,呈现出各种不同的区域。要出事的感觉又回来了。

有时候,蒋芽儿拉了秧宝宝,斗胆出了门洞,越过路面,到她家买下的小楼前面去。大轮的满月底下,空地上像栽了银子一样,白花花一片。仔细看去,是扔下的瓶子、易拉罐、塑料袋、泡沫块。她们就拾了一个大塑料袋,撑开,一人提一边,弯腰捡着。月光下她们的影子,一起一伏,一起一伏,辫子一会儿垂下,一会儿甩到背后,好像在跳着舞蹈。稻子真的熟了,有饱满稠厚的浆汁气,热乎乎地扑鼻。北面田野里,最近的一爿厂,亮着一排灯光格子,机器声轰鸣。可是,秋虫清亮的叫声却穿透出来,直入耳去。她们捡了有五六袋子,空地略略转了颜色,变成一种熟地的深褐色,就像刚犁过似的。并且,土地的湿润的甜腥气也飘浮起来。

两人捡了一阵,将塞满垃圾的塑料袋归到路边,拍拍手上的土,要走。蒋芽儿却又要去看房子。于是,反身再走入空地。脚下的地比方才柔软有弹性,微微地陷着脚。房子里的家具搬空了大半,窗上的木板也撬掉几块。所以,房里便灌注了光线。正方形,或者斜边形的月光里面,可看见地坪上粗糙的水泥颗粒,墙上面略微细腻的石灰颗粒。靠墙还有几件什物:床板、藤箱、一堆土黄色旧布,大约是沙发套。均匀的月光里,反而比在日光下看得更细微。这时候,她们看见房间的正中,隐约有一条虚线,两人的目光聚到了那里。这条虚线就像巧手的孩子用树叶的茎做成的珠子,将细细的叶茎掐一点,拉一拉,掐一点,拉一拉,最后,那一粒粒的茎便穿在了拉出的纤维丝上。现在,这一串细珠子就从房间的中央垂直下来。不过,那珠子是由光亮变成的。并且,好几次,它脱离了她们的视线,消失了。然后,又出现了。注视良久,她们方才看见,在那珠子的最下端,垂着一个坠子。她们同时认出了,就是那个大蜘蛛。在家具的腿之间,来回穿梭,织出了那一张复杂精密的大网的,就是它!家具搬走了,它的网没了,它竟又织出了一条线,从房顶上裸着的电灯泡上织下来。她们都有些激动,看着这只顽强又辛劳的大蜘蛛。月光在空房间里移动,不知不觉中变换了角度。那珠子有一瞬间,连成了一条光的线,烁然一摇。

蒋芽儿一激灵,脸离开了玻璃窗,侧着,小声说:听见没有?秧宝宝也侧过脸,听着。蒋芽儿说:有声音!不等秧宝宝回过神来,她拉了秧宝宝的手,跃下台阶,疯跑起来。风从耳边呼呼地过去,空地上的小石头、碎砖瓦,被四只脚踢得乱飞。她们终于跑上路,来不及两头望望,直奔路对面。蒋芽儿对着懵懂中的秧宝宝,喘吁吁地说声:要出事!一头钻进卷帘门底下。秧宝宝也立即进了门洞,三级并两级冲上楼梯。

天明之后,一切安然无恙。太阳底下,那股子潮湿与霉烂的垃圾味,暖烘烘地起来了,壅塞在镇子里的角角落落。有些熏人,却也叫人感到安全。人们又开始了一天的活动。蒋芽儿依然在楼下喊秧宝宝的名字,约了她一同上学。在秋日的早晨,她们显得比以往更要轻松和愉快。秋天总是给人喜悦。卸去了溽热的重压,连那股子气味都要好一些。任何一种颜色都像是掺了一点乳色,变得柔和、沉着,不再是夏天的那种"暴"。尤其是在这样水汽重的江南,秋日的干爽,使空气变得单纯,有利于呼吸。人的脸似都清瘦了一些,其实是神清气爽。小孩子要比夏季时更好动,走路要快,嘴皮子也要快,一进学校,那操场上满是窜动的身体,喧声震耳,像鸭棚。

可这还是在白天,到了晚上,蒋芽儿和秧宝宝变得胆小如鼠。连门洞里的黑,她们都害怕了,各自躲在家中。虽然寂寞,可是安全啊!她们人在家中,耳朵却竖着,捕捉着外面的动静。现在,连秧宝宝都相信,要出事情了。处处都是迹象啊!这一日晚上,其实天刚黑下来不久,可因为天短,就变得更晚了一些。街上有人赶了一群鸭子,从东往西走,养鸭人的赤脚与鸭子的掌蹼,柔软地踏在路面上,啪啪地肉响。秧宝宝跳起来,奔到阳台上,往下看,正看到,蒋芽儿从卷帘门下探出身子。两人互相看到,咫尺天涯似的,对视一会儿,各自又缩了回去。

## 22

陆国慎回家了,挺着一个大肚子,吃饭的时候,或者做着什么事情的时候,会突然抬起头,说:又踢我一脚!有一回,她还让小毛贴着她肚子听。闪闪呢,则是戴一副听诊器,在她肚子上按来按去听着。李老师站在旁边说:能听出什么呢?什么也听不出来!虽然是怀疑的态度,但分明也是有所期待。大家围着陆国慎的时候,秧宝宝总是站得远远的。陆国慎回来之后,她们还没有照过面,秧宝宝看见她在,便低下头走了过去。好几次,已经看见陆国慎朝她看了,她却扭过脸去装看不见。现在,又是陆国慎帮她装米、装水、装菜盒。从陆国慎手里接过饭袋子时,她把头低得更深了,只看得见陆国慎的一双脚。这双脚穿在一双布鞋里,脚背却从鞋口肿胀出来。她心里不觉有点难过。和陆国慎之间,就是这样,觉得难过。为了避免每天早上与陆国慎接触,秧宝宝开始自己料理早上的事情。她早早起来,自己舀一小瓢米,淘净,装进大饭盒,小饭盒里,搛一些前日留好的菜,再将水瓶灌满矿泉水。一件件放好,纱布袋扎紧,提着上学去了。这样,她和陆国慎更用不着照面了。

可是有一天,吃晚饭,这一天,凑巧了,大家都聚在一起上了桌,陆国慎说:在医院里,吃过一次鸡蛋,全是当年小母鸡的头生蛋,鲜极了,而且滋补极了。闪闪说:你怎么知道是头生蛋?舌头这样灵。陆国慎一反不与闪闪抬杠的惯例,坚持说:我吃得出来。秧宝宝的脸几乎全埋进饭碗里边,眼泪马上要流下来了。大家都忙着说话,谁也没有注意她,关于头生蛋的话题又很快扯开了。然而,秧宝宝和陆国慎,终于有了不理不睬之后的第一次交流。她们彼此心领神会。

与陆国慎的心领神会并没有打开局面,反而使秧宝宝更加羞怯地躲着陆国慎。陆国慎并不去勉强她,晓得这个孩子的心,心里越是和谁亲,表面上就越是和这人疏离。晚上,她走过秧宝宝的小床,看见她蜷在薄被子里的身形,挺想拍拍她的头,摸摸她的脸。可是,她不想让这孩子尴尬,就什么也没有做,走了过去。

就这样,局面转过来了,变得秧宝宝和闪闪说话,和陆国慎不说话。虽然是不说话,可秧宝宝却时时感觉到陆国慎在场。洗干净、叠好了、端端正正放在她枕头的衣服上,有陆国慎手上的防护霜的气味;饭桌上的几种菜,是陆国慎特有的风格,比如,豇豆也好,茭白也好,茄子也好,南瓜也好,北瓜也好,一律上锅蒸熟,再浇上酱麻油或者腐乳汁;晚饭以后,新闻联播时候,家里人都在,七嘴八舌地说话,其中又多了陆国慎女中音的声音,李老师和闪闪都是有些火爆的,而陆国慎的声音进来,就起了中和的作用,变得均衡了;以前不觉得,现在还发现,陆国慎喜欢点卫生香,点一种檀香味的盘香,所以,家中就又有了一种陆国慎的气味,檀香味。陆国慎虽然不像闪闪那么活泼有趣,但她却有着一股渗透性的影响力,在她周围,布满着她的空气。

秧宝宝在这样的空气里,变得安静了,她甚至变得稍稍有那么一点恋家。放了学后,在外面逗留的时间明显地短了。晚上呢,当然,早已经不出去了,就坐在客堂间的方桌上写作业。虽然房间里聚着人,又开着电视,但她心里是安静的。在这个人口比较多、作风也比较散漫的家庭里,刚来的人会觉得有点闹和乱,其实,内里,则有着一种特别的安宁。生活和人性都是稳定、知足、平和,时间久了,便会感受到这一点。秧宝宝在家的时间多了,和蒋芽儿在一起的时间就少了,蒋芽儿极力地挽留她:夏静颖,我们一起去街里边看娶亲吧,送新娘的奥迪车已经停在街口,小小影楼的摄像师也要去拍片子呢!秧宝宝简短地回答一句:不想看。反身上了楼梯,临进门,又回过头看看,蒋芽儿仰着脸也看着她。心一硬,就进了门。此时,比平时回家的时间至少早了一个小时。星期六和星期天,秧宝宝也待在家里了,因为,这两天,陆国慎不上班,全天在家。蒋芽儿在楼下喊,秧宝宝伸出头去,亦是简短的一句回辞:不想去。

但是,蒋芽儿不是张柔桑,张柔桑是淑女,蒋芽儿则是一种动物,凭了本能行动。在楼底喊不下来秧宝宝,她就走上楼去,敲李老师家的门。开门的人是闪闪,她回头朝房间里说:小九妹,同窗好友叫你来了。秧宝宝早从闪闪身后面看见蒋芽儿,心里一惊。她晓得闪闪她们都不大赞成她和蒋芽儿玩的,果然,闪闪说出这样带刺的话,把她比作小九妹祝英台,蒋芽儿自然是梁山伯了。她本来并不想去的,这么一激,她倒决定去了。可是,就在这时,陆国慎却走过去,向蒋芽儿招招手,蒋芽儿进来了。

一家人都围在桌边,看李老师做鱼圆。一条一斤二两重的花鲢,去头,去尾,去鳍,剖开,快刀剔去骨头,然后斜过刀锋,将鱼肉从鱼皮上刮下,刮到碗里,再放进细盐,用一双竹筷使劲搅,搅到鱼肉起绒,起黏。搅的过程大约需要五十分钟,要格外耐心。每个人都参加了这个程序的劳动,一只大碗围了桌子传着。一个人搅到手酸,就传给下一个。这时,蒋芽儿便也挤了进去。为讨在座的人们喜欢,她搅得特别卖力,迟迟不愿交班。终于,鱼肉被搅得细嫩,光洁,柔软,富有弹性,李老师宣布可以停止了。盛来一盆清水,用调羹挖一球鱼绒,放进水中,调羹一抽,一个洁白的鱼圆漂在了水面上。

鱼圆做好了,也到了烧饭的时间,蒋芽儿便起身告辞了。弯腰换鞋的时候,颠倒着视线,找到秧宝宝的眼睛,迅速地眨了眨眼睛,然后走出门去。这一次造访时间虽然不长,可却是一个开端,从此,蒋芽儿就经常地敲开李老师家的门,与秧宝宝一起坐在客堂间里做作业,看电视,玩。李老师家的人,多是对她印象一般,觉得她嘴碎,话多,小小的脑袋里,不晓得塞了多少乱七八糟的东西,荒诞不经。举一个例子来说:蒋芽儿给她们讲了一个故事,关于新昌的大佛。

说的是在遥远的东南亚,有一个大老板,一晚做了一个梦,梦见某处一座庙里,有一座大石佛,向他祈求,修复它的断手。大老板醒过来之后,立志要找到这座大佛,于是他开始了周游世界的寻找。足找了有三年之久,终于在新昌发现一处寺庙,与梦中情形完全相符。背有奇岩怪石,面临幽谷,古枫香数株,银杏一棵,佛亦是石佛,亦是有一只断臂。大老板大喜,不想此生有这等佛缘。话分两头,一日,新昌大佛寺忽来一远道香客,要见庙中住持,见面就奉上一包金条,说受人之托,为大佛修复断臂。住持问施主姓甚名谁,家居何处,来人概不答复,只说倘若金条用完,大佛还未修毕,自会有人再送金条来此。果然,大佛修到中途,金条殆尽之时,又有一香客来到,奉上金条。前后共有三回,大佛终于修葺完毕。

再举一个例子:蒋芽儿给她们讲的第二个故事,也是关于大佛。不过,这一回的大佛是在长江三角洲的一个岛——崇明岛上。也是在遥远的东南亚,一个大老板,送了一尊缅玉的大佛给崇明岛。高有三米七,玉身中数处隐有红宝石、蓝宝石,入夜,便通体晶莹发光。岛民们甚为珍爱,专门修一座玉佛楼,度身定做,历时长达三年。请佛上楼那一日,天上忽然腾出一条龙形云带,从东贯西。在场众僧俗均目睹,有好事者,特地摄下此景,因此,有照片为证。

大家点着头,问:可是,有谁是亲眼看见的吗?蒋芽儿说:有,同我妈妈一起念经的一个老婆婆在上海的亲戚。哦,是这样啊！人们说,不再与她争辩,怀疑的神情却显而易见,尤其是闪闪,马上就要笑出来了。在这个受着实证主义教育的科学文明家庭里,蒋芽儿的故事引起的,就是滑稽的效果。秧宝宝为她的朋友感到不好意思,想阻止她继续往下说,可是,谁能够阻止蒋芽儿呢？她简直是狂热地,眼睛放光,脸形都变了,变得更加消瘦,鼻翼翕动着,就像一种鼠类,机敏地生活在地底下的阡陌里。于是,她又说了第三个故事。

说的是在上海,某户人家,生有一子,三四岁时,随邻人去庙里玩耍。小子忽奔到一罗汉面前,亲昵抱住,言：这就是我！旁人一看,果然极为相似。小子又历数金刚、罗汉,一一说出姓名来历,显见得是佛的弟子。现在,有许多老板,争着供养小子,还专为他修了佛堂呢！

人们没有耐心听她胡说,各做各的事情去了,只有陆国慎,还敷衍着她。陆国慎觉得蒋芽儿虽然糊涂,却也十分有趣。再有一层,因这是秧宝宝的朋友,就更要认真对待了。当然,她也是秧宝宝的朋友,但她们这一对朋友出了点问题,关系有些窘迫,处在一个困难的时期。现在,有了蒋芽儿在场,她就可以通过蒋芽儿向秧宝宝传递些意思。比如说,她送过来两个柿子,说：蒋芽儿,你吃柿子。那么,自然是,蒋芽儿一个,秧宝宝一个。比如说,她支使蒋芽儿说：拣拣米里的石子和虫。那么,自然是蒋芽儿和秧宝宝一起拣米里的石子和虫。再比如,陆国慎问蒋芽儿学校里的事情,蒋芽儿一边说,一边就要征求秧宝宝的意见：是不是,夏静颖？秧宝宝只得说是,或者不是。这样,她们坐在一起聊天,别人以为她们三个都是很好的朋友,其实呢,其中有两个是不说话的。

总之,有蒋芽儿在,秧宝宝和陆国慎多少是自然了一点。这就是陆国慎力排众议,欢迎蒋芽儿的原因。甚至有一次,她们三人还一起去了陆国慎的娘家。快过中秋了,李老师扎了两盒月饼、一包梨子,还有蜂王浆、人参含片,让闪闪陪着送到陆国慎娘家。陆国慎却说不要闪闪陪,她有人陪。李老师问是谁,闪闪说:谁?春香和秋香。春香和秋香都是古戏中常有的小丫鬟的名字,秧宝宝心里很明白,晓得是指谁。果然,第二天,放学回来,陆国慎就对蒋芽儿说:陪我送一趟东西去。蒋芽儿问秧宝宝:去不去?秧宝宝不说话,蒋芽儿本来想去,就怂恿道:去呀!去呀!陆国慎已经将东西放在她俩跟前,自己提一个小包在前边走了,两人来不及商量,只得一人提一件追着下楼去。

陆国慎的身子很沉了,穿一条肥大的男式裤子,上面的衬衣很短地撅着。头发长了,在脑后扎一个小刷把,也是撅着。这么样不匀称,可是一点不难看,因为她神情安详。她不慌不忙,一步一步走着,所以,虽然身子笨,速度却也不慢。走到熙攘的桥头,让人让车还相当灵活。倒是蒋芽儿手里的篮子撞翻了,梨子一个一个从桥上滚下去。两个孩子追着拾梨,因为梨大,一次只能拾一个,要想再拾一个,第一个就又滚落了。陆国慎就站在桥头看着笑,脸红扑扑的,笑成一朵荷花。

23

陆国慎的家,住在老街里的丁字巷,是这镇子的老居民。父亲原是镇上供销社的一个保管员,在陆国慎很小的时候就病故了,留下寡妻,一儿二女。陆国慎排第二,上有哥哥,下有妹妹,是家中比较顶用的那一个。人还没有柴灶高,就会蹬了小板凳烧饭。第一遍锅开,舀出米汤来,拌在糠里,给猪吃。那时候,家里还喂了一头猪。再下一遍水,等水干了,便铺上一层蔬菜,盖上锅盖焖。饭熟了,菜也焖烂了,调上酱麻油,做下饭。如今,李老师家饭桌上这一路的热拌菜,就是这样来的。偶然,父亲生前供职过的供销社,以极便宜的价格,卖给他们两斤手指头粗的小鱼,陆国慎就要开油锅了。滑进锅小半勺油,暴腌过的小鱼煎得两面焦,再放上辣椒丝,酱油醋,大大地翻炒几下,一碗鱼可供全家人做三天的下饭。陆国慎还会做虾酱。大两岁的哥哥跟了小伙伴到塘里去捉虾,半天下来也能捉一小碗,那虾比缝衣针大不了多少。陆国慎带了妹妹一起,一只一只剪去须,洗净泥,锅里放少点油,将虾炒红,然后放豆瓣酱、葱、姜、水,煮!蘸馒头吃最好。说到馒头,陆国慎也做过,不用酵粉,到街上茶馆去,要来切馒头留在面案上的面渣,里面不就有酵粉的成分了?和进面团,揉筋,捂在草窠里,盖上家中所有的棉被,半天过后,面也小发起来。

丁字巷是一条老巷,台门里边,院子的青砖地,长满了绿苔。窗户上的木格子,本来雕着花,现在多半是朽了,断了木条。二楼的板壁墙,洇了水迹,一条一条的发了黑。屋顶好像承不住瓦了,低低地倾下来,遮住了二楼的窗楣。要不是院里的几棵树,树之间扯着晾衣绳上,五颜六色的衣衫,墙角下一周盆花,有的开,有的谢,花事挺繁忙的样子,那么这院子就真要显出颓败了。这里住的人家多,院里的结构又很曲折,门里有门,天外有天。本以为就这么个院子,可是,从朝南正屋和东厢房之间的狭道走过去,竟又是一个院落,也有树,有地砖,有人家。走进低楼门里,一条走廊过去,又是一处院落,不仅有树,有盆花,还有一眼井。小孩子玩捉迷藏最好了。还有,说鬼怪故事也最好,要把这些人家迁走,直接就可以演《聊斋》。可有这些人家在,就不同,人气鼎沸得很。柴火气,煤烟气,饭馊气,鱼肉腥气,小孩子的尿臊气,都夯进板壁缝,砖瓦缝里去了。

陆国慎的家,住一侧偏院里的西厢房,上下两间。楼梯,在迎门的地方,没有扶手。本来大约是油漆过的,现在已褪成白木颜色,中间留下一行凹下的脚印。陆国慎的哥哥在柯桥工作,家安在那边。妹妹还未出嫁,在镇上的农业银行工作,几乎踩着她们脚后跟进了门。她骑一架鲜红的山地车,头发烫成很细的一曲一曲,直抵腰际。高腰牛仔裤的侧边绣着花,在脚踝这里开了个衩。里面一件粉红短T恤,外面再罩一件白色镂空的线织衫。要不是亲眼看见,她踩着尖细的高跟鞋,噔噔噔地上了木梯子,你无论如何不能相信,这样的老旧的杂院里,竟住了一位摩登女郎。她的鹅蛋脸形,其实与陆国慎还是像的,可是因为搽了粉,变得白而且平,就又不像了。

姐妹相见,先是彼此调侃,一个说一个像大肚罗汉,一个说一个是妖精,然后一个就要去摸另一个的肚子。母亲这时则插了进来,不让小的接近大的,生怕小的高跟鞋一蹩,撞到大的身上,动了胎气。这两个又非要挨着不可,撕扯一阵,终于,双双在床沿坐定,肩挨着肩。这是一张旧床,有帐屏,张了一顶蓝印花布帐,一边一幅挽起来,底下坐了两个姑娘。从小在这张大床上拱妈妈的被窝,头并头说话,一处长大。现在,一个要做母亲了,另一个也到了待嫁年龄。别看那小的是摩登的装束,内心还是循着一代一代的古训,从小孩子到大孩子,从小姑娘到大姑娘,一节节地走过来。

这两个坐在床沿,看着面前的那两个,此时,她们拘束地坐在方桌一边,做客人的样子。妹妹陆国恬早听说过有秧宝宝这人,便问:谁是那乖宝?陆国慎不响,只是看着秧宝宝笑。秧宝宝怕陆国慎与她说话,红着脸低下头,蒋芽儿则回过头,下巴迅速朝她同学一点,陆国恬明白了。她端详一阵秧宝宝,说:我替你梳个头,这样好的头发,多难得。蒋芽儿立即站起来,替秧宝宝解辫子,秧宝宝略挣扎一下,就不敢动了。妹妹起身从床旁边横放的一张三屉桌里,找了一段尼龙彩绳,又拿了几把各样的梳子,走过来。这时,蒋芽儿已经将秧宝宝的头发打散,让在了一边。

陆国恬先用一把宽齿扁身的大梳子,将秧宝宝的头发通了一遍。前一日方才洗过的头发,散发出香波的柠檬气味,还有小孩子的那种清甜汗气。头发披在肩上,乌黑的一片,把秧宝宝的脸衬得更小了。她又低着头,要是闪闪看见,就要说她是《六月雪》里的窦娥了。陆国慎却只是笑,笑出了声。秧宝宝抬起眼睛,飞快地翻了个白眼,嘴动了动,心里说:怕你!陆国慎更笑,却收了声。第二遍是用齿子较密的窄梳子,细细地通,一绺一绺地通。头发给通得又黑又亮,而且柔顺极了。再一遍,是用滚齿的圆梳,于是,光滑的头发又起了一层绒头,像罩了一面金网。这时候,秧宝宝就不像蒙冤的窦娥了,而是像外国电影里的公主。通过三遍,陆国恬放下梳子,张开五指,伸进秧宝宝的头发里,松松地往下耙,禁不住感叹道:要能换给我这头发,多少价钱也不计的。感叹过了,就开始做新发型。陆国恬将秧宝宝的头发从正中间挑开,先从后脑顶上理出三绺,一边各一绺,中间一绺,编一股辫子。再从各边各理一绺发,编进去,又成一股。就这么一边添进一绺头发,一边往下编。直到所有的头发都编进去,头发还有两拃长。就一径往下编,编到底,再绾上来,从根上系一截花头绳。于是,颈后就垂了一个结实漂亮的麻花髻,秧宝宝变成了一个时髦的小媳妇。蒋芽儿激动得颤着声音说:夏静颖,你真是太好看了!出于安慰的性质,陆国慎也给蒋芽儿设计了一个发型。也是从中间分头路,却贴了耳后编成双辫。为辫子粗一些,就将花头绳劈开,编进辫子里。这样,蒋芽儿就有了两条花辫子,也很活泼,就好像秧宝宝的陪嫁丫鬟。

辫子编好了,陆国慎妈妈的点心也烧好了。是鸡蛋面饼,不是用葱花盐,而是调进白糖,摊出来就有一层晶亮的糖色,黄澄澄的,上面滋出极细的油珠子。每人泡一大碗"风消"——用柴灶,锅里不能有一点油星,稻草烧锅,糯米粉调成又稀又筋的浆,悬着,只在烧热的锅底一蘸,立即壳起一层锅巴,消薄消薄,掰碎后,盛在碗里,加上白糖,滚水一冲,滋养得很。现如今,柴灶少了,会做"风消"的人也少了,小一点的孩子,都有没听说过的。

小孩子都是馋甜食的,所以就吃得十分满意。吃完点心,两人在院子里转了转。东厢房的屋檐下,有两个老伯在方凳上摆了棋局,她们看了一会儿,看不懂,走了开去。偏院外边的正院,比较热闹。有大人在骂小孩子,放了学后不回家,骂半天,只听屋内争着辩一句。还有一个四五岁的小小孩,很危险地拿了一把菜刀,削一个南瓜。在一扇启开的门里,两个与她们差不多大小的女生,很诡秘地说着话,手里飞快地钩着花边。她们在门口站了一会儿,等那两个与她们招呼,可进屋去看她们手里的花样。那两个却不看她们,只顾自己热烈地说话,翻飞着钩针。她们只得很无趣地走开了。人们都在忙着自己的事情,她们在院子当中茫然地站着,却有一个男生过来让她们走开,说这是他的地盘,说罢拖过一张矮桌,四边布下凳子,像是要吃晚饭的样子,其实呢,他娘刚在淘米。

她们慢慢退回方才的偏院,回进陆国慎的家。房间里,那母女三人正在看婴儿的衣服,一件一件。花绒布的小衫,和尚领,斜门襟,不用扣子,怕硌着婴儿,而是用一条布带子,围在腰里,一系。花绒布裤,则不用松紧带,布带子一系。袜子,是两个小布袋袋,也用两条布带子,一边一系。棉衣服,也是和尚领,斜门襟,棉裤的裤腰很宽,屁股这里特别肥,敞着裆,裤脚倒没有口,连着两个小棉布袋,看上去滑稽得很。陆国慎的娘说:看起来,你多是生囡,女儿打扮娘,你倒是比有喜前好看了。陆国慎说:生囡很好,我就喜欢囡,像这样的!她下巴朝两个小的那边翘翘,秧宝宝往旁边站了站,表示和自己无关,心里却晓得陆国慎其实专说给她听。

婴儿的衣服看过了又收起来,藏进柜子,说等陆国慎生了,娘看女儿的时候带去。然后将带来出空的篮子再装满,一个篮子里是一小包方才吃过的"风消"、一封芝麻核桃糕,再一个篮里则是一条腌青鱼。让秧宝宝和蒋芽儿一人一个提着,送她们出了家门。出门时,陆国慎一手搀住蒋芽儿的手,一手去搀秧宝宝。秧宝宝不能当了人家娘的面前耍性子,就低头换一只手提篮子,让过了陆国慎的手。一路上,她都走在陆国慎和蒋芽儿半步后面,陆国慎并不回头看她,只顾往前走。三个人前后跟着,走出老街,上了石桥,走在菜市场口上,天已有暮色了。

经过这次出门做客,秧宝宝不能说不和陆国慎好了。人家娘的屋子去了,人家娘的东西也吃了,还让人家的妹妹梳了头,可是,她还是不能和陆国慎说话呢!这是为什么?因为,因为陆国慎还没有和她说话呢!一旦陆国慎露出与她说话的意思,她又赶紧地避开了,这又是因为什么?因为倘若陆国慎开口说话,她不知道该怎么回答。事情陷入了僵局,不知道要等待一个什么样的契机,才能够走出来。

回家以后,陆国慎的肚子又大了点,里面的小孩子也动得更多了,而且时间持续得更长。这时候,陆国慎就停下手里的事情,望着大家,说:你们看,你们看!大家肃然地看着她衣衫下隆起的肚子,好像真能看见一个小孩子在里面打滚。这段时间,似乎大家的梦都特别多,多是关于这个小孩子的。几乎每天早上,都有一个人,一边吃早饭,一边叙述他的梦。有一个梦是说,到市场买了一条大鱼,回到家,剖开鱼肚子,里面躺了个花生大的小孩子,还梳着一个抓鬏。有一个梦说到河边洗衣服,一只鞋掉下去,好多人帮着捞,捞上来一只鞋大的小孩子。又有一个梦,做的是盆里一朵海棠花开了,听起来与小孩子无关,其实是一个重要的隐喻,它表示即将来临的,是个小女孩。后来,隔壁楼里有个邻居,过去和李老师同事的退休老师,也跑来说她做了一个梦,看见一只好看的小黄鸟,飞着,飞着,一下子飞进李老师家的窗户。终于,这天晚上,秧宝宝也梦见这个小孩子了,这个小孩子张口就叫她,叫她"宝姐姐",但不是像闪闪的小毛那样,带有讽意的,而是很亲热。然后,秧宝宝就给她梳小辫。她都能觉得出,小孩子柔软的头发,在手心里痒酥酥的。就是这么逼真的一个梦。秧宝宝当然对谁也没说起,她是连"陆国慎"这三个字也不提的。她暗中做了一个决定,决定要为这个乖巧的小孩子准备一件礼物,她要为她钩一顶帽子。秧宝宝还没来得及跟妈妈学编织活呢,蒋芽儿的妈妈也不会教蒋芽儿这些,可是有一个人会,这个人就是张柔桑。

## 24

先前说过了,张柔桑是淑女。她从小的玩具就是毛线针、绣花针、钩针、毛线、丝线、花线。到夏至那一日,她们张墅村里,所有的小孩子胸前挂着的鸡蛋,都套着张柔桑编织的彩线网袋,底下垂着一束穗子。有些老婆婆说,张柔桑是天上巧姐的孩子。因为每年七月七,牛郎织女在鹊桥相会,是必定要怀小孩子的,这些小孩子就散落在凡间各家。恰巧呢,张柔桑耳朵边有一块朱砂胎记,手指甲大小的。那些神秘的老婆婆就说:像不像,像不像一个织布梭子?就是巧姐留下的,为了想她孩子的时候,好找得见。

要说,张柔桑长得也有些像仙女。比秧宝宝还要略高出一点,在她们这个年龄,就相当修长了。头发不像秧宝宝那样厚和黑,但更长和柔顺,没有束起来编成辫子,而是散着,直垂到腰际。前边呢,斜分开来,不留刘海,在发多一边的额际上,别一个发卡。说到这个发卡,就又要说到张柔桑的才能了。这个发卡,是最最普通的,五角钱可买一板的黑铁丝发卡。但是,张柔桑在发卡朝外的卡丝上,用一色桃红和一色翠绿的花线,编织了一道盘龙花。编余下的花线,并不截断,而是散着垂下来,一直垂到耳际。张柔桑的脸形,要比秧宝宝的圆和扁平一些,因是太多秧宝宝这样小小的鸭蛋脸,这里人就认为张柔桑这样的脸形是极美的。而且张柔桑肤色比较白,配着温柔的大眼睛,真是一个美女啊!张柔桑走过来,女人们都要停住脚步,羡慕地看上一眼。

张柔桑的外表是这样柔和,性情也是柔和的,但却并不是没有主意。她的内心,甚至是很刚的。对于秧宝宝的无情无意,她可以原谅一次,也可以原谅第二次,但第三次,她就不再纵容了。所以,自打开学以后,秧宝宝又一次被蒋芽儿拉了过去,她再没有向秧宝宝表示过一点的友谊。现在,秧宝宝出于功利的目的,要与张柔桑拉关系,多少是有些卑下了。当然,那是不考虑秧宝宝内心另一种感情的说法。

就这样,秧宝宝怎么说都是觍着脸去和张柔桑说话的。张柔桑不卑不亢,并不给她的旧友难堪,却也谈不上对旧情有什么顾念。她的向来很温存的大眼睛里,此时含有着一股严峻的表情,这比不理不睬更加拒人于千里之外。然而,秧宝宝其实也苦得很,一方面自尊心受着打击,另一方面,也真正体会到张柔桑被她伤得有多厉害。她卑屈地随在张柔桑的身后,问这问那,不顾蒋芽儿的打岔,还有拉扯。课间的十分钟很快就过去了,她只得回到自己位子上,隔了几排桌椅,远远地望一眼张柔桑。有几次,张柔桑无意间与她的目光相遇,那目光真是怪可怜的。张柔桑装作看不见,赶紧避了开去。放学了,秧宝宝紧跟着张柔桑出了教室,为了跟上她,在桌椅间磕碰了腿脚,也不觉着。下了楼梯,走出校门,秧宝宝追上了张柔桑,可张柔桑的步子却快了一些,将秧宝宝又拉下一点。秧宝宝小跑着追上,张柔桑再快一点,始终和她保持着五六步的距离。就这么,一追一赶地走到向西去的新街上。

秋日的阳光,下午三时许,已经斜下来。但因为云层薄,空气透爽,所以光铺得开,均匀地明亮着。这一刻,就像早晨十点钟的时候,只是影子掉了个方向,向东。这两个小孩子,前一个是粉红色的格子衬衫,套着苹果绿色的毛线背心;后一个是红黑白镶拼的运动衫外套,翻出淡黄碎花的衬衣领子。底下都是裤脚和膝盖上贴着花的牛仔裤、白旅游鞋。背上的书包压得她们有些佝偻,脖颈一伸一伸地向前走。看那身后拖曳的影子,比她们的人长、重、迟缓,埋着心事。再拉开些距离,就能看见,在这一前一后两个人的后边,远得多,至少有一百米的地方,还有个彩色的小花点。一身大朵大朵的玫瑰紫团花,也拖曳着一条佝偻的忧伤的影子,那就是蒋芽儿。

看着张柔桑的背影下了新街,走在车辙纵横的土路上。沿了一堵石灰白的山墙,路窄了起来,只剩下一步宽,接下去就到了一个岔道。张柔桑走上去往张墅的村路,秧宝宝跟着也要往张墅去了,可就在这时,她看见通往沈溇的石桥上,有几个女人前呼后唤着走过,下了石桥便往老屋的方向去了。秧宝宝不由也跟着上了石桥,这样,就可以看见老屋了。老屋的门口,围了一些人。秧宝宝心乱跳着,跑下桥,追上方才那几个女人,听见女人们笑道:公公发耿劲了!秧宝宝一气跑到老屋跟前,绕过围着的人,就去推院门。院门闭着,上了闩,可能还顶上了东西,一动不动。她扒着门缝喊:公公,开门,是我,夏静颖!没有人应。身后的人也帮着喊:秧宝回来了,开门呀!还是没有人应。人们又笑道:公公发耿劲了!

秧宝宝喘息着,歇下手,回身看看。门口围着的多是庄里的女人和孩子。其中有两个生人,穿着铁灰色的涤纶西装,推着自行车,此时将自行车架在地上,自己找了块石头坐下来,大约已经等一时了。看起来,他们并不着急,而是笑嘻嘻的,好像感到很有趣。他们从兜里摸出香烟,互相点了火,慢慢地吸着。其中一个,向众人解释说:我们并不是来抬他棺材的,只是与他宣传火葬。众人就朝里喊:公公,他们要与你讲讲话而已!院门里寂然无声。人们就向来人说:公公是聋人,不一定听得见。来人说:你说他听不见,我们刚开口说,我们是土葬改革办公室的,他立即将门关闭。众人就说:那不是听出来的,是闻味道闻出来的!大家就笑,那两个干部也笑。笑过了,侧耳听听,门里面还是没声音。太阳又西去一些,从门上斜过一块。人们或坐或站,都找到了安置的地方,闲扯着,扯一阵,朝里边喊一声:公公,开门!再扯一阵,喊一声:公公,道士来了!里面总是无声。人们就笑。

秧宝宝贴门站着,企图朝里看,可门缝紧闭,一丝空隙不留。什么动静也没有,连那些脚腱强劲的鸡都沉默着,传递出一种警惕的气息。过一会儿,那两人吸完一支烟,站起来,拍拍裤子后面的灰,推起自行车,故意大声地说:不让进算数,走了,走了,明日再来!说罢又悄悄将自行车原样架好,屏息等着。大家晓得他们是哄公公开门,都忍着笑,等着。半天,也没有动静。于是,人们又哄声笑了,两位干部重新坐下来。有好事的女人自发地上前,咚咚地擂着门,威吓着:再不开门,要撬了啊!秧宝宝发起火来,奋力将那女人推开,说:撬谁的门?撬你家的门!大家又笑,笑秧宝宝原来很护家的,破屋当宝啊!就在这纷乱之时,院子里,忽然拔起一声吼叫,人们不由静了一静。这一声吼叫,嘶哑却高亢,有点像野兽,只有秧宝宝听出来,公公在唱歌,唱的是:状元岙,有个曹阿狗,田种九亩九分九厘九毫九丝九,爹,杀猪吊酒,娘,上绷落绣,买得个溇,上种红菱下种藕,田塍沿里下毛豆,河磡边里种杨柳……随着公公唱腔有了板眼,人们才醒过来,轻松地笑了。两位干部互相说:你会不会唱?与老头对上一段!然后站起来,再一次拍去裤后面的灰,说:要么去田里看看,将他的墓处理了。于是,就有人引路,往公公的自留地里去了。

秧宝宝对了门里喊:公公,人走了,开门!回答她的是公公激越的歌声:杨柳高头延扁豆,杨柳底下排葱韭。大儿子又卖红菱又卖藕,二儿子卖葱韭,三儿子打藤头,大媳妇赶市上街走,二媳妇挑水浇菜跑河头,三媳妇劈柴扫地管灶头……这平直的歌调里,拼力挣着一股劲,叫秧宝宝害怕极了,她不由得挪动脚步,随着众人走去。

人们绕过老屋,从两座低矮的院墙之间穿过去,再顺了一条田埂走一段,来到了公公的自留地。这是一块旱地,大约有二分,种了些毛豆。因为人力不济,毛豆长得不好。稀稀拉拉的豆棵里边,石块砌了一个方坑,半边的上方,两爿石板架成一个屋脊。这就是公公为自己造的阴穴。人们指点给两位干部看,两位干部戏谑地说:这阴穴也忒简陋了,魂灵也关不牢的。人们便告诉道:虽然简陋,可公公却是用心用意,专程请了石匠来,凿了石方,放下,接缝,才造好没几日,看,凿痕新得很呢!两位干部说:要是新造的,就更错了,县里老早立法保护耕地,废除土葬,满墙张贴的都是:让得三分地,留给子孙耕。难道看不见?人们说:公家都造坟山,为何不让给子孙耕?两位干部说:那是山地,不是耕地。人们就说:现在你们不是来了吗?来得及给子孙耕的!大家还都朝后站站,看那两人怎么动手。

那两位干部站在石穴旁边,就有些尴尬,真要动手拆人家坟,到底是怕伤阴骘。太阳已经低到公路的路面了,有自行车在一道金光里驶着。这边呢,光是淡金色的,从贴地的豆棵根里淌过来,淌过石板。石板上还敷着一层薄薄的石粉,看上去很新鲜。那两人嘴里继续嘀咕着,手抄在怀里,又站了一时,就有人说:其实这还算不得阴穴,要埋了人才算呢!又有人插嘴道:难道往自家地里栽一块石板也要立法吗?两位干部得了提醒一般,放下手来,说:反正不能土葬!就转过身子往回走了。大家随在身后,又涌回了村子。秧宝宝远远跟着人们,走到路上,回头看看毛豆地,地里面的石穴,穴上的石板聚了一些落日的光,又被豆棵挡了些,闪闪烁烁的。可这会儿,天真是有些暗了。那毛豆地,以及边上的几块菜地,都显得荒。那一点光,渐渐也流散了,露出灰白的颜色。

人们拥着两个干部,从田埂上走回巷道。这一次,他们没有在老屋跟前停留,径直走了过去。老屋的院门依然闭着,公公已经不唱了,沉寂下来。干部的自行车丁零零地上了石桥。人们各回各的家,燕子也回巢了。这个寂寥的村庄,不期而至的一出戏剧,落幕了。秧宝宝站在老屋跟前,迟疑地用手推了推门,门纹丝不动。她移过身,躲到墙边一棵水杉后面,眼泪流了下来。她手扶着树,感觉到树皮粗糙的温暖。这是白昼太阳留下的热,也是树的体温,情意绵绵地抓挠着孩子的手心。风吹着,树叶在很高的上方哗响。秧宝宝轻声哭泣着,不为别的,就为了公公,公公可怜,可怜,可怜!别人家的门里都飘出饭菜的香,唯有老屋,沉寂着,没一丝动静。秧宝宝光顾自己哭着,根本不会想到,在屋前边的空地边上一座无人的空屋断墙后面,也站着一个人。这个人,从头至尾目睹了方才的一幕,此时也在哭泣。那是张柔桑。她们俩也都不知道,更远一些,其实也不远,就在石桥下面,溇底头,蹲了一个她们的同学,蒋芽儿,也在哭。应该说,刚才的一幕,她看得并不清楚,可是她嗅都嗅得到这个下午的伤心的空气。大人们都在嬉笑着,可是,孩子们都在伤心。

暮色降临,将这三个哭泣的小孩子,罩在一种蓝灰色的影子里。她们身上的衣衫的诸多色彩,全调进了一种透明的颜料,变浅,变暗,沉暗中,有一层隐藏的明亮,这又使得颜色变轻盈了。在这样的色泽中,她们变得更小,而且更轻,她们慢慢地移出各自哭泣的窝,飘一般走动起来,悄无声息。泪痕都巴在脸上,喉咙口不时还抽噎一下,手足有些麻软,身子就好像不是自己的。她们散开在带些潮气的薄雾里边,彼此也看不见,离开了这个村庄。

第二天,上课之前,张柔桑走到秧宝宝座位前,从书包里掏出一个手绢包,打开,是一团粉红色的开司米,还有一柄钩针。她迅速地起了一个头,手在秧宝宝眼皮底下翻飞一阵,立即出现一排辫子花,然后放在桌面上,走开了。只这几下,秧宝宝已经看懂了,拾起来试着。小心地送进钩针,绕了线,再抽出来,一股辫子花在针下显现了。蒋芽儿依在身边,看着她钩。三个人都没说话,静静的,然后,上课铃响了。

## 25

接下来的日子,秧宝宝就是钩着这顶小帽子。总是这样,关键的时刻,张柔桑就会过来指点。并不说话,只是拿起来示范性地钩几针,再还给徒弟。蒋芽儿呢,偎在秧宝宝旁边,眼睛随着钩针,织出一朵一朵辫子花,渐渐地,有了帽子的轮廓。在这编织活里,她们小心里的一种痛楚,渐渐抚平了,变得十分安静。每天放学,整理好书包,背上肩,秧宝宝就取出编织活,一边走,一边钩。蒋芽儿勾着她的肩,一手替她拿着线团,看她钩。两人走出校门,走上校门前的新街,向东走去。街市熙攘起来,尤其菜市场口上那一段,人车都很拥挤。要放在过去,她们就要兴奋起来,东窜西走的。可是现在,她们置若罔闻。难免有人撞着她们,连一声"对不起"都没得,她们也不去和人讲理,认了。两人专心在编织活里,走出了闹市口,街面宽起来,人群也疏朗许多。她们上了水泥桥,眼看教工楼就在面前了,却过到路这边,穿进一条狭弄,走到那二层水泥楼后面去了。

那是蒋芽儿的新家,他们已经搬过来了。原先的家空着,等人来租赁。她们来到房子后面的空地上,现在,这里略略打理一遍,门前铺了大约三十平方米的水泥地坪,西北角,毛竹搭了一个棚,堆放木材,四周用竹爿临时围了一圈篱笆。她们就在毛竹棚底下,爬到方子上坐着,继续钩帽子。这活儿,秧宝宝从来不在李老师家露的。太阳低下来,棚里反倒有了光,不见得那么暗。房里传出来蒋芽儿妈妈的念经声,有些像哭,又有些像唱,总之,单调。但此时听来,却很静谧。

棚子里终于暗下来了,蒋芽儿比她还珍爱地将线团、钩针、织了一半的活儿,用手绢包好。手绢还是张柔桑的,散发出张柔桑的气息,一种很像茉莉花香的气息。收好活计,两人依然搂着肩膀坐着,两个小身体挨在一处,汲取着对方的体温。也是这种肌肤的亲昵,使秧宝宝倾向了蒋芽儿,而张柔桑太矜持了。也不完全是这个,还有境遇的原因。秧宝宝是在寂寞的境地里与蒋芽儿做了朋友,她就好像退回到了婴儿时期,特别需要柔情蜜意。从毛竹的棚檐底下,看得见前边的河,河对岸的鸭棚忽然喧哗起来,嘎嘎嘎,鸭鸣一片。原来是放鸭人回来了,赶鸭进巢呢!再过些时,两人才起身,互相搀扶着,从方子上滑下来,穿过底层的店堂,一个望着另一个越过街面。

蒋芽儿爸爸的生意又做大了些,底层的店堂里摆了装潢小五金:门把手、锁、合页、铰链、浴缸的三通、龙头,等等。有许多实力不如他的建材商,都在绍兴、杭州,甚至上海的建材城去租摊发展了。可蒋芽儿爸爸的胆略比较小,或者说是稳当,他从沈溇做到华舍,已经闯了新世界,再要接着闯,就有些生畏,他想不出华舍外面的世界是什么样的。可是,谁说得定呢?由他不由他,他的脚都在往那个世界的门槛挪呢!到时候,一步就迈了过去。人家都在说,蒋老板是卧虎藏龙!

蒋芽儿家原先的教工楼底层的房屋空下了,已经有人来看过。有一家是要开锡箔纸扎店,又有一家要开小百货,但总归顾虑这里的地势,是在镇子的尾上,怕人不来。虽然有蒋老板的例子,可那是蒋老板,谁敢说自己就是第二个蒋老板?所以,那房子暂时还空着。不久,又有第三家主顾动它的脑筋了,这就是楼上李老师家。

事情是这样的,开学后不久,闪闪就从小世界幼儿园辞职出来了。她在幼儿园里闯了一个祸。一日,闪闪带儿子到柯桥医院去,让小毛验个血查炎症。手指头上叮一下,等半小时便可看结果。验血单都是夹在一处,挂在化验间窗口,病人自己去查。结果,查到一张她的同事,一个保育员的化验单,单上查的是肝功能,大小三件,件件是阳性,其中肝功能一项,指数大大超标。

照闪闪从幼师里学来的,凡传染病患者,立即要与小孩子隔离,还要消毒,给接触者注射胎盘球蛋白。可是,在她的记忆中,这个同事却一直在上班。她径直来到园长办公室,将那化验单朝桌上一拍,开罪了。那园长,书是读得少些,可人家原先是做企业的,厂开得好,后来,想为下一代效力,来开了这个幼儿园,远近都很闻名,哪里听得进闪闪的道理?闪闪脑子不会转弯,见和园长说不通,就跑到县里卫生局、教育局去说。调查信是寄到幼儿园的,如此一来,闪闪不走也得走了。

丢了这么个高收入的饭碗,闪闪并不心痛,倒列举出其中种种的不好,证明自己早就想走了,只不过没有机会。许多老账翻了出来,比如,家里交的赞助款多的小孩子就宝贝,睡的床向阳,吃的也好些;比如,每到评比,不是把工作做好,而是划出账去请酒;再有,对外宣扬开发娃娃电脑,装备的一间电脑房却从不让小孩子进去,只在外人参观时才打开。闪闪说,以前我是不想讲,想为他们遮丑,现在不管了。但是,接下来,闪闪却又不愿意到幼儿园做了。原先工作过的镇政府幼儿园,有意让闪闪去应聘签订合同,闪闪就是不应。看来,这件事还是很伤了闪闪的感情,幼儿园变成一个创口,再不愿去触动它了。

平静一段时日,闪闪开始考虑今后的去向。应当承认,蒋芽儿家的房子出空,对她是一个启发。她想,何不也开个店?有一个自己的店,自己做主,岂不胜于替人家找工,受人家气?这镇子上,差不多人人开店,自己才智差几等的,也不至于赚不回吃喝。只要认准路子,勤勉地做,不贪婪,不欺骗,不相信做不出来!闪闪这样有创造性的人,自然不会流于俗套。什么百货、五金、服装、出租录像带,都不在闪闪的视野里。闪闪要做的是一个艺术性质的店,什么店呢,一个画廊。她对这个画廊的设想是:一半出售字画,当然,这些字画主要由她的父亲——顾老师创作。不是有许多人来向顾老师求字吗?提着水果、烟酒。李老师总是让他们把烟酒提回去,水果呢,百般推辞以后只得留下来。字,多是那些吉祥的,比如"寿"字,顾老师能写一百种不同字体的"寿"。还有"魁"字,顾老师也能有几十种的写法。再有,兰亭序,顾老师写过好几幅呢!那都是送朋友的,朋友也送他。画里,顾老师善画百子图,那一个个小人儿,憨态可掬,人见人爱。但因为画时较长,好不容易才画就一幅,顾老师是送朋友里的至交的。现在,闪闪打算通通拿来充实画廊。这是一半,另一半,则是由闪闪来创作了。隔年的美丽的年历,裁去日历表,装上镜框,就是一幅风景,或者美人,再或者猫狗。闪闪在幼师里上美术课,成绩最好的就是布贴画,装上框,谁敢说不是艺术品?闪闪用尼龙绸带和小铃铛可做出美丽的风铃。闪闪用画报纸和回形针,可做出别致的门帘。这些女孩子家的小手艺,用料极简,用心却极巧。

闪闪想好了,还不算定,要将它说给全家听,看大家如何意见。闪闪虽然很独立,也很骄傲,但是绝不盲目。再说,在开店这个问题上,她究竟需要家人的帮助。这一日吃晚饭,大家到齐了,闪闪就把她的计划说了出来。大家倒也无异议,一是因为闪闪已经想得挺成熟;二是受挫的闪闪,应该得到安慰和鼓励;三呢,顾老师也有兴趣。一时间,顾老师连店名都想好了,叫作"丝社"。这"丝"字,是从"日出万丈绸"得来的,又象征着千针万线织出来的意思,吴越语里,"丝"还和"诗"谐音。不过,顾老师的提议并没有得到响应,人人都觉得过于"雅"了,又喊不响,再有,"社"后头还要不要接"画廊"两个字呢?"社"已经包括了"画廊"的意思。但要不接的话,字又太少了。李老师说:这店是闪闪做老板,店名当由她来起,或者就叫"闪闪画廊"。闪闪则说,这店虽然用她的名义申请执照,但其实是全家的,所以,应该用她和哥哥的名字,就叫"闪亮"。这名字响亮,有"闪亮登场"的意思,大家便通过了。

务虚会开得差不多了,接下来就要进行实际操作。第一要租房子,没有店面,说什么都白说。租房子的事,就由李老师负责了。她做过蒋老板的老师,此地风气十分尊师,李老师开了口,事情就算大半成。果然,李老师去说,蒋老板一口答应,还将租金压了两成。他说:其实我一直在等你李老师,如今人人开店,为什么老师你就不开店!李老师说:闪闪这个店,也估计不出赔还是赚,所以,暂时就不敢买你的店面,要买也买不起,只能先做做看。蒋老板说:老师你尽管放心做,我总归是等你的,什么都优老师的先。于是,这边全家凑了三个月的租金,给蒋老板送去,那边就跑工商所申请执照。陆国慎让她的妹妹陆国恬去负责这后一件事,陆国恬在银行里,与工商所总有一路通。第三方面,就是布置店堂,自然闪闪全权。

到了这一步,闪闪便是慎而又慎。为了最快收回投资,她给自己定了两个字:"早"和"简"。要尽早开张,勤简办事。但这绝不是说闪闪打算马虎行事,闪闪还是原先的闪闪,什么事都要做得漂亮。她首先决定暂时不装修,这就节省了一个大头。她穿了一身旧衣服,用头巾把头发包起来,拿一把长扫帚,将天花板与四壁细细地扫一遍。然后又去翻箱底,翻出几块花布,钉在墙上,遮去那些龌龊斑迹。一面墙是蓝印花布,上头就挂顾老师的几幅条幅。另一面是墨绿色的厚尼龙,配的是几幅镜框,镜框是请木匠做的。其中一幅是外国的森林,林中小溪;一幅是静物:色泽鲜艳的苹果、鸭梨、玻璃水瓶;再一幅是顶水罐的西方女郎。因为画有些嫌少,闪闪将自己的一些木珠挂件、瓷砖画、珠花发饰、钥匙圈,甚至一件宽袖斜襟盘纽的大红隐花短夹袄,也展平了别在布上。正对了店门的一面墙,则张了一幅龙凤呈祥的大红花被面布,上面挂一幅顾老师新画的《百子图》,热闹极了,红火极了。

塑料地毡,花去了预算里的绝大部分,闪闪认为地是绝不可忽视的。这问题上,她又变得有些奢侈,将两间店面的地全都铺满。等灰白粗糙的水泥地覆盖上崭新的葱绿色地毡之后,整个房间都变得明亮与华丽起来。余下的钱,买几盏射灯,安在顶角线上,照着画。正中的一盏灯,再没钱买灯罩了,闪闪却怎能让它裸着呢?幼师毕业那年,大家结伴去海南,买回的一顶镂空斗笠,翻过来,兜住灯泡,光从镂花的眼中筛下来,满屋都是金稻谷子。阳台上养的花草,通通搬下来,海棠、栀子、杜鹃、龟背竹,沿墙放一周。花期已经过了,可叶子都绿着,用抹布擦洗去上面的灰——这事情就交给秧宝宝了。没有柜台,闪闪将自己房里的写字台搬下来,侧放着,一面在桌上制作布贴画和风铃,一面做生意。

等一切就绪,陆国慎也将营业执照送来了。受托办事的人很热心,在营业范围内写了工艺品、美术品,还写了服装、鞋袜、小百货、化妆品、办公用具,一直写到冷饮、食品,才告结束。这样,受托人向陆国慎解释道,假如画廊做不好,还可以做别的。

此时,镇上人人都知道李老师家要开店了,也有人跑来打探,就觉得稀奇和好看,却不甚知道那究竟是个什么店。有一日,秧宝宝放学从老街口回来,走过小小影楼,门里冲出妹囡,拉住秧宝宝,神色惊慌地问:李老师的囡要开影楼了吗? 秧宝宝嘲讽地看看她,心里好笑说:天下除去影楼,你还晓得什么? 挣开手,一言不发地走了。留下妹囡,站在熙攘的街口,满脸疑虑。

## 26

顾老师说他有一个老友,特别擅长画荷花,荷叶间的风都画得出来。倘若能有他的两幅荷花,挂在店堂里,壁上就有了水汽,增色许多。不过,顾老师又说,这老友脾气孤介得很,也是遭遇所致。老友原本住在上海,在一个机关里做文员。反右的时候,为别人抱不平,说了几句公道话,就定为右倾。要放在别人身上,也就认了,可他偏不。生气辞了公职,携家眷回到老家周家桥。夫妇俩都到前清镇小学教书,老友又做了校长,直到退休。如今小孩都大了,出去做事了,他们老夫妇还住周家桥老宅里,过着隐居的生活。说来,已经许多年未见,求不到画,见一面也好的。于是,下一个星期天,女婿小季,到菜市场约了一条周家桥过来卖菜的船,顾老师带了秧宝宝,还有小毛,一同搭船去周家桥看望老友了。

一早起,闪闪就开始打扮小毛和秧宝宝。小毛穿成一个外国的少爷:鹅黄色的毛衣,束在吊带西装长裤里,一双锃亮的皮鞋,头戴一顶花格贝雷帽。秧宝宝头发打散开,发筒卷紧了用电吹风吹,放下来就有了波浪。然后从最底下掏出两绺头发,各编成细细的辫子,翻出来,拢住头发,再合成一股,别一个大大的花绸结，穿一条西洋红格子呢裙，齐膝的白长筒袜，红皮鞋。因怕河上风冷，闪闪拿出自己一件线钩镂花衫，让她罩在外面。闪闪虽然没有说，可人人看得出来，她是不想叫那上海出身的老友以为他们乡气。顾老师也换了干净的衣服，擦亮皮鞋，头上戴一顶米黄窄檐帆布帽。准备的礼物是一坛花雕酒、四封云片糕、一方火腿、一个竹制的笔架和笔筒，还有顾老师的一幅字，因晓得老友是清闲淡泊的性情，写的是一个"竹"字。李老师则叮嘱两个小孩，不可说"翻船""倒灶"，诸如此类叫船老大不高兴的话。彼此间亦不可吵嘴闹气，叫外人看笑话，笑话李老师家里出来的人没规矩。小毛呢，要拉着姐姐的手，秧宝呢，也要晓得照应弟弟。这么叮嘱着出门去，一老二小，十分光鲜地上了路。

船是停在老街桥下的埠头。略等一会儿，老大便到了，担着出空的竹筐，两个摞在一起，塞在船篷最里面。然后，展开一张新席子，铺在篷下。顾老师坐里面。外面，依了顾老师的腿，坐两个小孩，篷只遮到一半头上，反正小孩子不怕晒。老大自己翻转身，面对面坐船头。赤脚往橹上一踩，手里的桨一横，船离了埠头。

老大看上去就像又一个公公，一个略微年轻和健壮的公公。树根样盘根错节的手和脚，褐色的皮肤，眼睛在眉棱底下发光，固执地闭着嘴，小孩子都有些怕他。因此，秧宝宝和小毛都很老实。过桥洞时，和别人家船并住，那年轻的老大抢了他的先，他骂人的话也与公公一样：格贼娘养的贱胎！因是星期天，四乡到华舍来的船比较多，又有两条卖水的大船从鉴湖里过来了，河道里便挤挤挨挨的，出不去也进不来。有一阵子，满河里都是船。老大们丧气地说：不走了，温一壶老酒来吃！一边说气话，一边还是左腾右挪,慢慢地活动了。

船上罩了一层水汽,所以,岸上的声音,便被隔开了,听起来嗡嗡的。那些低矮的房屋,此时坐在船上看,也需仰视着,屋檐几乎伸到河面上来了。新洗晾的衣服,滴滴答答溅着水珠,溅到船上的客人脸上。后来船出去了,河道便开阔了一些,也不是太开阔,两边的岸还是近的,架上的葫芦老了,黄了,打在一起,声音是"空空"的。太阳高了,河面上的雾气一下子全收起。就像从水里面升上来的,鸭鸣陡地响了,含了一种金属的嚓嚓声,哗啷啷的,遍地皆是。紧接着,远处的机器声就盖了过来,是比较密集和沉闷的轰鸣,还有电夯声,夹在里面,打着重节拍。一时间,万物齐鸣。阳光也亮了一成,化作千万根金针,扎在水面上,烁烁地摇晃。船就从金针的毡子上划了过去。这般喧哗中,桨的嘎吱声,依然耿耿地穿透出来,一截一截地向前走。

河道,宽一时,又窄一时,亦有船开对头,交错而过。是机动船,马达轰响着,船上架着八仙桌,桌上摆了糕点,贴了喜字的大花瓶;桌下是成箱的啤酒、饮料,成盆的鱼、肉;穿了新衣的男女老少分坐在前后,是一家办事情的。船下的水清了些,几乎看得见水草,有鱼在草丛间游,伸手一捞,却是一片塑料袋。只得又放回水中。船身摇了摇,老大正过脸,眉棱底下的眼睛,瞪了瞪对面两个小孩。小毛就向秧宝宝身边缩了缩,秧宝宝则对着老大的眼,心里说:怕你!老大的脸又偏过去了。前边一个埠头上,立了一个男子,脚下放了一架车辕,等老大慢慢将船靠过去,就并力提起车辕走下台阶。然后老大立起来,两人一人一头,将车辕抬上船,放下,正抵着秧宝宝的脚。那人直起腰,摸出烟来敬老大,老大接过一支,夹在耳后,那人又取出一支夹在老大另一个耳后,回过头还要敬顾老师,顾老师摇摇手谢辞了。于是那人便上岸去,船又离了埠头。

现在,老大的一边一个耳朵各架了一根香烟,好像耳朵上又长了一对耳朵,就变得不那么凶恶,而是有些滑稽。可小毛还是怕他,一动不动。秧宝宝可不管他,从船帮俯身下去,将手浸在水里。被太阳晒暖的水滑丝丝地从指间溜了过去。因为车辗压了船,船并不晃动,老大也没有看他们。所以,小毛也学着去划水了。这样,就可感觉到船速,其实并不像看上去那么缓慢。前边又有一个埠头立了人,身边是几坛老酒,上了船,再接着走。走过一带宽阔的水面,忽然,耳根"唰"地静下来,机器轰隆、鸭鸣,全都止了。前边,两岸相近处,柳树几乎携起手来,底下是一弯石桥。周家桥到了。

此时,可听见桨下的水声了,哗哗的,一股一股,船进了岸间。有清脆的剪声——剪螺蛳的尾巴。船靠在一个埠头,顾老师与老大交割了船钱。正在淘米的女人欠了身子,让船上人上岸。

近午时分,岸边木廊下,聚了几个人,在看盆里的活鱼。顾老师带了两个小孩,走进一条巷子。巷子一侧拉出一个凉棚,底下摆着肥皂、草纸、火柴、胶鞋一类杂物,店主在棚下捧一大碗面吃。石板路就好像用墨线勾过一般,黑是黑,白是白。有女人拎了酱油瓶迎面来,问他们找谁家。顾老师告诉她,女人"哦"了一声继续走自己的路。顾老师带他们从巷口拐过去,进了又一条横巷。巷口是个裁缝铺,窗户里望进去,只见一桌面的布料,上面放了一把木尺,还有一块滑粉,裁缝跑出去了。这条横巷的尽头有一扇铁皮门,门口覆了些藤蔓植物,那老友就住在里面。

老友其实算得上顾老师的老师,要比顾老师年长,却不让顾老师叫他老师,说无以为授,何以为师?顾老师就在他的名字"仲明"后加一个"公"字,为"仲明公",表示敬意,听起来就像一个古人。事实上呢?老友要是古人,也是个古代的种田人。他是横宽的身板,脸形也是横宽的。吊梢眼,平颧骨,短鼻梁,与本地人的脸不太一样。关于这个问题,老友是做过一番研究的。他查证道,历史上此地曾经有过北人迁徙过来。应该是元代,忽必烈打天下,蒙古人进了中原。《南村辍耕录》里,曾经记载过这样一件事情。延祐年间,蒙古大官来到浙江巡察,此地的蒙古移民,诉苦说水土不服,要求安排去别处居住。因为这些移民全是叛党,所以蒙古大官便不客气地拒绝了。老友自称就是这帮人的后代,并且说,凡是能从迁徙中传下来的血脉,必是非常强壮。果然,老友他特别健硕,皮肤发出桐油的光泽,花白头发推得极短,显露出巨大的头颅,卷起来的白衬衣袖口里,伸出的小臂,肌腱结实有力。要不是耳聋,真看不出他是七十多岁的老者。也因为耳聋,他说话就很响,那嘹亮的喉咙,就又忒不像老人了。

就这样,顾老师和老友吊了喉咙叙旧,隔院听了会以为在吵架。秧宝宝和小毛坐在一边吃花生,喝炒米白糖茶。老友的老太在灶间炒菜。

老友家的这个院落是从大院里隔出来的一个小偏院,另外开了门,里面的格局就有些绕。门朝西,进去,走过一个极窄的过道,朝北拐,拐进一个低矮的门洞,顶上是谁家的屋,听得见咚咚的脚步响。要是有兴趣,踩一个凳子,仰起脸,眯眼从顶上的木板缝里看,能看见那走路人穿的什么鞋袜。走出去,再朝西过一个门,便见有一个小小的,三步深、五步宽的院子。院子后面,是两间东厢房。这就是老友家的院子了。院子虽然小,花草却很茂盛,种的最多是藤蔓植物,爬得满壁满墙,中间偶有一些花朵,粉红的蔷薇,粉紫的紫藤。院中央,有一个大石鼎,内外都布了绿苔,里面养了金鱼。秧宝宝和小毛,吃喝完了,就过来看金鱼。小毛一直贴着秧宝宝,秧宝宝也由他去,好像到了这个陌生的地方,顾老师又不管他们,就剩了这两个亲人,要相依为命了。看一会儿金鱼,老友的老太倒过来找他们,端了半淘箩毛豆,请他们同她一起剥毛豆,一边给他们讲了两个故事。

第一个故事,讲的是绍兴人到上海,看见外国人欺负黄包车夫,飞起一脚,正踢在外国人心口窝,当场吐血,躺倒。这时候,红头阿三,就是印度巡捕赶到,将绍兴人捉进巡捕房。巧得很,当班理事的正是一位绍兴师爷,一对口音,两人对上了,立即起了同情心,决意要放他,就问道:你可晓得三十六?绍兴人一听,就明白了,不是"三十六计,走为上计"吗?连忙回答:三十六我晓得的。绍兴师爷一拍桌子:把三十六替我喊来!立在旁边的巡捕,以为绍兴师爷是让他去找同案犯,就让他走了。事后,师爷反倒有理了,问那红头阿三:人呢?怎么不回来了?去寻啊!这是第一个故事。第二个故事,也是讲绍兴人到上海,不过,这次到上海的,是一个师爷。

绍兴师爷想到上海去玩玩,开开眼界,这天就去了。身穿土布长衫,脚穿布鞋,头戴秋帽,在马路上逛来逛去,看见了许多新奇东西,不知不觉就到了中午。来不及回亲戚家吃中饭,就走进一爿二层楼的面馆,上了二楼,挑了个雅座。一位堂倌过来问他吃什么,他说吃碗阳春面。堂倌本来就看他土气,又听他是吃阳春面,立即赶他下去。原来有一张公告,上面写明,吃大肉面,楼上雅座请,吃阳春面,楼下请。绍兴师爷再看一遍,发觉公告上并没写吃小肉面应坐何处,因此,他就搬条板凳,横在楼梯中间坐下,声称来吃小肉面,把顾客全堵在楼梯两端。不让他堵,他就讲他的道理,结果扭进了衙门。审判官也以为他的道理对,把老板判打四十大板。从此,上海人再不敢小看绍兴人了。这是第二个故事。待要讲第三个故事时,老友在那边叫道:老太婆,上酒来!

## 27

老友喝了半斤黄酒,便起身离桌,到另一张临窗的案上,铺开了纸。顾老师晓得老友是要作画了,也跑过去,替他研墨。小孩子本来吃饭就没耐心,这时候就跟着过去,立在一边看。此时,老友的脸膛红通通的,眼睛潮亮。他从笔架上挑了一支粗笔,砚台上一滚,将顾老师磨出来的那点墨汁全吸进去了。先停着,那墨因为浓,并不往下滴,只是将笔毫涨得发鼓。忽然,迅雷不及掩耳地,一送笔,纸上一团浓黑欲滴的墨迹。几乎能感觉出,老友他慢慢地运了气,呼吸变得平缓均匀。他侧着笔,用按扁的笔锋,细细地描出一线。真是想不到啊!一双种田人的粗手,画出这样细致流利的墨线。一朵荷花出水而来。老友在画底下签上落款、年月日,又盖上一个鲜红的印章。顾老师轻轻地揭起来,放到一边,这边又铺开一张。这一回是满塘的荷花,角角落落都铺满了,千株万株的气象。顾老师在旁说了一句:此是盛秋之时啊!老友就说:你是懂我的。接下来的一幅,则是残荷了。可残相也很好,疏朗的叶梗,错落地搭着,其间透着光。再下来,就是一池的莲蓬了。

老友说:这几幅算我送给令爱,开张志喜,下一回画了,再与她拆账。老友看看秧宝宝和小毛,又说:这两个小人儿很乖,我一人送一只秋虫。说罢,动手裁下两页尺方,换一支小笔,平了笔锋,在纸上扁了几回,就出来一只青蛙,蹲在一张荷叶上。再一张,淡淡画了几道,尖起笔,飞快地写了一个字,写毕,却不是字,是一只蟋蟀,在草丛里听动静。将画好的画铺开在床上、案上,众人回到桌上继续吃饭。酒再温起,菜再热上,吃了一时,忽有人来,问是不是有从华舍来的客人?因有一条船三时多往那里去,要不要搭乘。本来打算乘三轮车回去的,但毕竟土路不太方便走,有船自然好,赶紧答应下了。一看,时间已是下午二时半,就加快吃喝。老友正在兴头上,新得的几张碑拓还未给顾老师看,就留他们住一宿。顾老师说:我倒不要紧,两个孩子第二日一个上学,一个上幼儿园,今日必得回去。老友说:那样,你留下,小人儿回去,就这么定了!一想也无甚不可,于是,就催小孩子快吃。这边,老友取来一截毛竹筒,中间的竹节已经凿通,将画卷起,装进,两头用蜡纸蒙上,扎上细绳。老太装了一小篮鲜菱角,再有一听上海奶粉,又让每个孩子手里握一把莲蓬,一起送他们出了门。

船已经停在埠头下了,老大还在茶馆喝茶。让两个小孩上船,坐好,东西安置妥了,三个大人就在岸边说话。柳丝拖下来,直垂到水里,婆婆娑娑的,全是影。等了一时,过来个人,穿寻常衣服,但头发茬子里有几排香眼,才晓得是个和尚。他笑嘻嘻地走近埠头,请各位"施主"让让,便下石阶上了船。原来这船是专送和尚去华舍边上的王家溇做佛事的。王家溇的村民们集资造了一座庙,明日开庙门,烧头炷香。和尚说:远来的和尚好烧香!自己先笑了。话说着,老大走了过来。换了一个,年轻一些,也面善一些。从顾老师手里收了船钱,下来坐到船头,不太恭敬地用桨戳戳和尚的背脊,让他侧过身坐,不要背着他,难道不喜欢看他?于是,老大面朝船尾坐,和尚在老大脚跟前侧了身子坐,再后边是两个小孩并排坐在船篷里。桨一抵岸,漂走了。

这位老大很爱说话,问那和尚何方人士?在哪里出家?师父是谁?和尚叹息一声:这就说来话长了。然后,和尚就说了第一个故事:

和尚从小没有父母,就不知究竟是何籍贯,只记得是比此地更南边更溽热的地方,有蒲扇形状,却要大得多的叶子的树,还有山。小时的事他都记不清了,懵懂中,他是走在路上,大太阳头里,匆匆地赶路。却不记得要赶去哪里,又赶去做什么。懵懂中,他像是病了,发很高的高热,并且脸上起了无数的水疱。然后——记忆逐渐清晰起来——他昏昏沉沉地躺在泥地上,让泥地冰着滚烫的身子,听见有人说:这孩子得的是天花,要死了!他也以为自己要死了,飘飘忽忽的,觉得眼前亮得很,就像住在光里面。这时,走来一个老和尚……

说到这里,老大插嘴道:你已经快死了,怎么还认得出人?和尚说:我要讲的是一桩奇事。老大不响了,和尚再继续说下去:

走来一个老和尚,看看他,将人横抱起,抱进一座庙里,放在一张柴床上。然后,老和尚从一个坛子底下,摸到一只蟾蜍,翻转过来,碎瓦片的刃一划,肚子立时剖开,肚肠、血浆,咕嘟嘟朝外翻。老和尚双手托起来,合扑在他脸上,你看——和尚抬起脸,朝老大跟前送了送——人活下来了,脸上一点疤都没有。

老大这回服气了,钦佩地说:人确是有仙凡之分。和尚说:这就是我的师父,没有法号,住的是无名的庙,拜的是无头菩萨,念的是无字经。两人都沉静着,看船下水的粼光。岸上的机器轰鸣声不晓得什么时候起来了,听久了就不觉得有声音。

静一会儿,老大再问,他师父又是何方人士,哪里出家,师父的师父是谁?和尚笑了,说老大问得好,让他想起了师父与他说的一个故事,于是,和尚说了第二个故事:

很远的时候,有一个江西觅宝人,漫山遍野搜寻宝物。据说,他们江西觅宝人,都是各有各的宝脉,宝脉是老祖宗密传下来的,传男不传女。在传的过程中,发生偏差也是常有的事。这个觅宝人就不晓得是否有了偏差,他跟的这条脉,特别促狭,有时钻山,有时涉水,再有时,转来转去又回到原地,搞得他晕头转向。宝呢?并没看见。有时候,明明觉得地貌有些征象,挖下去,却只挖出些土和石头。这么寻着,离家乡越来越远。盘缠用完了,身上衣也烂了,脚下鞋也破了,看上去,不像个觅宝人,倒像个乞丐。比乞丐还要糟的是,这条宝脉引他越走越荒,老早离了人烟,讨饭都无处讨。他只得挖嫩笋、野菜、地老鼠果腹……

老大又插嘴:那么祖训里有没有说:究竟是个什么宝呢?和尚又笑道:老大不要急,你听我往下说。于是继续往下说——

有一天,觅宝人从一个老鼠洞里挖出一把麦种,心想,种种看吧!就辟清一块地,挖了洞,将麦种埋下去。既然种了麦,人就不好走开了,只得劈几棵杂树,搭一个棚,棚小的哎,只够他一个人盘腿坐里面。就这样,他等着麦种出土,抽叶,拔节,扬花,结穗。一季麦熟了,他已经忘了他要去哪里,又去做什么,他又种下第二季麦。就这样,他一季一季地种了下去。有一天,来了一个人,竟叫出他的名字,原来也是一个同行,从这里觅宝觅过去。他方才想起,他原来是个觅宝人,现在呢,他还是,宝已经觅到了,就是跟前的麦田。

这回,老大不那么满意了,他疑惑道:那他岂不是白白地忙吗?江西难道没有麦子,何苦吃那么多苦,跑那么多路来找麦子。和尚宽容地一笑:这麦子与那麦子可不同了。老大略略领会到其中有着什么玄机,不再声响了。这时,华舍也到了。船穿过桥洞,让开船只,停在老街底下的埠头,让两个小孩上了岸,船再要走一截。

秧宝宝看看小毛,再看看脚底下一摊东西,并没有发愁。她在心里将东西归了归,便行动起来。先将她与小毛手里的莲蓬,茎对茎扎了结,挂在自己的脖颈上。然后将一听上海奶粉交到小毛手里,让他抱着。自己一手托着藏画的竹筒,一手提鲜菱角。最后,她对小毛说:我腾不出手搀你,你要用眼睛看牢我,跟我走,要是走不快,走掉了,我不管的。小毛本有些怕她,又是在如此形势之下,自然是屏足劲,紧跟着她不放。两人一前一后穿出老街,走到新街。菜市场口上喧嚷得很,是一天里又一个热闹的时刻。他们在熙攘的人群里挤着,因为负重,不及躲大人们的腿脚,好几次被撞着,小毛却一步没有拉下。秧宝宝虽然嘴上说"不管",心里还是顾念的,背上好像长了眼睛,不肯让小毛看不见她。走过菜市场口,两人才松了口气,再走一会儿,就看见了教工楼。过了水泥桥,径直进到"闪亮画廊"。

众人正聚到店里,看壁上的画,见这两个小人这般形状进来,不由一惊,问外公在哪里?秧宝宝将事情说了一遍,于是,大家先是骂顾老师,再是骂老友,接着就夸奖秧宝宝,当然,小毛也不错,很听话。秧宝宝被簇拥着,揭开竹筒上的蜡纸,抽出画来,展在大家面前。人们看一幅,惊一遍,看一幅,惊一遍。看完四幅荷花,李老师感叹道:真好比走完一季秋!再看那两幅小的,都笑了,说很像哩,像什么?像这两个小人儿呗!青蛙是小毛,鼓头鼓脑;蟋蟀呢,那么伶俐相,活脱是秧宝宝。闪闪爱惜地将画卷好,等顾老师明天回来托裱,然后上墙。闪闪特别对秧宝宝说:你的画当然归你,我只是挂在墙上,让大家看看,不卖的,你什么时候走,就什么时候带了去。秧宝宝自然没有理由不同意,再说,就像一物降一物,小毛怕她,她怕闪闪。

等顾老师将画托裱好,闪闪特地请人做两个镜框,将两幅秋虫装了框,门的两边各挂一幅。这两边墙是两个窄条,没有挂布幔,而贴了花纸:米老鼠、唐老鸭、花仙子。在五彩缤纷的墙上,就挂了两只秋虫,专门吸引小孩子的。可是呢,大人也喜欢看这边。看一会儿,就要笑一声,说画得"活"。

现在,"闪亮画廊"里满满当当,四壁墙是四重天地。站在中间,转一转方向,就换一重天地。镇上的人都来看,连妹囡也悄悄来过了,放下一颗心。画廊是画廊,影楼是影楼,井水不犯河水。等到大家都来过,看过,店里便冷清下来。没有人来买。曾有一个人来,问是否有卖菩萨。还有一个人,熟人,来买顾老师的"寿"字,老母亲过八十大寿,挂墙上用。顾老师自然不肯要他买,临时写了送他。这一天,却来了一个人,这人是谁?就是抄书郎。

抄书郎依然是一身黑,黑衬衫外面再罩了件帆布背心,上上下下有无数口袋的那种式样。他摘下墨镜,在手掌心里轻轻敲着,环顾四壁,看了一圈。最后指了西墙上一幅欧洲风光的油画印刷品说,拿下来看看。闪闪头也不抬:此地不赊账。抄书郎笑嘻嘻地说:谁人要赊账,看看不可以?不是说顾客就是上帝吗?闪闪说:尽管看。抄书郎碰了钉子,却不动气,还是笑嘻嘻的,在店堂里兜着圈子看。闪闪、陆国慎、抄书郎,都是一个班上的同学,抄书郎曾经对闪闪有那么点意思,闪闪哪里会理他!抄书郎看了几圈,还是指着那张画说:买一幅。说罢就向桌上放了一张五十元的纸币。闪闪倒一怔,没想到开张头一笔生意,是与这个人成交的。要说同学间,怕是这人最落魄了。她立起来,将那幅装了框的印刷品取下,交给了抄书郎。等他走出门,又将那张纸币举起来,对了日光照照。下一日,有同学来玩,说起来,方才知道,抄书郎也发迹了,在给一个老板做跟班。日日坐在老板的汽车里,进进出出。老板上车,他关车门,下车,开车门。老板要吃饭,他去订座,点菜,买单。老板要唱卡拉OK,他去找小姐。就这样,他成了镇上第一大忙人。

# 第 五 章

## 28

这是一段轰轰烈烈的日子,有许多事情交叠着发生。就在闪闪忙着开店的时候,三楼的住户有了变动。原来的一位老师,全家搬出了。他儿子在外面买了房子,接父母老小出去住,空下的房子出租给了外乡人。这是来自东北的四个老板,推销药材和山货。每天早上,四个人西装革履,手里提着装样品的拷克箱(密码箱),站在镇碑那里等过路中巴,往四乡八镇去了。傍晚,又纷纷在镇碑那里下了车,穿过街,回到楼里。过了一会儿,又见他们中间的一个或两个,下楼来。这回是掉转了方向,往镇子里面去,去买酒。每天晚上,他们都喝酒。很晚了,人们关电视关灯,上床睡觉,就传来他们的碰杯声,还有行令声:老虎、杠子、鸡,什么的。他们并不喧闹,只是因为静,所以听来十分清晰。太阳好的日子里,他们就会留下一个人,在阳台上翻晒药材。从楼下看不见,只觉着有碎屑末子纷纷扬扬地飘落下来。还有苦涩的药味,充斥在空气里。

有一个下雨天的晚上,大家都睡下了,忽听有人敲门。小季起来开门,见是楼上的两个东北人,端一口大号钢精锅,手里握两把卷面,还有一包木耳,说他们液化气没气了,想借他们的液化气下面。说罢就递上那包木耳,硬让小季收下。小季推托着,一边让他们进了门,房间里顿时一股子酒气。这时,闪闪也起来了,跑到西边屋里报告给李老师。于是,李老师、顾老师,还有陆国慎相继起来,来到客堂里。等那两个东北人下熟一大锅面条,走出厨房,只见一客堂的人披衣趿鞋,聚在灯下,神情严肃。讪讪地笑了一下,低头就走,又走错了门,进了厕所。回过身来,再讪讪地笑一声,屋里人倒有些不好意思了。李老师过去开了门,说一句:这面条里什么也没有,怎么吃?其中一个就回答说:吃捞面条呢,拌酱油醋就得!气氛略微轻松下来。送走两人,关上门,大家不觉相视而笑,各回房里继续睡觉。第二天早晨,三楼与东北人相邻的那一家,遇见李老师说,昨夜里东北人先是来敲他家的门,他家不开门,就下楼去敲李老师家的,听见开了门,真是捏一把汗。李老师说:也没什么,不过是借煤气用一用而已。那人就叮嘱李老师小心,走了开去。

这样,就算与东北人认识了。他们又上门送过一次鹿茸。这一回,李老师无论如何不肯收了,因为过于贵重。东北人也很坚持,说要不收就是看不起他们,又说,在家靠父母,出门靠朋友,李老师一家就是他们的朋友。看起来,那晚让他们进门下面,虽然是件极小的事情,但是他们却看得很重。最后,李老师还是没收鹿茸,但收下一包枸杞子和一包人参片。后来,李老师用枸杞子和参片炖了一锅鸡汤,家里的小孩子都不爱吃,嫌汤里有药味。分了半锅,让小季端到楼上送东北人。下来后,小季说,其实三楼只租给他们一间屋,另一间放了东西锁着。于是这一间屋里又要堆货,又要睡人,因怕货受潮,就都架在床板上,人倒是睡地铺,中间还要挤一块地方走路。屋子里又是灰蒙蒙的,是药材山货蓬出来的尘土。吃得很是混杂:菜、土豆、肉、葱、蒜、萝卜、茄子、熟鸡块,十三不靠的东西煮成一锅,就这么下酒下饭。酒是喝得真多,沿墙都站着酒瓶子,而且都是白酒。经他描绘,这些外乡人是过着一种飘零的生活,虽然是在创业,可终有落拓之感。

现在,他们有时会到"闪亮画廊"里来玩玩。其中一个,会些木匠活,就帮着做了几个镜框。他有些轻蔑地掂掂那些木条子,说他们家乡烧火的柴桦子都比这木头像木头。他们都来自东北的一个林区,如今要保护山林,停止伐木,林区的效益大滑坡,许多人下岗。而他们这些高中毕业没考上大学的,也很难找到工作。几个同学筹集了些本钱,出来闯世界了。一走几千里,没有赔钱,可本钱也没有回来,光够挣些吃喝住的开销,不管怎么说,也算自己养活自己了。总之,过一天算一天吧!闪闪便劝他们不必灰心,不是年轻吗?奋斗几年,定会有成果的。他们虽然并不怎么相信闪闪的话,但在这样孤寂又茫然的处境里,一点点好意就可使他们感到鼓舞。于是,他们楼上楼下,就结成了友谊。

李老师家人多,他们分不清关系,年龄辈分是看得懂的。两个长辈分别称"顾老师"和"李老师",年轻一辈的,凡男的都叫"大哥",女的则叫"大姐"。两个小绿豆芽子,就直呼其名了。他们东北口音是字正腔圆的普通话,只在某些字词后面带着少许拖腔,有了方言的意思,却感觉缠绵。大家都喜欢听他们说话,相当书面。不像江南地方的话那样刁钻。他们对某些事物的形容,又带着那个遥远的东北地界的生活图画,是大家感到新鲜的。他们不懂为什么人们听他们说话时老是笑,可他们喜欢看人们的笑脸,从中感受到欢迎和热情。这个小镇子在他们眼里是相当逼仄的,又那么潮湿,空气里壅塞着一股子古怪的腥臭。语言是拗口的,舌头不知是怎么拐的弯,发出局促的声调。食物也是奇异的,似乎有一种变质在其中。比如那穿街走巷叫卖着的"苋菜梗",发着"海菜光"的音,还有"霉千张",那样褊狭幽微的味觉,一切都显得暧昧。要不是,要不是这一家人,他们就真是非常的抑郁了。现在,多少,渐渐地,景物在明朗起来,就像从雾里面一点点凸显起来。

他们毕竟是客人,所以就是谦恭的。这家的老小,都是他们的导师,教他们这儿,教他们那儿。连那个寄养这里的小丫头——他们慢慢地也弄懂了其中一些关系,这小丫头时常带小学生似的,领着他们一行人去老街里面看脚划船。那走船的老大干瘪得像一只猴,可神情却那么凛然。船呢,也是陈旧灰暗的,等到了远处,突然变得轮廓清晰,这才发觉它的造型是那么具有古意:简约、质朴、精致,动力部分的原理则稚气天真,却又管用。水道真窄啊!可阡陌纵横,也要全局地看,那就是相当壮观了。还有水边的房子,快成瓦砾堆了,可那瓦缝间的泥里,却开出花来。这些座桥,玩意儿似的,少了它们就不行,人来车往从哪里过?所以,这些桥就好像座座都是恩重如山,刻着感恩戴德的名字:共济桥、胜德桥、仁公桥、善人桥。他们确实很受教育,在这人口密匝的地方,看到了一种由来已久的生存大计。

在这江南地方,他们辨不清方向。路是弯曲的,房子也不是正南正北,他们坐在汽车上,开着开着就转了向。转到背面去了。眼中望出去的景物,又是如此零乱、杂沓、拥簇,又重复,难以辨别其中隐匿的各自的特征。这些镇子,挨得很近,多是依着河段延出一条老街,老街的外围则是新街。新街倒是有些和他们那里面目相近了,宽阔的水泥路面,路边临时搭建的店铺,偶有一些也像是临时建起的楼房。但这些新街在这里有一种粗暴干涉的性质,硬生生地切开了景物稠密的地面,这就又和他们北方不像了。他们的货在这里并不太受欢迎,都嫌它们太过热性,容易上火。此地人都有些内热,湿重,更喜欢一些大凉的药材,比如黄连、灵芝什么的。因为潮气重,他们也需要驱寒,但在驱寒的同时,还是要注意湿热,适用一些中性的、温和的药材,比如黄芪。他们的脾胃也是幽微的,不适合大开大阖的进补。所以,东北人在这一带的生意并不见好,随时准备离开,去下一个地方。至于下一个地方是哪里,他们并没有太多的考虑,走到哪儿算哪儿。几千里的路,就是这样走下来的。

　　暮色降临时分,他们倘若回来得早,就站在阳台上,看着空气里渐渐呈现出灰蓝的颜色,极有浸染力地吸入许多细节,天地成为一色,陡然间开阔起来。这一回,真有些像他们家乡的景色了。但这一刻并不长,等灰蓝颜色中,灰胜于蓝,蓝再胜于灰,一色降一色,最终成为墨色,就有一些细碎的声音打破他们的幻觉。那是一些虫鸣声,不像他们家乡,是合唱,这里,多是独唱和重唱。空间又分割成零碎的局部。还有各家门里,碗筷的叮当声、小孩子的啼哭声、猫叫、门响、檐上的滴水。怎么这么多的声音呀!什么物件都会出声似的,都是小虫子,唱着独唱。伶俐的口齿,清泠泠的音质,喊喊喳喳,可真闹啊!这些声音,似乎有着照明的功能,本来是暗的,有了它们,却有了一层微明的光。那不远处的真正的灯,霓虹灯,紫色的"华舍大酒店"几个字,倒显得昏沉沉的。下弦月还没起来呢,房子、田地、地里的秋季作物,倒显出了轮廓。镇碑也显出了轮廓。这地方就是有这点神哩!

这小镇子的夜晚,不是如他们家乡那样大块大块的,而是细长细长。他们喝了多少酒,才将它挤过去一丁点儿。是因为货多少走出一些,还是叫左邻右舍的烟火气熏的,屋子里那一股辛辣的药味和山货的乏土味,淡下去许多,取而代之的是油酱味、腌菜味、腐乳味、衣服上的肥皂味。尤其在这细溜溜长的夜里,浓得很,填塞着虚空。忽然,有一些轻盈的铃声传来,喊里喀喳的,是闪闪店里的风铃。这声音真就是带颜色的,粉蓝、粉红、粉白,间着亮光,是小铃铛里的小锤子,一悠一悠。过了这么久,其实闪闪才关店门呢!

他们很爱到闪闪的画廊去。这店,是个小世界,与外边截然不同的。说它是店,它其实更像幼儿园。走进去,都变成了小孩子,而闪闪,则是小孩子的老师。她坐在迎门放的桌子后边,面前是一堆彩纸、尼龙缎带、碎花布,花团锦簇。那个秧宝宝呢,是她的使唤丫头,立在一边打下手,沿着图样剪着什么,或者往白卡纸蓝卡纸上贴着什么。这间店铺被她们装饰得越来越鲜艳,四壁都挂满她们的作品:布贴画、绒线画,风铃垂在房间上方,还有一个坛子垂着,里面蓬蓬勃勃插了一束稻穗。他们这四个人,站在里面,局促得很,生怕将什么东西弄坏了,就站在门口,一半黑里,一半光里,说着话。

他们告诉闪闪,在他们家乡,有一种桦树的树皮,揭下来,可以写字画图,倘要做成一幅工艺品,在这里一定很稀罕。还有,刨花。林区有一爿工艺品厂,专用刨花做成画,也很稀罕。从树皮刨花,他们说起了森林、冰河、冰灯、火炕、鞑子香、映山红,说着,说着,不由激动起来,有一股巨大磅礴的气象,铺天盖地而来。屋里的人静静听着,双方都感到天地的辽阔,世界的大。他们都是生活在世界的犄角里的人,寸步迈出,便觉着生得骇人,生得惊心。可现在不要紧,在这五色斑斓的小屋子里,很安全,什么都骇不着他们。这小镇子黏缠涩滞的夜晚,变得流畅起来。

## 29

国庆节头天假的上午,东北人相帮着替"闪亮画廊"做个灯箱。铁条焊一个架子,再是木头打一个框子,嵌上毛玻璃,里面接了电源,装一盏灯。秧宝宝和东北人斗嘴,学他们说话,把"人"说成"银"。东北人也学她们说话,把"没有"说成"嗯纽"。两边都学不像,又加上故意歪曲,就发着古怪的音。忽然听有人喊"秧宝宝",扭头一看,对面开过一辆中巴,一对下车的男女正向自己走来,竟是爸爸和妈妈。秧宝宝一怔,接着却转身走进楼道,上楼进门,将门在身后"砰"地一摔。过了一会儿,爸爸和妈妈也上楼来了,一边敲门一边喊"秧宝"。秧宝宝早已走过阳台,到西边屋里坐着了。结果是李老师走出去开的门,将他们邀了进来。爸爸说:秧宝宝不睬我呢! 李老师说:秧宝宝是生气了,气你不来看她。就走回去拉秧宝宝过来。秧宝宝一径低着头,不看她爸爸。妈妈将她拉过去,她还是不抬头,眼睑里,有爸爸的一双脚:棕黄色的软皮船鞋,鞋口有一道折边,边上缀一颗铜饰扣,里面是黑色隐条的尼龙丝袜,半掩在一角裤管底下。裤子是米黄色、裤缝笔直的西裤。显然都是新的。爸爸穿了新衣服来看自己,秧宝宝心里便有些触动。

而且,爸爸不像妈妈,对李老师那么刻薄,他说了许多恭敬的话语。说李老师比他们会养小孩子,秧宝宝不是长高了?而且,也漂亮了。这又使秧宝宝对爸爸原谅了一些。爸爸带来比妈妈上两次来加起来还多的东西,有布料、人参茶、饼干、藕粉、黄杨木雕的龙,堆在茶几上,满满一几。秧宝宝再一次对爸爸满意了,渐渐地抬起头来。这时候,爸爸的眼睛已经从她身上移开去,与李老师很热切地谈着话。谈自己的生意,谈在外谋生的苦处,谈目下政府给生意人的政策与限制,同行间的竞争——不是我不想秧宝宝,他说,随即看了秧宝宝一眼,秧宝宝要转脸,已经来不及了,爸爸赶紧地笑一笑,带着讨好的意思——实在是抽不出身来,爸爸继续说。这一瞥,秧宝宝已经看清爸爸的脸,有些不像了,黄、瘦,颧骨高了出来,下巴却长了。新衣服并没有使他好看,反而,加重了憔悴的面色。心里又是一动,决定不再与爸爸作对了。爸爸说,这一回,国庆假期,他下决心,诸事放下,全家在一起过个节。李老师就问:还回沈溇去吗?妈妈接过话头说,沈溇就不去了,上次回去,见那老屋已经朽得不成样子,他们去柯桥,住宾馆。秧宝宝就又是一振。

李老师留他们午饭,爸爸欣然答应。于是,李老师便和陆国慎一同商量饭菜。小季领了任务,直奔菜市场。这家人忙着待客的午饭,秧宝宝就领爸爸妈妈下楼看闪闪的店。此时,她已经与爸爸和解,让爸爸拉着她的一只手。爸爸自然对闪闪的店大加夸奖,说这店要放在上海也不逊色的,自然,在此地不免是超前了一些,只怕要受冷落一个时期,等镇上人赶上潮流,便会兴隆起来。爸爸看完店,很快就参加到制作灯箱的工作中去。新西装一脱,卷起白衬衣的袖子,登上了扶梯,去接电源。这利索和能干的样子,使秧宝宝又看见了那个熟悉的爸爸:幽默、机智、有人缘。到底人多,灯箱很快就做成了,试了试,效果十分神奇。

这是一个别致的灯箱,用的是发廊门前灯柱的原理。方形的灯箱,四面玻璃画着圣诞树、红顶小房子、马车、赶车的戴红帽子老头,上方是雪花。里面的灯一亮,转动起来,雪花就飞舞着,飞舞着。还不是夜晚呢,就有人围拢过来,点着灯箱上的画问,是什么树,谁家的房子,那老公公又为何穿红的。闪闪不屑于回答,只是让人们离远些,别碰了灯箱。秧宝宝的爸爸便与人答道:树叫人字树,屋是你家屋,至于老公公为何穿红,你问他自己好了。于是,大家就哄笑。秧宝宝偷眼看闪闪,见闪闪也在笑,心里十分快活。

将门前收拾干净,人渐渐走散,就到了中午饭的时间。李老师家因为有客,饭自然是晚了。年轻人就聚在客堂里说话。爸爸的秉性就是和谁都说得上话。这时候,同小季,还有绍兴回家度假的亮亮,一同说起了音响、喇叭、功放、家庭影院。爸爸说,这些东西就好比结婚谈恋爱,双方不在于钱多钱少,也不在于好看不好看,还不在于门第高和低,就看彼此调和不调和,调和不调和就看如何搭配了。爸爸说他有一个朋友,花了十万块钱,声音听起来还是浑,而另一个朋友,只花了八千块钱,却很好!听的人就问如何配?爸爸说这他就不懂了,但是,倘若他们要配,他可以请他的朋友写一张菜单——这种配方,行话就叫"菜单"。妈妈听不懂他们的话,跑到灶间里帮忙。李老师说:你是客人,如何好叫你劳动?硬推她出去,她执意不肯,李老师就让陆国慎陪她去说话,反正这里也好了。于是,陆国慎拉妈妈到自己屋里,两人很秘密地谈生产和哺乳的经验。等酒菜都上了桌,李老师差秧宝宝喊妈妈来吃饭。走过去,进了李老师房间,正听见陆国慎说:就想生个秧宝这样的囡。秧宝宝就停下了脚步,隔了墙喊一声:吃饭了!

总之,爸爸妈妈这一次造访李老师家,真是十全十美,挑不出一点缺点。这一天呢,也是十全十美,从上午到下午都是融洽和快乐的。午饭从近一点开始,吃到三点才结束。年轻人喝起酒总归是鲁莽的,真刀实枪地拼。顾老师就出了几个雅令,让他们拼词对曲,自然都不会,只得退一步,让大家猜谜,谁输谁喝。猜谜语,谁怕?连小毛都出了一个:千条线,万条线,落到河里看不见。当然,这是不用猜的,明摆着的事情。当然,谁也不会允他喝酒,用筷子尖蘸一蘸,点点舌头罢了。反正,这下子热闹起来,都抢着出谜,再抢着猜谜。可到底是顾老师有学问,出的谜难猜。他出了一道,总共四句:四四方方地一坪,有人有物有山林。细看日月虽然有,历尽千年不见星。这四句话耽搁了不少时间,猜得脾气都上来了,还是猜不出来。最后,每个人都罚了酒,请顾老师交代了谜底。谜底是什么,两个字:契约,就是今天讲的产证合同。"四四方方地一坪",指的是纸;上面有甲方乙方的姓名,可不是"有人";合同里所约定的东西,或就是地亩树木,则是"有物有山林";"日月"其实是指年月日里的日月,星星当然是不会有了;要紧的是"历尽千年"这四个字,真正说明了"契约"的性质。虽然只是纸一张,可是牢靠得很,谁也犯你不得。秧宝宝的爸爸说:可是如今的产权都是有限的,注明时间,十年、二十年,连国家承包给农民的土地,都不过百年。所以顾老师不得不承认,这是一个古老的过时的谜语,他也喝了一口酒,自己认罚。

不知不觉地,酒都喝多了,尤其是几个男的,不胜酒力,纷纷躺倒。爸爸就在秧宝宝的小床上,睡熟了。等他一觉醒来,天已暗了。李老师再要留他们一家晚饭,无论如何不能应了。一是晚饭后,怕没了去柯桥的中巴,二是,中午吃的还没消化,如何又吃得下?于是,三口人收拾收拾,站在阳台上,远远看见一辆往柯桥的中巴,赶紧下了楼去,正好迎手招住,上了车。从车窗伸出头去,看见那一家都站在阳台上,往这边看着,渐渐地看不见了。

这日暮时分往柯桥去的,没几个人。对面过来的车上,却是很满。应该是意兴阑珊了,却并没有,因为还有下一幕等着开演呢!河塘里的水变暗了,汪着几摊金,像油一样,从某个角度放着光。稻子结了穗,顶上浮着一片青黄,密匝匝的,这里一方,那里一方。在矮壮的稻子上方,是格外高阔的天空,薄透的白,掺了些灰。这灰白浸在了空气里,染得四处都是。路面上浮了一层,车里头也泛了一层蒙蒙的白。人好像在烟里,这就是暮色。车,沿途还是开关着门,极少有人上,车门砰砰地空响着,也是蒙在烟里,隔了一层,却又清晰得很。公路上寂寥了些,有时候,一辆拖拉机突突地驶来,车斗里空着,跳跳着过去了。偶有几架自行车,迎风骑一段,下了公路,不见了。车里头总共七八个人,亦都不说话,由着车颠簸着身子。车开得飞快,有几次骑着了坎,将人弹起来,再落回来。越近柯桥越快,晓得不会有人上了,车门也不开了。卷了一层土,陡地停在了街沿,柯桥到了。秧宝宝其实已经瞌睡着了,木木的,让妈妈牵着手下车。站在街沿上,有无数车从面前过去。懵懂中,觉着这情景有些熟悉,又不知是何时经过的。来不及想,已被爸爸妈妈扯着从车流中过到路对面。路对面的商店,大多打了烊,从小街穿过去,可以嗅到水的腥气,便晓得接近老街了。天大白着,却有几盏灯亮起了,反而增添了夜色。人,还是多,当然不是熙攘,可也是来来往往。河里倒是干净了,船都回家去了。有一些印象,慢慢地回来了,那是又嗅到了一股气味——大肉馒头的气味。发酵面粉的酸甜,调了酱油的肉馅的咸香,如今嗅来,有一些饱和腻。瞌睡跑走了。秧宝宝挣脱妈妈的手,自己走在前面,心里说:又不是没来过的!

爸爸妈妈引她去的地方,果然是她曾来过的,"鱼得水大酒店",可懵懂中,也不像了。她走过逼仄的院子,走上台阶,进了转门,自动门开了,走进去,穿过大理石地面,来到电梯口。眼睛里都是亮,晶莹闪烁,一时辨不出细部,只看见电梯镀铬的门上,映着自己模糊的影。然后进了电梯,电梯上方的液晶显示,静静地翻着数字。终于停住,开门,走出去。三个人一点声息没有地走过红地毯,在走廊顶头的门前停住。爸爸摸出一张卡片,在门把手上放了放,把手上跳出一点绿光,一推,门开了。迎门的大半扇墙是一大幅画,画着半暗的天空。走近去,才知不是画,是玻璃窗,映着柯桥的夜空。本是暗的,深灰的蓝,却有些浮尘,肉眼看不见的颗粒,叫些微光映着,便透黄了。在那灰、蓝、黄的极深处,藏着些星光,像人的眼睛,一点一点尖起来,看出来。秧宝宝已经到了柯桥最高的高处,"鱼得水大酒店"的顶楼。

秧宝宝走近窗户,窗底下是一周沙发。她爬上去,跪着,手摸着沁凉的窗玻璃,就好像摸着了柯桥的天空。天空的远处,有一座孤零零的塔吊,塔顶上一盏灯,静静地明暗着。柯桥沉在很低的夜色里面,在那下面,是比较沉的黑,而且混沌。妈妈在身后打开了灯,秧宝宝的身影陡地跳进窗玻璃上的夜空里。她看见自己,背着亮,眼睛在幽深处闪着光。她与窗玻璃里面的自己对视着,互相都不相信对方是真的似的,好像都在问:你是谁?在哪里?房间里面的灯,一盏一盏亮起在玻璃上,礼花一般,一爆,然后绽开,定住了。夜空一片墨黑,房间里的一切,都跳到上面,变成一面黑镜子。

30

虽然,据人说,夏介民的父亲曾在上海开过小百货铺,母亲呢,在小百货铺隔壁开了一个绒线社,可他却是从小生长在沈溇。和所有的绍兴乡下人一样,他勤俭、刻苦,又精明。他不相信鲤鱼能跳龙门,但相信蚂蚁搬家,他的生意就是这么做起来的。先是替人打工,有了本钱,再自己做。一开始,是与人合伙,再慢慢地,分出来独立做。他不借钱,不贷款,也不卖房。他做生意是有当无地做,要赔也是赔进吃饭穿衣以外的一点余钱。生意道上的人说他是"有限公司",他说他是有妻小的人,不敢冒风险,要是早十年,他是连身家性命也敢押宝的。说是这样说,谁信呢?人的秉性是天生就的,任何情况下都不会大变。他也是和蒋芽儿的爸爸——蒋老板有些像的。其实,绍兴地界,多是这一类生意人,种田一样地做生意,不惜流汗,甚至于流血,汗和血是自家的,却不敢说大话,说大话是要兑现的。没有实力,拿什么兑现?那些盖高楼大屋、买奥迪车、养小老婆的暴发户,有是有,是在宝塔尖上的那个尖。底下,大量的,还是这些老实肯做的中小生意人。当然,其中也是有区别的。蒋老板的性子比夏介民要缩一些,倘不是山穷水尽,他是走不出这一步险棋的。然而一旦走出了,他就不回头,一步一步走了下去。这时候,他的性子又耿起来了。夏介民比较中庸,走,不是非走不可,而是随时可退。正因为随时可退,才一步一步走了下来。前者是背水一战,只可进不可退;后者是可进可退,游刃有余。在生意的成果上,前者要略胜一筹,但做人也要辛苦一成。

于是,夏介民在这些奔波飘零的日子里面,就要找机会犒劳自己一下。他订了这最豪华的宾馆里最豪华的顶楼套间,租了一箱碟片,其中半数电影,半数卡拉 OK,决定足不出户,享受三天。这样的奢华多少是违反了夏介民勤俭的本性,可是,生意场上的进出也多少打开了夏介民的眼界。他是个有积累的人了,本着赚十块、用一块的原则,他也是足够承担这三日的消费。只是,夏介民的见识毕竟还是有限,天生又是个不会玩的人,不晓得除去住宾馆,天下还能有何等样的幸福。夫妻俩挤住在逼仄潮湿租金却贵得惊人的人家的偏厦侧屋,或是临时搭建的油毛毡顶铁皮门脸后面的店铺,甚至只是货栈的一角,用旧床单拦起,住上几对夫妇,他们就商量着日后如何一家人团在一起,过几日豪华的生活。来到柯桥,尽管是旅游旺季,住宿费半折也不打,夏介民依然毫不犹豫地要下这个套间,爽气地付了订金。

当晚,三口人就进了餐厅。妈妈说没有胃口,在房间里吃些饼干也罢了。夏介民说:住宾馆,吃饼干,被服务小姐撞见,牙齿也要笑掉了。于是,一家人出房间,乘电梯下到二楼。餐厅摆在圆形围栏一周,从上面往下看,正是一楼大堂的中心。除去电梯,另有一弯宽阔的大理石楼梯通下去。餐厅里大约有三成座,三人找了个靠栏杆的桌子落座,可看见底下的人走动。菜单是硬面的长大的一本,翻开来,单是海鲜就是一面,炖品又是一面,锅仔还是一面。菜名都很气派:大黄蛇、象鼻蚌、虾籽大乌参,等等。轮到点菜,点了几个,却都没有货。夏介民说:没有货,写上去做什么?小姐不饶人地说:这都是时令货,要吃鲜货,全靠飞机送,冰箱里不是没有,冷冻的,你要不要?夏介民本想问:飞机停哪里,停河埠头吗?但到底不想淘气,坏了自家的兴致。就将菜单一合,放下,问:你有什么,报给我听听。报上来的倒都是乡下的家常菜,炒南瓜、煎臭豆腐、葱烤鲫鱼,这倒很中夏介民女人的意,实惠。不过,等菜端上来,她就不中意了,说没有她炒的好吃,菜又拣得不干净,草梗都在里面,不由讥讽道:豪华人原来是吃草。夏介民就说:草和草一样吗?稻草是草,白娘娘盗仙草的草也是草。斗着嘴,一餐饭就吃下来了。喊来小姐签单,小姐却要现付,说是餐厅与客房各是各,单立账户的。夏介民只得付钱,一边说:还是不接轨啊!小姐一撇嘴,不屑回答地昂然走了。

　　三口人离了座,沿大理石楼梯下去,向大堂的四周看看,见有一小超市,妈妈就要进去,说要买些饼干。夏介民笑她,总是饼干,饼干,生怕吃不饱!母女两人都笑了。进电梯,上去,回房间。开门一看,显然又进来人服务过了。几盏台灯开了,床罩揭去,被子折一个直角,热水瓶里也换了新水。三人都惊奇而满意。夏介民立即动手查看电视音响有没有接电源,抽出一张片子准备唱歌。秧宝宝和妈妈则里外地看着。床头柜底下有两双纸拖鞋,套在脚上,轻飘飘的,不敢着地,生怕一着地便要破。母女俩一人一双趿着,小心翼翼地走。衣柜里有两套毛巾布的浴衣,母女俩也一人套一件。上身才发现并不干净,有一些污渍,不晓得什么样的人穿过了又没洗,妈妈赶紧呵斥秧宝宝脱下来,放回去。接着,又在写字台上,一本大皮革夹子里,发现了印刷精美的信纸、信封,还有一个小小的针线包:一小片白卡纸上,绕了五六种颜色的丝线,线上插一枚小针。秧宝宝想收起来,又不敢,怕服务员要来检查。但再又想,就算她们用掉了又如何?后来决定暂且放着,走时再带上。趿着纸拖鞋,两人蹒跚着进了浴间。浴间有一间厢房那样大,迎门是一个冲淋房,冲淋房一侧是一个三角形的浴缸,边上有无数按钮,不知作何用途。隔一个马桶,对面是一长条大理石台面,嵌着两个洗脸盆,台盆上方,是整面墙宽的镜子。

妈妈对着镜子停住了,好像不认得镜里的那个人了。良久,说了声:这女人太难看!镜前的灯,与顶上的灯交相辉映,又从满壁的白瓷砖上反射照耀,一片雪白,纤毫毕露。脸上的斑痣、细皱、皮屑,全一览无余。妈妈不由抬起手,摩擦一下面孔。这时又从镜里看见了自己的手,枯黄,粗糙,干裂,指甲边都是倒刺。全身上下,简直一无是处了。秧宝宝的注意力全在镜台上的小东西,一排排的小瓶,颜色各异。绿色的是洗发香波,黄色的是护发素,乳白的是洗浴液。封套里是一把白色的小梳子。盒子也有一排,香皂、浴帽、剃须刀,还有牙刷,配一管小小的牙膏。她忙不迭地打开一管,却无论如何挤不出来,不知是何年何月的牙膏,都硬住了。秧宝宝还是珍惜地旋上盖子,放好,决定回去时一并带上,分给蒋芽儿一半。妈妈已经从镜子里将自己全部检查完毕,终于发现并无大碍。头发是黑的,眼睛是亮的,牙齿还比较白,主要是皮肤。那么,就抓住这几天,狠命地养一养,不相信养不好。她打消了一些沮丧的情绪,重新振作起来,与秧宝宝一同欣赏着这些洗漱玩意儿。

现在,可以开始洗澡了。找冷热水开关,找了一会儿。找好,调匀,一边放水,一边帮秧宝宝脱衣。妈妈发现秧宝宝手脚长了许多,因没有发育,身上没什么肉,就显得更长了,像一只蚂蚱。妈妈将秧宝宝的头发拢到头顶,盘一个大髻,插上几根大发卡,固定好。细看她的肩,背,腰,已可约略看出轮廓,是个高挑个儿的身子。秧宝宝坐进水里,觉得人像是要浮起来,不由尖叫一声。母女俩又将手边的按钮乱按一阵,有一回,水从顶上莲蓬头里洒下来,母女俩一同尖叫一声,再一阵乱按,水回到底下龙头里。又一回,浴缸四周忽射出无数股细流,尖尖地刺在秧宝宝身上,秧宝宝便像条鱼似的跃起来,一边大笑。下面一回,水是集成较粗的几股,缓缓地冲击着,秧宝宝就笑得好些了。

母女俩在浴间里闹成一团,夏介民自个儿在客厅里也唱得很沸腾。他的嗓音本来不错,有点小钢枪的意思,可是一旦配上伴奏,就显得多少有些音不准。自己总归听不出来,越唱越激昂,别人听来就有些滑稽。所以,那两人从浴间里热腾腾地出来,都捂着耳朵不要他唱。他偏要唱,过去夺他的话筒,只得让给她们唱,不料更不济。秧宝宝总是要高或者低半个音,没一句合得上。妈妈呢,喜欢唱越剧,找了张《问紫鹃》,却一句也问不上来,结果还是夏介民唱。经过一番亲身演练,这时听来就顺耳许多,晓得卡拉OK唱来并不容易,需要历练历练。有人欣赏,夏介民更唱得入声入调,一支连一支。而秧宝宝裹在雪白松软的浴巾里面,很快就睡熟了。

早晨醒来,秧宝宝是在妈妈床上。爸爸睡对面床,两人还在梦乡。房间里很黑,只从窗帘的边缘,透进一点模糊的光线,表示天已经亮了。在这点模糊的光线里,房间渐渐显出大致的轮廓。这是什么地方?秧宝宝定神想了想,昨日的一幕幕场景回到了眼前。是从门前做灯箱、中巴上下来两个人向自己走来开始,接连着,一浪高过一浪,终至高潮,他们来到了这个柯桥的制高点,满目晶莹璀璨。秧宝宝不由合了合眼,感觉到身下的柔软。绷直身子弹了弹,身底下的席梦思微微波动了几下。她又睁开眼睛,再也不想睡了。今天还有什么在等待着她呢?她小心地挣出妈妈怀里,坐起来,赤脚在床前摸索了一会儿,摸索不到纸拖鞋,干脆不摸了,光脚下了地,走出卧室,来到客厅。

客厅已经大亮了,昨晚放的碟片,没有收好人就走开了,空壳子和碟片,东一件西一件地摆在茶几上。还有一摊瓜子壳,半封饼干。爸爸的大皮鞋,也东一只西一只地扔在地毯上。秧宝宝绕过鞋,径直向窗前走去。此时,窗户拉上了一长幅白色的纱帘子,静静地垂地。透过白纱帘,可见天边的朝霞,细长的,一道橘红,一道粉紫,一道金白,一骨朵一骨朵的白云,上下挤着它们,渐渐地洇开,弥散,颜色搅在一起,流淌得四处都是。秧宝宝撩开纱帘,所有的颜色向她跳了一跳,天空逼近了一些。这时候,她看见了天空底下的柯桥,亦好像是蒙着一层纱帘,那是雾气。蒙蒙的雾气之下,这灰黄色的大镇子,有着一种奇怪的跃动的面目。这是由于街道里飞驰的汽车,工厂烟囱里涌动的白烟黑烟,河道里缓缓行驶的船只,笨拙地调着头的塔吊,所有的细碎的枝节,全都腾腾地勃动起来。错觉之下,它们似乎同时地移出各自原先的位置,占领了邻近的位置,再离开,再占领。但互相之间,边缘始终咬合着,协作着行动。最终,又都回复到各自的原位。

现在,秧宝宝看见,柯桥是在她的脚下跳动着。原来这一面玻璃窗是落到地的。她挤到沙发背面,席地坐下,双手抱着膝盖,从上往下看着这个神奇的大镇子。太阳不知什么时候升起来了,光线变成金黄色的,透过厚厚的玻璃,她亦能感觉到灼亮与热。底下的镇子,也改了颜色。那水泥的灰白,灰白里嵌的几道墨线,是老屋的屋脊,以及河水的浑绿的线条,原先是蒙在水汽和空气中的微屑合成的雾障后面,形成灰黄的暗淡调子,现在却染成较为明亮的姜黄了。在此姜黄调子里,那种跃动的形态便有规律地变换光线,一深一浅,带些闪。然后,又加进大量的漫动着的颗粒,那是人,越来越多的人。于是,这种律动又变成筛子筛动沙粒的状态。一整个大镇子有节奏地摇,摇,摇。太阳又升高一些,底下的镇子忽然被斜切成两半,一半明,一半暗。姜黄调子从两半同时退去了,重新显现出水泥的干燥生硬的灰白色,这种灰白是镇子的基调,掩盖了其他的不同的因素。

颜色变浅变淡,但亮度更高了,甚至起了反光。而相应地,那暗的一半亦显得更暗,几乎又回进了黎明之前。然而,那光亮很快就扩展了。就像一面巨大的书页,斜着揭了开去。迅速地,整个镇子都暴露在光天化日之下,真是无比的清晰,每一个细节都凸现在眼前。方才那有节奏的律动,此时却全部消退,局部都是相对地孤立着,静或者动,均是在各自有限的范围内。总之,脚下的景物变得具体了。

你可看见这个镇子基本的格式,在几条宽和直的粗线条——这是由新街担任的,在这些粗线条框成的整齐的大格子里,是一些弯曲和零落的细笔触,这则是由老街和河道形成的。

这些细碎的笔触,一方面填补了大格子里的空虚,又一方面增添了大格子里的零乱。但就是这两方面,使得这些单调的大格子有了些趣味,变得比较生动了。从版图上来看,这些新街的线条,就像是在一个根据气候、土壤、人力的资源、自然发展的地表上,再次划分的行政区域的边界。多少带些强力的干涉,将所有不同的性质,全都简单归纳起来。这些粗直的线条边上,大致有两种建筑。一种是简陋的临时搭建的,通常是做商业用的平顶房子,一层,二层,三层不等,其中间杂着第二种,便是机关和酒店。马赛克的墙面,或者玻璃幕墙,铝合金窗户框架,人造大理石的基座。这些豪华的建筑却也给人临时搭建的印象,那是因为在这些外表光鲜的新型建筑材料底下,是单薄、脆弱和易旧的质地。并且,与周遭灰暗环境不协调,也是一个原因,使人觉得,这只是暂且的事情,过了这一段,还要打散重来。大格子里面的碎笔触,名堂就多了,有黑瓦板墙的老房子,有砖砌泥披的独家院,有石头嵌出花斑纹的墙基,还有临水的,立在桩柱上的水阁。这些房子多是破旧不堪,几乎成碎瓦砾了。可是,撇开它们的破烂不说,仔细追究,它们其实是蛮精致的。那立在水里的桩柱,如何巧妙地承受大半座木楼的重力,一丝儿不歪斜;那鱼鳞瓦,齐齐地从尖起的屋脊开始,流泻下来,到了檐边,又翘起一些,瓦却一行不错,形成一幅均衡的几何图形;那木头窗棂,虽然没有什么华丽的雕饰,可做得榫是榫,卯是卯,棱是棱,角是角;那小巷子里的卵石地,拼得如何的匀称,和谐,天生成一般。你猜不出有多少时间附在它上头,你就考证吧!

## 31

早餐是自助餐,就在昨晚上吃饭的餐厅,桌椅重新排过了。倚了栏杆摆起一溜长桌,铺了白桌布,上面放着一盆盆的食物,有面包、馒头、稀饭、炒面;有冷菜,有热炒,有荤有素;有各色水果、蛋糕。眼睛都不够用了。秧宝宝往返徘徊几次,都拿不定主意从何下手。今天,秧宝宝是盛装出场。妈妈给她梳了一个全新的发型。编一条长长的辫子,然后沿了发际盘一周。相距一指,别一个发卡。发卡是粉红、粉蓝、粉黄、粉绿。插在发里,露出一小点颜色。于是,就好像顶了一具细致美丽的花环。裙子是新裙子。白绸子的面料,从高高的系一个葵花黄的蝴蝶结的腰际往下,渐渐有了绿色的枝叶,接着便是大朵大朵的向日葵花,一直垂到脚踝。脚上套了白色的长袜,鞋子是金线镶嵌的白皮鞋。甚至,秧宝宝还略略化了妆。修了眉,唇上涂了唇膏,脸颊上拍了粉,真成了个小美人。可是却也没有多少人看她,今早在餐厅里出入的,都是这样盛装的大小美人,在桌椅餐台间傲然穿行。

小孩子总是被颜色鲜艳的东西吸引,所以,秧宝宝上来就是一盘水果,然后一盘西式点心,同时则不停地喝饮料,随后,便饱了。望着这许多好吃的东西,却再也吃不动,心里是很遗憾的。可是不还有明天吗?这才是个开头呢!这样想着,便安慰些了。爸爸妈妈也已吃停当了,三口人手拉手地出了餐厅。爸爸建议四处转转,这样的四星级大酒店里,应该有着各种消费的,比如桑拿、游泳池、保龄球馆。于是,他们沿着大理石楼梯下到大堂。

迎门斜立一块指示牌,上面写有各项服务,除去方才举的那几项,还有KTV包房、美容美发厅、健身房什么的。循了上面的指示,去找桑拿,却找不着,拦了一个小姐问,小姐很不耐烦地回答不开放。又问什么时候开放?回答不知道后就绕过他们走了。再找保龄球馆,倒是找着了,一大间房间,并没有什么保龄球,倒是放了几张台球桌,却也没有球杆和球,冷清清的,一股子石灰水味道。找游泳池,就更蹊跷了,墙上明明有箭头,指去一个方向,可顺了方向走,走走就没了路。从头来起,又是走走没了路,好像是从墙壁里消失了。还是秧宝宝机灵,她走下几级楼梯,扒到拐弯角一扇锁着的门的门缝,往外一看,说,那就是游泳池。于是,大家也都扒着门缝看一回,后天井似的逼仄的一角,地面上有二分地大小的一具方坑,四周与底部倒是砌了马赛克瓷砖,边上有一弯铁梯。显然也不会开放。只得沿来路回去。妈妈想到美发厅做个头发,美发厅是十点开门,现在是九点。经过了健身房,就在办公室隔壁,一间同样大小的屋子,放了几架器械。办公室里的人却说,是会员制的。他们并不懂什么叫"会员制",但意兴已经降低许多,还是觉得回房间最好,便乘了电梯上去。那房间只住了一晚上,却有些像家一样,觉得亲切了。

服务员进来收拾过了。床铺好,乱放的东西归整齐,窗帘按规矩挽起来,热水瓶也换上满的,新的。浴室里,昨晚拆用了的肥皂、浴帽,此时收去了,却补上新的。秧宝宝很是欣喜,干脆将牙刷、梳子、肥皂都收起一份,反正明日还会补上。这样,不仅可分给蒋芽儿一份,小毛也有一份了。她还在床头柜底下发现昨天遗漏的一件东西,一个小铁盒,打开后,是一片海绵,专门擦鞋。她也小心地收好了。这样,房间里所有的宝物都搜寻完毕。

上午,爸爸找了一张电影片子,放了。美国片,讲绑架小孩的,倒是非常紧张好看。到最后,汽车追杀,从墙头越过去,穿过房间,冲出玻璃墙,翻几个跟头落到大街上,一正过车身,再接着追。直到满街稀巴烂,才追到绑匪,停歇下来。小孩却又在另一个地方,并且身上系了定时炸弹,眼看就要到爆炸时间。于是,换了汽车再开,几乎是从头上轧过去的,千钧一发的时候,开到地点,找到小孩,卸下炸弹。仅仅一秒钟便爆炸,一时上,炸死许多无辜的人,小孩却脱逃出来。实在玄妙得很。放完片子,已到午休时间,余兴未休地说,吃完饭再接着看,才起身出房间。

餐厅里人出奇的多。有一个大旅行团,从绍兴过来的,白种人的脸晒成了龙虾色,老太太穿得花红柳绿,空气中充满着外国香水味和汗味。一个导游小姐,拢羊似的将他们拢到几张圆桌前,大声地说着外国话。其余的客人,也大多是外地来的游客。早上来,晚上就走的。说着杭州话、苏州话、上海话,甚至北方话。百多张嘴都在叫喊、吆喝、斥责小姐。小姐们的粉脸上流着汗,在桌椅间挤来挤去。昨晚上对本地人的傲岸表情全不见了,换上的是惶惑不安。

夏介民带了妻女找到廊柱后面的一张小桌子,坐下。小姐都忙,廊柱又遮着,好久没有人来上茶点菜。夏介民就说:反正没有事情,坐等好了。不料却有一位小姐看见了他们,过来就驱他们走,说吃完了不要占桌子,都轮不过来了。夏介民笑着反问:你看见我们吃什么了?占桌子几个时辰了?小姐答不出来,翻了翻眼睛跑开了。以为她会去拿茶水菜单,可一去竟不回来。夏介民这才有点沉不住气,走过去与一个男领班交涉。男领班满口地答应,可却又如何对付得过来?这一时,真是乱得可以,这一桌菜上到那一桌的也有;后来比先来的早上菜的也有;吃完了不买单就开溜的也有;吵着要投诉消协的更有。又等了大半个时辰,人走了略一半,渐渐缓下来,终于有小姐过来招呼。可此时,要饭没有,要面也没有。小姐甚至建议可去别的饭店,不会像他们这样人多,因为这是旅行社定点饭店,旅游手册上都有记载。夏介民讽刺说:百闻不如一见嘛!胡乱点了些蔬菜,要一盘刀切馒头,便罢了。又等了一会儿,总算上菜了。谢天谢地,一连气地上全了,不像旁边有一桌,头一道菜是什么都忘了,末一道菜还未上来。匆匆吃毕,赶紧离开,还是回房间。

回到房间,接着看碟片。这一回就不如上一回顺利了,挑了一张,刚看个开头,就觉得不好看,要换。撤下来,换上一张,还是抵不上午饭前看的那一张好,再撤下。于是,一家人围着纸箱子坐在地毯上,一起翻腾。碟片盒上有内容说明,却都写得看不懂,差不多觉着有些意思的,放进去一看,却与那说明一点不沾边。捺了性子看一会儿,还是不沾边。接着再搜寻。妈妈说,这是箩里挑花,越挑越花。夏介民就立规矩:这一回,无论放哪一张,必须看到底,好看,要看,不好看,也要看!就这样,由秧宝宝来摸一张,因小孩子手气好。这一张一开头,还没看出个名堂,夏介民就躺在地毯上睡着了。不一会儿,妈妈在沙发上也睡着了。只剩秧宝宝一个,倚着沙发腿坐在地上,坚持往下看。这一回,也是美国片,也是枪杀和追击,镜头闪得很快,底下的字幕大约是香港人写的,是广东话的象声字,十三不靠地连在一起。又有不少白字,错字。个个字都认得,并成句子却不知何意,真好比广东话说的"一头雾水"。半部片子过去,也只看出个大概。

房间里充斥着激烈耸动的音乐声,汽车相撞、大楼爆炸的效果声,还有俚俗气很重的英语对白。这些声响,在这午间的大客厅里,却显出寂寥。

片子陡然结束,略为抒情的音乐声里,演职员排名一行行飞快走过。秧宝宝闭上眼睛,又从纸箱里摸出一张片子,换上,又一个电影开始了。很奇怪的,这一张和上一张极其相似。同样的快速切片、汽车追击、男人和女人,音乐也是震耳欲聋,英语对白也是腔调俚俗,中文字幕呢,同样是广东话的象声字,还有生造字。在难得的间隙里,可听见爸爸妈妈连绵起伏的鼻鼾,这增添了房间里的午时寂静。秧宝宝一点困意也没有,尤其在这样一个白天,说不定会发生什么有趣的事情。谁能料到呢?就在二十四小时之前,她不是还在李老师家?午饭桌上,顾老师给大家出谜语:四四方方地一坪,有人有物有山林。细看日月虽然有,历尽千年不见星。谜底是什么来着?是契约!秧宝宝的思想开溜了。电视机屏幕上闪动着光色,由于是当午,又是在这一间光线充沛的大客厅里,屏幕显得苍白,光和色都有些力不从心,多少是令人疲倦的。这张片子结束得很快,秧宝宝又换上一张,又一轮轰炸与追杀开始了。

房间里的光线压低了些,不觉着暗,只觉着四周不那么空旷,好像空间挤紧了些,那种寂寥略微消散。夏介民醒来,翻身爬到沙发上,蹲着。眼睛亮亮的,又是惘然的,不认识似的看着房间。他看上去,真的,非常像捕鱼人船头上立着的那只鱼鹰。妈妈醒了一次,还没睡够,干脆进卧室里,躺到床上正式睡。太阳换了角度,房间里陡地亮起来,但却是暖色调的光。这种色调总是叫人惆怅,因为觉着大好的时光在一点一点溜走。

秧宝宝终于放弃了电视。她像只小狗一样,手脚并用,爬到沙发背面,看玻璃窗下的景色。烟黄色的大镇子扑面而来,烟囱里的烟斜着从镇子上头划过去,景物便抖动一下。河道里,小梭子样的船只你来我往。那些方块平顶的水泥建筑,像地质上的泥石流,漫无秩序地涌着,推着,又一路遗落着散石,眼看要覆盖河道和旧屋。几乎是与眼睛平视的前方,尘埃与雾气之中,一个红色的太阳奇怪地停滞着,令人不敢相信,这是太阳。它的光被空气中的杂质溶解了,球形边缘是一周粗糙的绒头。它的红也红得不自然,就像一个腌熟的鸭蛋黄,包着一团油似的。这一个太阳,从清早起,走到现在,已经疲乏了,新鲜劲过去了一半。

吃晚饭的时候,夏介民对妻女说,明天要想个法子,像今天这样过,太闷了。秧宝宝和妈妈都没有反对。一个漫长的下午过去了,现在又有了些生气。晚餐的餐厅里,人不那么多了。游客已经离开,节日中公事办酒的桌头亦少了,人们都在家里吃饭,剩下的多是住酒店的一些散客。大堂里,咖啡座中间的三角钢琴打开了,坐了个年轻女子,弹着曲子,声音传到二楼餐厅。小姐们的目光也稍稍温柔了些,有心情问答几句闲话。吃完饭,三口人再到大堂里逛逛,听听曲子。这一回,美容美发厅倒开着门,可一看价目表,妈妈又泄气了,说还是回房间去洗,用多少水不可以?秧宝宝倒有些发怔,她想起了黄久香,最后就是在这里看见她的背影的。然后,他们又顺了指示要往地下一层去,那里有KTV包房。路上有几个美艳的小姐一同向那里走,夏介民又刹住脚步,说:唱歌也还是回房间去唱,唱多少不可以?于是,三口人依旧进电梯,回房间去。

## 32

第三天,一早起来,夏介民就打电话,去邀他的朋友,到酒店里玩。打了一遭,邀定了两名。上午十一时光景,两个朋友带着妻子小孩,提着大包小包,相继来到。这里的一家三口,看见来客,竟是兴奋异常,很有点异地重逢的意思。来的人忙着参观套房,套房的临时主人便带着介绍。分成三伙,夏介民带男客看厅里的音响、家庭影院;妈妈带女客看浴室;秧宝宝则带两个小孩从玻璃窗往下看。其中有一男孩,恐高,不敢往前站,两个女孩一边一个拉他,他竟哭了。这一哭,把大人们唤拢来,问是怎么一回事?劝慰一阵,时间已到十二点。夏介民早已在餐厅订了一个包间,这时就该下去了。于是,一伙人忙不迭地涌出门,涌进电梯。小孩子瞎摁,一下子下到底层大堂,再从大理石楼梯上到二层,由一名小姐引进了包房。包房里专有两名小姐服务,与大厅里态度很不同,脸上有笑意,言语也相当尊敬。先点冷菜,再点热菜,点到汤的时候,冷菜已经上来了,无须操心,就腾出精神专门说话。

来的这两名客人,原先都是夏介民的中学同学,如今自称是给人打工,其实呢?是总经理,在各自的厂里都有股份。其中一个,所在厂是校办厂,校长是厂长兼法人,而实际这同学就占有百分之六十股份,是真正的老板,经理只是个名义。两个同学都已造了几层高的楼房,买了汽车,两家都是开车过来的。夏介民说:二位老兄都已安居乐业,小弟却还在奔波,一家三口不得聚首。这二位就笑道:晓得你夏老板是有鸿鹄大志,不像我们老婆孩子热炕头,眼光浅,已经到头,而你的前途无可限量。夏介民自然有些得意,但也是由衷地叹道:如今世道,谁敢说前途无可限量的大话? 就是一个事实:人人开店,谁来买东西? 生意道上挤扁头,要想做大,一是资金大,一是胆大,像我夏介民,资金是一点一滴干抹布里绞出来的,胆子是稻草棵里捂火星儿——捂出来的,赢是赢不得,输却输不起,前途不敢说,不过是走一步看一步。那两个深有同感,说:就在这里,这座酒店里,那扫地端盘中间,至少也有七八个是昨天的大老板,头寸一下子轧牢,转不过来,破产,再做伙计;也至少有那么七八个,是明天的大老板,忽然中了头彩,或者股市里赚了一把,买厂买设备,外地招工,利润成倍翻进来。

谈着富贵荣辱,酒过了三巡,热菜一个个开始上。其中一位客人,提出了天命论的观点,言道:无论是沉还是浮,虽然有资金大小胆略大小的作用,但在这底下,终是运气在作祟,就说你——他指着另一位客人,三年前,不过是帮你那位校长亲戚,去校办厂做管理,赚点薪水,比一般人略好一点点而已,谁想得到会有股份制政策出台? 国有资产评估作股,你自然近水楼台先得月,做了控股股东,这厂就算是你的了,不是运气又是什么? 那一位客人却不同意:照你这么说,我是瞎猫撞死老鼠? 其中还是有判断力的存在,你拿我做例子,我也拿你做例子,当时找你做经理的有三个老板,至今,也是三年,其余两家都不景气,只你做的这一家还维持着,不是你有眼光吗? 这一位就说:你晓得我出的什么力气? 工人面前我做儿子,客户面前我做孙子——夏介民笑道:可是,老板做你的灰孙子啊! ——所以,还是存在人的能动性,那一位总结说。这一位并不服帖,说人的能动性只是在打工的层次里存在着,高一点的层次就用不上了。据说,美国白宫里还有专职的星相师,专测行事利弊的定数。余下那两个就联起手了,说:要到这样的层次,谁也没有发言权。

三个当家的,酒都有点上头,通红着脸。好在,点心也上来了。几个小孩子早已吃饱,大人的话又听得不耐烦,就由秧宝宝领着,离桌去参观酒店,一项一项的。柜台前世界各地的钟点,美发美容厅里涂了面膜的女鬼脸,不开放的健身房,隔了门望望干涸的游泳池。桌上的三个女人就开始说自家的孩子,一个已经在杭州报好了户口,另两个正在绍兴物色学校,送去住读。总之,华舍这小镇子迟早是要报废的,地方那么小,人越来越杂。虽然这两个家里起了新楼,家中什么设备没有?可是,自来水水压不够,洗衣机不能用;电压不够,空调不能用;一万多块钱的按摩浴盆放着作摆设,自来水多少有些浑,洗在身上要出疹子的。提到洗澡,她们想起什么来了,匆匆吃毕,离桌去,找几个小孩,到客房里洗头洗澡。换洗衣服、洗澡毛巾都带来了。

女人小孩一走,余下了这三个。小姐略收拾一下桌面,将吃剩的菜盘并拢,应招呼再上两个新菜,新热一壶"古越龙山",再吃喝一轮。这一轮,说的是比较私密的话题了,三人都压低了喉咙,防止别人听见。这三个可说都是华舍社会里的小成功者,谙得了一些奋斗的机密,也因此懂得各自的有限,清楚什么是有望,什么是不可望。而他们这一阶层的,难免更受诱惑。四乡里那些流传着的致富的神话,在他们其实都是一臂之遥的现实,却终也临不到他们头上,心里多少有着些不平衡、不得意。做起来的时候不觉着,因为是农人的务实本性,一旦思忖起来,却会感到人世和人生的无奈。喊喊地说了一会儿,忽然都低了兴致,无趣地吃了几筷,新上的酒菜几乎动都没动,便离了桌。回到楼上,未进门,就已听见一片吱哇乱叫。女人们轮番将小孩按进大澡盆里,开各种龙头冲淋他们。女客们感叹说:这才晓得按摩浴盆是做什么用的,算开了眼界。小孩子被洗得剥皮猪似的拎出来,穿好衣服,女人再轮番自己洗。厅里边,男人将一张大写字台搬到中间,铺上一块包裹皮,虽然是长方桌,凑合着,也可做麻将桌了。三个男人一人坐一面,女人轮番坐一面,输赢各归各家。立好规矩,便洗起牌。秧宝宝的妈妈不打牌,她要尽女主人的义务。将客人们带来的瓜果削皮,去籽,切片,放在茶盘里,送给大人小孩吃。一时上,房间里果香扑鼻,汁水淋在地毯上,一摊摊的污渍。

三个孩子年岁差不多,女孩子总归要精明些,又是二对一,那一个不免就要受欺负。好在没开窍,就不在意,三个人还玩得来。这小女客人长了一张鸟脸,尤其是侧面看,完全是个雀子,额头与鼻梁骨连成一线送出去,下颌部分又收了回来,小嘴尖尖的,又红,像鸟里面比较俊俏的一族。这会儿洗了热水澡,面色粉白,侧弯了腿坐在床上,是一只栖枝的小鸟。她有一个本领,就是速算,四位数的加减法,不用过脑子,一张嘴,答案出来了。开始并不知道,是打扑克,"二十四分"领教的。四张牌摊在面前,她一过眼就拍下。那两个赢了一副牌,全是吃进,要等她脱了手,一对一地,才有回合。待发现她这一本领,便轮着考她,题目出得再刁钻,也是一吐嘴,答案出来。于是考官们就进一步,让做乘法,她说也行,只是乘数不得超过两位数,出了几道,略微慢半拍,答案也出来了。这两个就跟着在纸上笔算,对答案。结果,要错也是他俩错,她是没有一错的。酒店里的大小信纸,铺了一床，上面全写了算式。那小女客人越战越勇，眼睛亮着，嘴唇鲜红，吐出一串串的数字，落地有声。

客厅里的牌桌，亦是大珠小珠落玉盘。三家人跟前的筹码都堆起了些，"大牌"一副连一副，高潮迭起。中间有两次，服务小姐进来换开水，也忍不住在牌桌前站一站，看一看。每一副大牌之后，大家都要热烈地"复盘"，重享成功的喜悦。牌时就拉得很长。下午很快就过去了，到了晚饭时间，有人提议不必下到餐厅里去吃，就在房间里开饭，不是带来很多吃的吗？于是，牌桌暂时收起，筹码搁一边，窗帘拉起来，灯都打开了，吃的东西一件一件摆上桌子。方便碗面，一人一碗，正好碗上附着塑料叉，一人一柄作餐具。熏鱼、红肠、牛百叶、花生米、旺旺雪米饼、自家炸的五角星泡芙、整条整条的黄瓜、西红柿，还有啤酒、饮料。连一次性塑料杯，都有人带来了。这一顿晚餐，一点不比餐厅里的差，并且又自由又痛快。孩子们拿了自己的一份，躲在沙发后、落地窗帘前，席地开了一桌。让那男孩背了窗坐，然后，很恶作剧地悄悄拉开窗帘，对了窗户猛喝一声：看！男孩陡地回过头去，原以为他会吓得倒地，不料他只是怔着。再看，那一面深蓝的天幕，缀着一些幽远的小星星，博大而且安宁。三个孩子都静下来。房间里的灯，映在夜空里，他们自己的影，也映在夜空里，就好像是天上的小孩子。

这一天是怎么结束的，他们都不知道。秧宝宝醒来时，房间里已经大亮。爸爸妈妈早已起来。正收拾东西，房间的地上，放着几个包。见秧宝宝睁眼，就催她起来，要将毛巾牙刷收起了。秧宝宝走进浴间，将小盒小瓶通通装进一个塑料袋，藏进自己的小包，才又回到浴室洗漱。妈妈站在身后，替她梳头。因是要离开了,妈妈就不大有耐心,只是将头发梳通,根上扎紧,系一个大红绸带。衣服又换上来的那日穿的,白衬衣,花格短裙,套一件毛线背心。将秧宝宝收拾停当,妈妈再回过头收拾行李。爸爸则蹲在地上清点租来的碟片。

窗帘全拉开了,太阳光照进来,照着地毯上的污渍。昨晚拉出的写字台,没有推回去。桌上摊着方便面的空碗、塑料叉、塑料杯、鱼骨头、包装纸、花生衣、酒瓶、吃剩的红肠。在充沛的光线里,这一片狼藉更显出疲惫与消沉。阳光下的大镇子,呈出的水泥色,也令人感到倦怠。停了一时,东西都收拾了,妈妈生怕落下什么,将橱柜抽屉都拉开检查一遍,又不推上,就这么敞着。掖在床垫下的毯子被单也全扯出来,抖了一阵,放下来,胡乱堆着。整个房间,好像开膛破肚一样。然后,他们下楼吃早饭。

现在,秧宝宝发现,餐厅的地毯上也是一摊一摊的污渍,桌布上是果汁和酱油的印迹,筷子的纸封套随便扔着,吃过的杯盘碗碟没收走,有一只苍蝇来回地飞着。稀饭凉了一半;小笼包子的底粘在笼布上,汤就淌走了;炒面放了太多的油,汪在盘子上,看了就饱了;西瓜是馊的。总之,这一顿自助餐亦是叫人扫兴。三个人都不大有胃口,但还是努力吃着,因觉得不吃是浪费,只是食而不知其味。吃好,上楼取了东西,没有坐一下,就出了门。这个房间叫人多看一眼都会心烦,还会难过。因为,确实在里面度过了快乐的时光。可是,非常短暂。

他们下了楼,到柜台结账,付钱,还钥匙,最后走出了大门。太阳一下子刺了眼,随后,噪声盈耳。四面都是轰响:切割大理石的锐叫,汽车发动机和喇叭叫,音响里电子乐的流行曲,水泥搅拌机沉闷的轰响,还有人声——虽然不是那样尖锐刺耳,但却稠密得很，压在最底处，像合唱中的哼鸣。他们走下台阶，走过台阶前的空地，走进一条窄街。沿了窄街走一段，就到了河沿。这是比较宽阔的一段水道，对岸，未散尽的雾气中，立了两座塔吊，在缓缓地运动。走过沿河的竹器木器市场，离开老街，往新街去了。

他们这一家人，今天要分手了。爸爸妈妈往绍兴去搭乘下午的火车，之前呢，要将秧宝宝送上回华舍的中巴。现在，还有些时间，他们还能再聚一会儿。街边的摊子一个一个摆出来了，凉棚撑起来，服装挑得高高的，喇叭放大了声音。眼看着，一条新街被两边的服装摊位挤成小巷，头顶上是万国旗样的衣裙。人多起来了，拉到客人的三轮车在人中间穿过去。爸爸到出租影碟的小店还了碟片。秧宝宝又嗅到空气中的肉馒头气味了：酵粉的酸，面的香，肉的鲜肥油腻。但这一回唤起的，不是别的，而是一个人，黄久香。她在哪里呢？

他们因没有什么目标，又有那么多的时间，就胡乱逛着。可是手里拿着行李，磕磕碰碰的。人呢，越来越多。就想找个地方安顿下来，坐着。妈妈忽又后悔不该这样早离开酒店，十二点之前总归是算一天的钱。可当时并不那样想，只想早走早好，所以一头扎了出来。爸爸建议，再到某个酒店的大堂里去坐，妈妈不同意，说进去指不定要花什么钱，这三天的花销已经很骇人了。爸爸并不坚持，其实也是没心情。那么，就找家饭店进去坐坐，吃顿早午饭，时间又不对，大多饭店都没开张。三人在人群里挤着，不知不觉走到一条长廊底下，临了一条人工挖出的水道。秧宝宝认出来了，那回，就是在这里消磨的时候，看见了载着黄久香的三轮车。

只两个月时间,这木廊已经旧了许多,廊下的河,又脏了不少,堆积着各色垃圾。河边的垂柳,似也老了,变得枯和黄,而且枝条稀疏。廊下坐着的人似乎还是两个月前的人,只是更疲惫。有人脱了鞋,盘膝坐在美人靠椅子上,目光不定地扫来扫去。有人则吃着干粮,一口一口吞咽着,吃完之后继续坐着。亦有人带着包裹,脸上蒙着油汗,夜里大约就是睡这里的,醒来后还没选定方向。有个穿蓝布衫、扎白毛巾的北方女人,很端庄地坐着,双手搁在膝上,像是等人来领,人却总也不来。她就这么一直坐着,一点不急躁。这里聚集的多是些前不着村后不着店的人,秧宝宝一家,暂且也成了中间的一员。

## 33

秧宝宝仅仅离开华舍三天,又有一些新的事情发生了。楼上的东北人走了,搬进来的新房客是一家三口。那女的挺着个大肚子,看来又要进人口了。孕妇和小孩进了门就再没有出来,男的则上上下下,进进出出,却不同人多言语。看那男人小个子、凹眼窝、厚嘴唇,像南边地方的人。夜里,从阳台的门窗传出大人小孩的说话声,不知是哪一地的方言,一句听不懂。还有时,夫妇俩你一句我一句地唱歌,曲调亦是陌生的,歌词一句不懂。又一次,夜深人静,夫妇突然吵起架来,情绪激烈紧张,每一句都是高声喊出,照理是听得十分清楚,可依然不懂。就有人传说是日本人,或者韩国人,如今韩国人到内地做生意的不是很多?

在秧宝宝离开的三天里,闪闪的画廊也有些小变化。壁上的画少了几幅,不是卖出去,而是送出去了。节日里,李老师和顾老师的老同事老朋友来拜访,自然要参观画廊。亮亮从绍兴带来些老师同学玩,也要参观画廊。都是带了大包小包的礼物上门,而且四乡八里老远地来,看他们蛮喜欢的,闪闪又是个豪爽的人,就送了几幅。画廊里倒也添了东西,什么东西呢?陆国恬的时髦衣服,过了时,或者不喜欢了的,都拿到店里来卖,反正营业执照上,经营范围里有"服装"两个字。那衣服不难看,可毕竟显得杂了。灯箱运转正常,只是天黑之后,这一大片空阔的暗地里,小小的灯箱兀自转着,反显得落寞得很。

相对前些时候的热闹红火,这会儿是冷清了。秧宝宝再回到华舍,情绪不免有些受影响,变得低沉了。外表看起来,她倒是安稳许多,放学就回家,吃过晚饭,早早上床睡了。蒋芽儿找她玩,她也懒懒的,宁愿一个人坐着。蒋芽儿呢,就陪着。要说,蒋芽儿真是个忠臣!无论何种情形,她都不弃不离。连闪闪都受了感动,当了秧宝宝说:紫鹃是个丫头,林黛玉还叫她一声"好妹妹"。意即,秧宝宝对蒋芽儿也不要忒怠慢了。秧宝宝自然装听不见,其实,她内心里并不像表现出来的那么傲慢。有蒋芽儿在身边,她还是感激的,只是不想说话。每天下午,放学后,又做完作业,两人就坐在阳台上看街景。看对面蒋芽儿家的店门敞着,进去些许阳光,忽有一人从光里走过,是蒋芽儿的爸爸。越过楼顶,可看见院里毛竹棚的一角。再远些,是小块的田,稻子已经割了,留下整齐的稻茬。隐约可听见鸭鸣。将眼光收回来,收到楼底下,闪闪店前的灯箱,兀自立着,顶上落了一片树叶子。偶尔地,闪闪出来,倚着门张望一下。看不见她的脸,但她的身影,有一点惆怅的样子。然后,又进去了。

这季节,这天气,阳光和风都是和煦的。谁家玻璃窗摇动了,反射出明亮的光线。然后,窗里传出一句歌声,流行曲,清清楚楚的一句汉语歌词。两个小孩相对一怔,就笑了:谁说楼上新房客是日本人,韩国人,明明是中国人嘛!她们想想,又一次笑了。以往的那些活泼快乐的日子,又回到眼前。蒋芽儿前后摇着身子,凳子咯吱咯吱叫着,她问秧宝宝:还记得吗?上回骂我们的那个鸭棚里的女人,她家棚里的下蛋鸭毒死一大群呢,哭得要死!秧宝宝不说话,她又自顾自往下说:小小影楼里的婚纱,叫老鼠啃了一个洞一个洞,妹囡却说,是镂空花,好笑不好笑?她再接着告诉秧宝宝:以后你要注意,陆国慎进门,是左脚先进,还是右脚先进;左脚先进,生儿子,右脚先进,生囡。秧宝宝回过头,没头没脑地说了一句:我爸爸要转我去绍兴读书呢!蒋芽儿立刻回了一句:我爸爸要办我到日本去读书!蛮好。秧宝宝说了一句,转回头去。两人复又不说话,坐着。

太阳光漫到远处去了,把极远处的河倒映明了,极细的一条亮水,两头延得很长。对面蒋芽儿家的店门口,走出蒋芽儿的妈,一个身子细伶仃的女人。脑后低低地垂了个髻,穿一件红色的羊毛衫,醒目得很,很不像个生过孩子的女人。她怕光似的,手在额下遮个凉棚,左右望着。秧宝宝想对蒋芽儿说:你妈妈在看什么?一侧脸,见蒋芽儿双臂撑在凳面,肩头耸得高高的,头却低到膝盖上,十分气馁的样子,不由低头去看她的脸。蒋芽儿抬起了脸,眼睛里含了一包泪,说:可是,我一点不想去,我哪里也不想去!她抽噎起来,泪水涌满了眼眶。秧宝宝不由也抽噎了一下,她要强地扭过头,眼前的景色已经模糊了。蒋芽儿抽噎了一阵,渐渐平静下来,说道:我哪里也不去。这时,她看见了妈妈,正在对面向她招手,要她回去。她跳下凳子,忽然抱了一下秧宝宝的脖颈,说:你也不要去!松开手,沿了阳台跑过去,穿过客堂,下楼。不一会儿,她那难看的鸡胸的小身子从楼底下出现了,迈着两条细瘦的腿,像个笨拙又机敏的螳螂,跑过街面,到了她家店门口,跟妈妈进去了。

在这段日子里,还发生了一件事情。由于是间杂在这样多的事端里面,它的重要性,不由就被抹杀了,显得不那么震动。那就是,公公死了。

是节后第一天上学,张柔桑传给她一张字条。在她们目前的关系下,用传字条来传达意思是比较恰当的。过去的事情都已经过去,没有什么需要生气的了,但是,往昔的日子还是留下了一些记忆,心情复杂,见面不如不见面。这很像是一对散伙的情人,虽然无怨无艾,但却不堪面对。就这样,张柔桑写了一张字条,折成小方块,请一名女生交给秧宝宝。这名女生是在近日里方才与张柔桑好上的,比张柔桑矮半头,戴一副眼镜,已经开始自学英语,亦有着某一方面的才能。张柔桑选的朋友,必定不是等闲之辈。这也是她对秧宝宝失望的地方,夏静颖怎么能和蒋芽儿这样一个平庸的人结伴呢?张柔桑的新朋友将纸条交到秧宝宝手里,很负责地看她把纸条打开,才去向张柔桑交差。字条里写的就是公公的死讯。

公公也没什么病,就是老死的。大约有一周时间,躺在床上,不吃不喝。头两天,村里人并没觉察,第三天发觉了,没见公公出去吃茶,秧宝宝家老屋的门从早到晚关着,就过去喊门。一想到公公是个聋人,未必喊得应,干脆翻墙进去几个人,问是不是要拉他看病?公公摇摇手,不肯动。人们就从家中送来粥、菜、面条、开水。过一天来看,没动丝毫,原样放着。换上新的,下一日还是不动。就大声问公公,要不要写信叫儿子回家。这一回,公公点头了,还指指床头一个人造革黑包,意思地址和邮费都在里面。于是,人们拉开黑包,找出三个儿子的三个信封,照信封上的地址分别发出三封信。第一天没人来。第二天没人来。第三天晚上,躺了一周的公公坐起来,吃了一个馒头,喝了一听饮料,然后大声唱起来。沈溇的人们都去听了。公公坐在席上——九月的天,公公还没换席,公公坐在席上,虽然瘦成皮包骨,脸色却很好,眼睛亮亮的。他先是唱戏,唱了几段古戏。老人还知道他是在唱《唐僧出世》《二堂放子》《金山战鼓》,年轻人就听不懂了,但也觉得有板有眼。唱了大约一个时辰,公公又改唱歌,老歌夹着新歌,最近的一首歌是《社员都是向阳花》,至少是四十岁朝上的人才听得出来。扳指头算算,从这首歌以后,公公的耳朵就走下坡路了。歌中,自然有那首《曹阿狗》。这支民谣无腔无调,最适合聋人公公唱了,念板似的,一句不拉。唱歌又唱了大约一个时辰,人们就劝道:唱到这时,公公也累了,躺倒睡觉吧!公公便躺倒睡觉了。第二天早上,去看公公的人发现公公已经过去了。摸摸身上,还热着,刚刚过去。正要喊人,门外走进公公第一个儿子,住绍兴的。然后,杭州、上海,第二、第三个儿子也相继到了。人们都说公公福气很好,前脚走,后脚,儿子就来送殡了。

不过,公公最终还是没住进他的阴穴。人一走,乡里殡葬改革办公室的人就到了。公公的三个儿子全是受新派教育,思想开通得很,无须多说,略看看日子,拣个说得过的时辰,将公公殓在棺材里,送到柯桥火葬场一并烧了,骨灰装了个盒子。毛豆地里的几块青石板拔了,水泥穴撬起来,扔在路边。由老大带着骨灰盒,三人一起走了。公公出殡这日,有两桩奇事。一是管墅的钮木匠,不晓得听到什么风声,或者是碰巧,竟来了。跟在棺材后头,到了火葬场,然后再从柯桥搭船回家。第二桩是关于公公养的鸡,这一日竟跑得一只不剩。谁也没看见它们,不晓得去了什么地方。

秧宝宝将纸条看过,立即撕了。现在,公公没有了,老屋她也不想回了。没有人气顶着,老屋不晓得要荒成什么样子。她将撕碎的纸条扔进垃圾箱,与蒋芽儿勾着脖子走了。

蒋芽儿家新近从街上拾了几只小野猫,在放木材的棚子里,圈了一个猫圈,养猫了。猫都是蒋芽儿妈妈拾的,因是一起吃素念佛的人说,猫是性灵之物,不准是哪一位先人投的胎呢!所以要养生积往生德。拾来之后,蒋芽儿却喜欢得不得了,抢着要喂。她妈妈就放手不管了,只管念经超度。多年养病,蒋芽儿的妈妈已经不太会做活了。

虽然,客户们有反映,说蒋老板的料上有猫臊味,蒋老板却并不干涉他女人养猫。还是那句话,不信,也不得罪。再讲,做生意的人,多少是有些天命论的,因为世事太难料了,所以,什么也都是半信半疑。

蒋芽儿和秧宝宝急急地走过老街的街口,小小影楼的老板娘,妹囡,特地赶出来,为了和秧宝宝说上这么一句话:人家说,艺术画廊的生意好的咪,无须卖,都白送了!谁听不出话里的意思呢?两人共同回嘴道:不要管人家,管好自己的镂空裙子!不等妹囡再说话,两人加快脚步走了过去。一路来不及停留地来到新街头上,转一个弯,进了菜市场。绕过蔬菜摊、禽蛋摊,直到水产的一排盆前,一个摊一个摊挨过去。一人手里张一个塑料袋,觍着脸,问人家讨杀鱼杀出来的鱼肚肠,又不时地,眼明手快,从地上拾起一只蹦出盆的活虾。有一些摊主很大方,将鱼肚肠兜底送进她们的袋中,倘是没有,便诚恳地说:你看,没人叫我杀鱼,不是我不给你们。有一些就不那么好说话了,说自己家中也养猫,或者说有固定的人家向他订好了,过一会儿要来拿。果然,有人来了,塑料袋装走鱼肚肠,临走又递上烟。秧宝宝和蒋芽儿没有烟递,只凭一张嘴,甜得好像抹了蜜,好话说尽。也有的摊主见她们像乞儿一样可怜,赏给一条两条小白条子鱼。这就是宝货了,赶紧拾起来,另外装一个袋子,是给最小最弱的那只猫吃的。这样,终于,找好了猫食,两人再兴冲冲地上路,回家去。

回到蒋芽儿家中,先将收获来的鱼肚肠装在大盆里冲洗。其实,猫食是无须那样卫生的,但她们不管,什么都要做到家。洗好鱼肚肠,就在锅里煮,加进些米饭。整条的鱼虾呢? 另外煮。煮开后,晾着。猫们嗅见腥味已经不安了,在四周走动着。她们则开始替猫洗澡,用洗发的香波洗。开始,猫们都怕水,叫着,爪子挠着她们的手。现在,不了,一个个都很享受,半闭着眼睛,任凭她们揉搓。然后,湿淋淋地一个蹲一个板凳,微微打着寒战。一会儿就好了,太阳晒着,毛很快就蓬松柔顺,发着光亮。这时,猫食也晾得差不多了。她们将猫食舀在各个小盆里,实行分食制。

然后,她们才算歇下来,坐在小凳上,擦把汗,看猫们唑唑地吃食。她们并不说话,劳动和养育使她们心神安宁。

# 第 六 章

## 34

在度过一段高潮迭起的日子之后,生活又进入到日常的平衡节奏里去,感觉上时间是过得比较快了。不知不觉地天寒了。街边零落的几块地里,犁了稻茬,播了麦种。瓜棚豆架,也都摘净果实,黄了叶蔓。树叶,一批一批落着,露出疏阔的枝子,枝子上长了些节子,看上去有点苍劲的意思。映在清朗的天空上,则是一幅对比均衡的图案。这个黄浊颜色的小镇子,此时显露出它的另一面。这另一面,就是淡雅和明亮,是冷色调的,有些泛青。然而,在这样褪白的颜色中,那种水泥的质地粗疏的反光生硬的灰,也更凸显出来。它甚至侵蚀了四周的色泽,使这冷色调多少有些变质,变得苍白。但是,有一些细致的笔触还是带着它的清俊格调跳出来。比如,瓦楞的黑,木和砖的深褐与深灰,石头的青,树枝子的浅褐。这些中间色的密度都比较高,颜色就比较透,透到底。吃光,也吃到底,折射就很含蓄。由于气候干燥,它们又都浮着一层霜白,这层霜白很有效地将岁月造成的差别调匀了。并且,更重要的是,它使得这些经年累月的老色泽变得轻盈了,有一种绢似的薄和柔。绝不是飘逸,而是沉着。

小镇子里的那些水呢？浑还是浑，却也寒素了些。因为空气中的湿度不那么大，流通的速度快一些，那些生活垃圾，菜叶子啊，鱼肠子啊，猪下水啊，不像夏季的腐烂程度那么高，腥味淡了许多。小镇子里壅塞的那股子湿漉漉的汗气，消散殆尽，这也是空气流通的一个原因。也因此，那股子工业的硫磺味、酸碱味，却变得尖锐。它们穿透了动植物的有机的腐味，浮在小镇子空气的上端，人在底下走来走去。桥洞里的苔藓也蒙了白霜，衬着石头的青，成了水墨画里的有对比的白和黑。这样，小镇子自早到晚，都有了一种晨意，寒凛凛的，但很清新。人脸亦都白净了些，轮廓线条也细致了。换了装束，不像夏季那么随便和邋遢，光膀，赤足，挥汗如雨。穿戴得整齐，人就变得规矩有礼，说话斯文。所以，这小镇子的声气也变了，变得不那么闹。总之，气定神闲。小舢板子不急不缓地穿过桥洞，水咂咂地洗着船帮子。老房子里的炊烟咕嘟嘟出了砖砌烟囱，徐徐飘摇着。麻雀子呢，从容地一飞一停，觅过冬的口粮。有时，高远的天上，行过一个雁阵，或一字，或人字，向南过去。低头一看，燕子已经空窝了。所以，闲定之中，又有着惘然。这小镇子，其实是善感的，并不像它表面上那样务实。

外乡人的聚集，渐渐由室外移向室内，老街后巷里那一排录像室，大多在外间摆了牌桌，菜市场后头柳树底下的台球桌，如今围起了芦席棚，挡风。再有，电影院也重新开张了，不过不是放电影，是出租给人经营电子游戏机。门前走过，朝里望望，门里黑洞洞的，只听见一片咔嚓嚓轰隆隆的厮杀搏斗声。还有，华舍大酒店的门厅里，也是外乡打工仔的去处。并不买票进去，只拥在门口，听里面传出的音乐。表面上，小镇子是少了些人，清静了些,其实呢?全挤在芯子里。好像走到哪里,一推门,都是人,外乡人。李老师家楼上那一户外来的,没听见任何动静,就添了人口,忽然一日,响起婴儿的啼哭声。人们也已经打听到了,这户人家是哪里人。你知道是哪里?贵州苗族人。怪不得是那样的口音,那样的长相,又过着那样的生活,只闻其声不见其人。这小镇子不晓得什么地方,就嵌着遥远地方的一些人,带着陌生的神情,警觉地看着四周。

就这么着,天短了许多。早上,天灰蒙蒙的,华舍就动起来了。拖拉机轰隆隆地开过来,车斗里的青石料还蒙着一层霜色。中巴也开出了,一路吆着上客。店铺哗啷啷地吊起卷帘门,自行车丁零零地响。镇子的上方,还压着一片晨雾,刚刚显出大致的轮廓。只是那么私家的华屋,五层或者六层的琉璃瓦顶,有了较为鲜明的颜色。对了,还没说那些马赛克墙面,琉璃瓦中国式的翘檐顶的楼房呢!那是华舍镇的制高点,万物之领。那金灿灿的一个点,一个点,分布在小镇子雾蒙蒙的上方,像从天而降的金箔。任何方向的光,只要一接触到那锐利的几个角,立刻,迸射出光芒。它们要是金箔,底下的马赛克就是玉砖了,那可就是琼楼玉宇。现在,这时候,人家还灰着呢,它已经亮出来了,每一个顶上都接了那么一束光。在那灰里透着白,略有些细水珠子,虽然寒凛凛,但却是晶莹莹的。晨曦里边,差不多是同一时间,从各家门里走出了上学的小孩子。本是散着的,越走越聚到了一起,分几个方向,几条路,汇成几条人流。男生和女生们,分着派别,或单个,或三个两个,在大人们的腿脚和自行车轮子间,走着路。全都穿上秋衣了,很厚实的。书包双肩背地驮在背上,手里还丁零当啷地提着饭盒、水瓶子。要好的呢,就搂头抱颈,窃窃私语；不要好的，就互相递白眼。走着走着，忽然间就有两个人前后追逐起来，总归是那男生手脚闲不住，惹了人家淑女。淑女们哪一个是好惹的？腿脚也飞快，不出五十米就被逮住。逮住，只是照原样还了一记，平了。可到底没面子，只能讪讪地笑，一个人孤零零地再往前去。

其中，目不斜视地走着秧宝宝和蒋芽儿。前一个穿一件带帽夹风衣，黄红格子，是她妈妈穿下来给她的，所以，有点大，袖口挽起了，空落落地罩在厚毛线衣外面。后一个也学她样，穿了她妈妈的衣服。这一个妈妈身量比较小，衣服都还称身，只是这一件是西装，翠绿的女衣呢，两颗扣，收腰，大垫肩，就把人又衬小了。总之，两人都有些苍蝇套豆壳似的。但自觉是长大成人了，便神情庄重，不与身前身后的小孩子一般眼界。倘有人斗胆撩她们，单是眼神就能将人逼倒。走到校门口不远，就可看见从对面方向来的张柔桑和她新结交的女伴儿。张柔桑穿的是毛线外套，间色的，又掺了几股金银丝，看上去就很华丽。但张柔桑是文静温柔的，所以，这华丽便被压下去一些声色，不那么炫目。领子是翻领，荷叶般地托着她白皙的脸庞。像张柔桑这样的贤淑的女孩，总是比较早地长成少女，有了少女的风韵。倘是秧宝宝继续和她做朋友，也可受些感染，早一点成熟，因她也是有一些温存的潜质的。而和蒋芽儿朝夕相处，她身上的另一种潜质，就是动物性的活力和生气，却被激发了。她变成另一类小孩子。表面看有一些乖戾，是因为有着一股子力量在往外拱，打破了协调，渐渐地，却形成某一种嬗变。到某一个时期，她会超越张柔桑成熟起来。现在，伴在张柔桑身边的新朋友，正有意无意地接受着张柔桑的女性气质影响。可是，她是那种人们称作"书蠹"

的小孩子,在某一方面发展得特别快,其他方面几乎是发育滞后。你看她,东施效颦地也穿一件毛线外套。小女伴们都喜欢穿一样的衣服,以示友情。可她的毛线外套颜色不对,是花哨的老太太穿的那种暗红,间着喧闹的杂色图案。她那张叫近视眼镜遮去一半的小脸,埋在混浊的花色里,几乎看不见了。好在,她脸上有一种天才一样的表情,木讷,迟钝,但绝不是愚蠢,而是一种称得上睿智的聪明。所以,她虽然滑稽,可是超凡脱俗。就是这股子超凡脱俗,使她与张柔桑,这两个天差地别的人联系了起来,配成一幅别样的图画。

这两对人,为避免照面说话,一对人加快脚步,另一对放慢了。正好前后错过去,相继进了校门,穿过操场,上楼梯,经过几个二、三年级的教室。那里边就像鸭棚,吵翻了天。她们四年级的教室,吵得略好些。一些晚熟的同学,尤其是男生,还在吵。女生们,大多已不屑于和他们说话,矜持地在各自的座位落了座,等待第二遍铃响。此时,太阳升起来了,朝南的教室里斜进一片金光,小孩子身上都染了颜色,明晃晃的。课本、作业本、铅笔盒,噼噼啪啪,带着怨气似的,往桌上掼。桌椅腿磕碰着,第二遍铃就响了,一天的课程开始。

这时的操场,简直就是金沙海了,朝阳匀匀整整地布在上面,每一颗小沙粒都投下极小的一滴影,沙面就起着绒头,看上去绵绵的。但只一瞬间,那层金光就揭起了,沙面重又白下去,绒头也没了,却很明亮。赖腔赖调,而又是琅琅的读书声,从各个窗口传出,此起彼伏。你要问他们读的什么,十之八九是朝你翻白眼,一个字回答不出的。但很神妙的,日复一日,他们就学会了读、写、计算,各式各样的本领,长大后不晓得要成什么精呢!

此时的镇子呢,也略静下些了。小孩子都拢到课堂里去了,外乡人一半在车间做工,一半刚下夜班,在宿舍里补觉。菜市场里一半摊位收了,还有一半,生意也零落不少。老茶客们,都钻在黑洞样的茶馆里喝茶吃馒头。也还有些闲人,也闹不起来,至多隔了河喊几声闲话。清风朗日之下,话音散得很开。鹅啊,鸡啊,猫和狗,倒成了半个主人,慢慢地踱步,找食,左顾右盼地看风景。谁家的门槛上立一会儿,听里头的私房话。谁家起炊了,米饭香和草木灰香弥漫开来。好像时间倒流回去,回到古时。镇子里露出一点古意,亦只是一现,又掩过去了,再是一现,再掩过去。

秧宝宝走在路上,有时抬头一望,会觉着是头次看这镇子。树叶子凋零,这镇子全显出来了,多少变得空阔了一些。无遮无掩的,几条高压线淡淡划过去,在白色的山墙上留下几道影,有一种肃穆的气氛浮现出来。要是在老街的外缘,新街上,则有几分荒凉了。水泥路面,惨白着。临时搭建的水泥房屋,缩在两边路沿上。树,这一个夏天虽然长大不少,可树荫也远不够遮挡路面。现在呢,又落了叶,更显不出了。那些小吃摊子,下午四五时,依然生火开油锅。天很快黑了,暗中,那摇曳的炉火,油锅的爆炒声,反而显得更寥落。这个镇子,在这个季节,变得阔大一些,不那么壅塞,前后左右推挤着,故而也变得敞露了一些。许多曲折逼仄的角落,如今一下子豁朗开来。她们曾经七绕八拐、穿街走巷的秘密去处,这会儿不知怎么,三两步就走到了。比如那教堂,不就在丁字巷尽头一拐的地方静静地矗立着?四周都是居家的自建的小院子,厕所,垃圾堆,和几架藤蔓作物。教堂其实也不是那么高耸森严,不就是个水泥预制件搭成的建筑?只不过,窗是圆拱形,凹进去,窗廊比较深和宽。再不过,顶是尖的,立着一个十字架。还不过,有几步台阶,坐地高几步。再比如,那小埠头边上的木廊桥,站在李老师家阳台上,都几乎望得见那位置,也是静静的。木廊顶上的草落了大半,可看见天了。那埠头就像废了,底下的不是水,而是浆。可有时候,你就看见有一部小划子,停在那里。又比如,倒闭织绸厂前的水泥桥,桥上的老公公,竟看见他在菜市场买菜。特别爱与人搭话,勿管认不认识,照样拦住,指了人家篮里的鱼说:这样小的鱼,无须油,无须酱,甩两个蛋,打散,浇在鱼上,一蒸,就好。或者:这样的菜,老叶留下来,切切,腌腌,加进毛豆,一炒,就好。

原来,什么都是相互挨着,不出百十米的距离。可以说,尽收眼底。就因为这个吧,反而,觉着不认识了。这是个神奇的镇子,简直有些鬼魅气了,一会儿藏,一会儿露,一会儿放大,一会儿缩小,一会儿是这一面,一会儿是那一面。现在,秧宝宝无须各处搜寻,她无论在哪儿,都看得到这镇子的全貌。它的角角落落,全在秧宝宝的视野里。她走到哪里,这小镇子都跟在她的身后,一回身,却看不见了。再背过身,再又悄悄地跟上来了。

## 35

陆国慎临近她的预产期了,因为是有一定危险的产妇,于是,又一次住进医院,等待生产。这一回,进去一个人,出来就是两个人了。

这个小孩子还没出世,他的东西已经一天一地了。各种奶瓶、小碗、小勺,排在桌上。尿布,不晓得撕了多少旧床单、旧被里,花花绿绿的几大摞,堆在柜子上。最多的是衣服,绒布的内衣内裤、毛线织的厚薄衣裤、棉的、单的、带帽的大氅、带拉链的小被窝、鞋、袜、帽,还不包括陆国慎娘准备的那些,橱里都放不下,放到了床上。晚上,回家等候陆国慎生产的亮亮,就睡在这一堆婴儿衣物的旁边。这些东西,一半是陆国慎自己准备的,一半是闪闪、李老师、陆国恬准备的。本来各自收着,这时候就纷纷亮宝样地亮出来,送到陆国慎房间来了。好事的邻居们,都跑来参观。蒋芽儿很多嘴地说:夏静颖,你给小孩子钩的帽子呢?秧宝宝脸一红,没搭话。大家正在热烈地讨论着一次性纸尿布好不好,没有听见蒋芽儿的话,也没有注意秧宝宝的表情。倘是陆国慎在场,就不会错过了。这就是陆国慎和其他人不同的地方。可是,陆国慎不在,在医院里。

一次性纸尿布是陆国恬送来的,说一张尿布可管六个小时。人们便怀疑地说:六个小时,那将有多少尿?起码要有两斤吧,绑在身上,不要说是刚出生的婴儿,换一个大人试试!所以,万万使不得的。可是,陆国恬说,现在她的同学生下孩子,都用这样的一次性尿布。人们就说:那是大人懒,要是大人勤,谁舍得将尿布一捂六个小时?闪闪正好上来拿东西,听见这话,笑道:好像人家都在虐待婴儿呢!说罢,又下去了。李老师则出来斡旋:备是要备一包的,要是出门做嬉客,就不用带尿布了。关于尿布的问题结束了。接下来看的是一个吸奶器,也是陆国恬送的。陆国恬可真是个新派人,送的东西都带有革命性。据称,这个吸奶器是套在母亲的奶头上,通过吸奶器的奶嘴送进婴儿嘴里,为的是防止奶头被婴儿叼破。众人又哗然:还有不叫小孩叼奶头的吗？不叼奶头，能认亲娘？这都是没做过父母的人想出来的名堂。从前华舍镇，有个女人，生下儿子，一叼她奶头，就甩开，一叼就甩，原来她的奶是苦的，这女人的命苦不苦？这一回，李老师也想不出什么话来辩解了，站在一旁抱歉地笑着。

秧宝宝悄悄地走了出来，蒋芽儿跟在后面。没有陆国慎，事情总是不一样。尽管，尽管秧宝宝还是不和陆国慎说话，可有陆国慎和没有陆国慎就是不一样。两人一前一后走过阳台，穿出客堂，下了楼，被画廊里面的闪闪叫住，让她们进去帮忙。帮什么忙呢？搬东西。凡是花，月季，凤仙，栀子花，海棠花，如今都凋敝得很，就通通搬上楼，放回阳台，只留下长青的、观叶的植物。于是，这两个小工，端着花盆，一趟趟上下来回跑，不一会儿便气喘流汗，腰也佝偻了。闪闪就说：还没到冬至祭祖，怎么就磕头了？秧宝宝直起身，斜过去一眼，说：你自己怎么不搬？闪闪看她一眼，将一个条案横在肩头，然后，一手提起一个花盆，腰不弯气不喘地上了楼。这就是闪闪敢说话的原因，她能干。秧宝宝憋足气，也像闪闪那样，一手拿一个花盆，手拿不住，就屈下身子抱起来，登上楼去，再屈下身子放地上。李老师看见了就说：当心别了腰！闪闪说：她有什么腰？三寸丁长的人。秧宝宝又能说什么呢？什么也无须说，闪闪又不是陆国慎。

花盆搬走了，只剩下两棵龟背竹、一盆万年青，还有一盆铁树，分置在四个角上。房间显得疏阔多了。上回，周家桥老友画的四幅荷叶，只剩三幅，其中一幅让顾老师送给另一位老友了。顾老师的《百子图》半卖半送地出手了，新一幅还未画出来。欧洲风景画，送是送得多了，卖只卖出一幅，就是抄书郎买走的。倒是闪闪做的风铃，最大的一串，叫人买走了。于是，房间上方，也空阔不少。当然,多出一架衣服,依墙立着。除了陆国恬,闪闪别的一些女同学,也拿来一些七成新的代销。闪闪干脆将自己不爱穿的时髦衣服也挂了出来。这些衣服,现在差不多是唱主角了。当然也是看的多,买的少,但到底使这店铺热闹了一些。蒋芽儿的妈妈送来几尊瓷观音销,造型均很呆板,工艺也粗糙,连嘴唇都点不准颜色,歪着,看上去就像有两张嘴。但这店铺是租人家的,又一点不讲究租金,就没法推辞了。迎门的地方,还放有一个洗脸盆,里面浮着陶土的小人儿,提起来,对准人,便撒出尿来。是一个同学从宜兴那边批来的,分给闪闪一点。

这会儿,闪闪收拾了一遍,小店略显出点新气象,又鼓起一些劲的样子。忙完,闪闪在书桌后边坐下,不再理睬她的小工们。自顾自从抽屉里拿出一面镜子,端详着。端详一会儿,再取出一套化妆盒,开始化妆。湿海绵细细擦净脸,从一个小瓶子里倒出一些透明液来轻轻敷上,手当风扇,扇了几下,让它晾干。薄而匀地搽上一层乳液,再晾一会儿,开始上粉,闪闪的脸渐渐变得很白,很细嫩,原先有的一些雀斑都隐去了。她每完成一道工序,就要左右侧着脸,从不同角度端详一遍。她很投入,完全把秧宝宝和蒋芽儿忘记了。但同时,她又好像走着神,在想其他什么心事。匀整了脸,她拿出一个镊子,凑近镜子,将几根凌乱的眉毛拔了去,开始描眉。她并没有照一般描眉那样,描成漆黑,而是用笔尖蘸了一种深灰带紫的眼影粉,一笔一笔扫上去。奇怪的是,眉毛并不显出灰紫,也是黑的,但不是那么对比强烈的黑,而是比较自然。这两个小孩子也入了神,挤在跟前,差不多要碰着闪闪手里的眉笔了。眼影粉是分两层,一层肉红,从眉毛底下开始,由浅渐深,在眼睑处,再加一色黑灰。描眼线是细工,闪闪抬眼看她们一下,她们不由共同朝后退了退。闪闪将眼线笔削尖,几乎是对准了眼眸,移过去,留下一条极细的墨线。这还不够,闪闪又拿出棉签,在细墨线上擦一道,将墨线擦得略有些糊。本来就够大的眼睛,忽然就陷入一圈黑晕之中,变得神秘,朦胧,幽深。这一回,闪闪端详得比较久了。她在镜子前停了一段时间,一动不动。两个小孩子,敛声屏气,等待着。良久,闪闪抬起手,用一柄较粗的笔,扫上腮红。以下的工作就比较快速:描唇线,点唇膏,最后再上一层定妆粉。

好了,一个美人在眼前了。那两个人睁大眼睛,发不出声来了。美人对着镜子,慢慢地眯起眼睛,停了一时,再慢慢睁开眼睛。然后,就不动了,神不知游走到什么地方去了。房间里很是静默,半天,听蒋芽儿喉咙口咕咚一下,发出一种惊叹的声音。这声音将美人唤醒了,她向两个孩子转过脸,一笑,这一笑竟有些瘆人。人,要美过头了,就多少有些恐怖。她笑着说:像不像妖精?两人不晓得如何回答好,停了会儿,迟疑地摇摇头。美人收起笑容,生气了。她抓起一个瓶子,愤然向手心里抠着,抠出一大团乳白色的膏液,一下子抹了满脸,美人一下子成了厉鬼。白色的乳液转眼间搅成了乌、青、红一片,一双奇大的眼睛就在后面闪光。厉鬼似乎有意地,将脸上乌七八糟的颜色调了很久,还不时咧一咧嘴。稀脏的颜色里就现出两行白牙。终于调够了,这唬人的把戏玩得有点乏味了。抽出两片纸,草草将脸抹一遍,厉鬼又变回闪闪。这一个闪闪,比先前的那个有了什么主意,神情不再是恍惚的。她伸手"啪"一声将镜子拍倒在桌面上,站起身来。

这天晚上,亮亮从柯桥医院探视回来,说预产期到了,但陆国慎却没什么动静。医生说不要紧,等两天看看。虽然有医生的话在,可终究是令人不安,大人孩子都有些沉闷。相继吃罢晚饭,闪闪将哥哥喊到她的房间里,还有小季,三个人商量什么事情去了。李老师在厨房洗碗。不用人吩咐,秧宝宝自己擦拭了桌子,扫了地,又将剩菜用网罩扣在桌面上,自己在一边做作业。小毛很乖地坐在沙发上看一本图画书。因李老师不让妨碍秧宝宝做作业,看过新闻联播后电视机就关了。客堂里很寂静,李老师从厨房出来,看两个孩子一点不叫大人操心的样子,到底因为有心事,顾不得表扬他们,也只是拾了一张报纸,在一边静静地看。

电灯很危险地闪了几闪,然后灭了。先是一片漆黑,人都在原处不敢动。略停一会儿,适应了眼前的黑,窗外透进的天光,依稀映照一点轮廓。那三个人从房间里摸出来,两个男的找出电筒,准备查看电表的保险丝。闪闪则说:慢!到阳台上一张望,见整幢楼房以及对面蒋芽儿家、路灯、华舍大酒店,全是暗的。说:不必查电表,是停电。大家便释然,从抽屉里取出蜡烛,分派给各人,点上。远远处的工厂,一下子也止了机器声,隔壁人家的说话声一下子到了耳边。过了一时,有一两家自备供电设施的,又陆续响了起来。房间里亮了几盏烛光,摇曳着,小毛不知不觉倒在李老师怀里睡着了。李老师抱起他,送往闪闪房间,嘴里喃喃了一句:早不停,晚不停,偏偏今天停电。要说,李老师的牢骚是没有道理的,为什么是"偏偏今天"?"今天"为何偏偏不能停电?当然,这是不言而喻的。一阵忧惧抓住了秧宝宝的心。她没有心思做功课了,呆呆地望着烛光。明天,明天,陆国慎会怎样呢？唉,陆国慎啊,满街满市的小孩子,偏偏陆国慎生一个,会遇到这么多危险。

烛光,本来小小的一点,渐渐大了,充满秧宝宝的眼睛,仿佛满眼都是烛光。可是,没提防地,烛光陡地又跳了回去,变成暗淡的一点。四周围的其他东西,却回到眼前。来电了,里外房间相继吹熄蜡烛,一股烛油味,热乎乎地弥漫在空气里面。秧宝宝欠起身,"呼"一下吹灭蜡烛,跑到阳台上,抬头一看,整幢房子,窗户都亮着。华舍大酒店的霓虹灯亮了,远处镇子里,荧荧地亮着,对面蒋芽儿家也亮了灯。那些远远近近的华屋豪宅,琉璃瓦下,也有了光。机器声一下子轰鸣起来。李老师在客堂说:秧宝,功课做完了吗？做完了就开电视。秧宝宝赶紧回屋答应做完了。电视机打开,房间里有了声音。这一个夜晚,活跃了起来。所有不好的兆头,全都烟消云散。

第二天,秧宝宝放学回来,先上楼一趟,没看见亮亮。又到闪闪的店里,也没有亮亮。陆国恬倒在,仰脸坐在闪闪跟前。闪闪在替她化妆,耳朵里塞了个耳塞子,连着电线,连到桌上一架小放音机上,旁边翻开一本英语四级教材。陆国恬脸上已上好粉底,正到描眉的工序,眼睛一眨不眨,说:秧宝,你走远点,不要碰着我。秧宝宝心里暗说:陆国慎躺在医院里,你们倒在这里扮妖精！转身出门,过到对面,帮蒋芽儿喂猫去了。

原先的小猫已长成大猫,肥壮得很。但又新添进一只小小猫,是自己跑来的。因天寒了,每日洗澡这一项免了,改成每礼拜洗一次。礼拜日的中午,在太阳底下进行。这时候,蒋芽儿正在奋力砸蟹脚。前一日家里吃了螃蟹,她将吃剩的蟹脚收集拢,砸碎了和鱼肚肠一并煮。猫们似乎晓得这是它们的大餐,很关心地围成一圈看。秧宝宝来到,就去搬来一块砧板,用一柄斧子,翻转了斧背,一起砸着。蟹壳四溅,飞到她们的脸上、身上、头发上,有人走过,只听咚咚的,以为蒋老板家在做木器活。将蟹脚砸得稀碎,和进鱼肚和剩饭,坐上锅,两人才有暇歇一歇,穿过店堂来到街面上站一站。镇碑处停下一辆中巴,下来一个人,是亮亮。秧宝宝来不及和蒋芽儿道再见,随着亮亮后边,跑回李老师家去。

亮亮今天带回的消息和昨天一样。陆国慎依然没有动静,医生还是那句话:不要紧,等两天再说。但是,今天晚上没有停电,电力很足。

## 36

这样的情形又继续保持了两天。第三天,亮亮回来,神色则有些紧张。医生说,胎音有点不正常,可能要动手术剖腹产。吃过晚饭,李老师从橱柜里翻出几盒保健营养品,又让闪闪去店里摘一幅荷叶画,便要出门。李老师要去找她一个老同事,老同事的儿子在柯桥卫生局工作,请他到人民医院关照一下。倘真要动手术,主刀医生、麻醉师,都要打招呼的。临出门,李老师又盼咐一声,让闪闪洗碗。等闪闪回到饭桌边,见桌上碗盏已收拾了。再进去厨房一看,碗盏都堆在水斗里,秧宝宝正往里挤洗涤液,满厨房飞扬着肥皂泡。闪闪满意地说:很好。退出去读英语了。顾老师进厨房拿畚箕撮垃圾,看是秧宝宝在洗碗,摇头道:真是大懒使小懒!秧宝宝闷头说:我自己要洗的。盘碗在泡沫里洗去油腻,再放自来水,洗去洗涤液。然后,放进盆里,舀一瓢积下的雨水,冲一遍。最后,就用一块干抹布,一只一只擦干。秧宝宝将擦干的碗放在一边,一双小手却捧起走了,低头一看,是小毛。很危险地捧了一只碗,送进碗橱。秧宝宝没有喝他,这时候,她和小毛,似乎有些知己的意思。这么多人里面,只有她和小毛,共同地感到忧惧。而他们又都人小力薄,无甚可做,只有乖,乖,乖!其实大人们并不像他们以为的那样漠然,是因为经的事情多,就比较冷静。

洗过碗,放好,两人就来到客堂,并排坐在沙发上,看电视。闪闪出来拿东西,很奇怪地看看他们,然后进去对小季说:这两人就像一对呆头鹅。看了一会儿,秧宝宝起身关了电视,回自己房间,小毛也爬下沙发,回房间去了。这天九点多时,李老师方才回来,神情很愉快。老同事的儿子正好在家,当场记下陆国慎的名字和床号,答应明天一上班,首先去人民医院妇产科弯一趟。余下的时间,就是李老师和老同事叙旧。至于带去的东西,营养品,老同事无论如何不肯收。说你媳妇开刀,正好要吃,赶紧带回去,到时候送红蛋来吃吧!至于那幅荷叶画,老同事则说她实在喜欢,就留下来了。最后,她们讲好以后要多多碰头的约定,依依不舍地分了手。

第二天早上,亮亮就去医院了。闪闪也跟他一起去,小店开张后头一次白天关门。秧宝宝脚跟脚下楼出门,到对过邀了蒋芽儿一同去学校。走到半道,忽然想起,昨天的作业没写,一下子,魂都惊飞了。秧宝宝撒腿奔跑起来,蒋芽儿在后头紧追不舍。路上,一个男生很有心机地远远站着,伸出一条腿等着绊秧宝宝,叫蒋芽儿抢过去,扑了一个趔趄。两人再继续跑,跑进校门,斜穿过操场,操场上的麻雀呼啦一声飞起来。上了楼,一头扎进教室,气没喘匀,就从书包里拔出作业本,摊开,飞快地写起来。蒋芽儿在一边,伴读丫头一般,扶着书页,眼睛紧跟着秧宝宝手中的铅笔,一行一行下来。恨不能加进一只手,帮她一同写。写完生字,做算题的时候,值日的同学来收作业了,独缺秧宝宝一本,不能交给老师,一劲儿地催,催得秧宝宝更是心焦万分。一些显而易见的题目,就是蒙住了,做不出来。蒋芽儿忍不住大声提示,边上那值日生便喝:不可作弊!威胁要告诉老师。蒋芽儿只得低了声音,凑在秧宝宝耳边说。秧宝宝本来就烦躁,耳朵又让她弄痒,就让她走开点。隔了两排座位,张柔桑和她的新女友冷眼看着这一幕,嘴角带着些讥诮的微笑。今天,新女友梳了一个和张柔桑同样的发型。头发散开,侧旁挑头路,挑一圈,到另一边,合着一股彩色头绳,编一条细辫子。这样别致妩媚的发型,哪是她这样的怪人可以梳的!散发丛中一副偌大的眼镜,又看不见脸了。当蒋芽儿不会笑?

好了,不管对错,秧宝宝已经写到最末三道题了。第一遍铃已响了,值日生用手扯住作业本的一角,说无论做完做不完,都要收走。蒋芽儿则全力按住作业本,不让抽走。在两只手的争夺中,秧宝宝匆匆写下最末一道题的算式。终于,第二遍铃响起,老师进来,蒋芽儿魂飞魄散地惊叫一声,松了手,那同学唰地收了去。在这千钧一发之际,秧宝宝写下最后一个答数。最后一笔,长长地划过整张页面,差点儿拉破纸张。

一整天,秧宝宝都是心神不定,盼着下课回家。可今天就是事多,一节课,一节课地挨,好容易挨过去,老师又留下作业有错的同学纠正错误,其中就有秧宝宝。纠正了所有错误,又额外多做了几道题,才出得教室。不想,张柔桑与新女友却等在楼下,那新女友送来一张字条,让秧宝宝看。上面写着:昨天,沈溇捉了一个翻墙头的贼,当场把赃物搜出来,现都在村长家,让各家去认。今天秧宝宝哪里有回沈溇的心情,可那女友立在跟前就是不走,要等回应。只得从书包里翻出纸笔,让蒋芽儿托着书包当桌面,回复了一张字条:今天有事,不去沈溇。交给那女友,张柔桑看了字条,与女友一起走了,她俩才得继续走自己的路。走到菜市场口上,本来要进去捡鱼肚肠的,因秧宝宝没心情,蒋芽儿也不便勉强,随秧宝宝走到楼底,自己再一个人返回菜场去。

秧宝宝上楼,拿钥匙开了门,客堂里没有人。小毛在幼儿园还没领回来,李老师顾老师大约在那头自己房里。秧宝宝看看四周,房间很整洁,玻璃窗亮亮的,桌面擦拭得发光,纱罩扣了两碗菜。楼后面的中学,喇叭里在说着什么,然后又播放起音乐。是一个宁静的下午。一天里,直到此时,她的心才稍稍安定下来。李老师过来烧晚饭时,秧宝宝已经做好作业,拿了本语文书看课文。李老师有些诧异地看她一眼,心想,小孩子说懂事竟就一下子懂事了。李老师在厨房里淘米,洗菜,锅碗磕碰着。自来水一会儿开,一会儿关,一会儿,油锅又爆了,油烟气窜了满屋。这些动静令人心安,叫人觉着,一切都很正常,没什么两样。

傍晚,闪闪带了小毛回来了,说陆国慎已经进了手术室,昨晚托的老同事的儿子也到了,陪着亮亮。因她要接小毛,便回来了。又说医生同亮亮一席话,谈得他脸煞白。医生说不做手术,小孩子就难保住,大人也有危险。做手术呢?也存在着一定危险。因为任何手术都会有危险:麻醉隐性过敏,血压陡然高或者低,心律异常,肾功能衰竭……倘要是有意外,保大人还是保孩子?说罢就要亮亮签字,亮亮签不下去,那么,小孩大人就都难说了!听起来,左也不好,右也不好,不知如何才可保命。李老师说:凡手术,医生对家属都是这一套,阿宝背书似的,那一年,你们还小,我在医院开畸胎瘤,要你们爸爸签字,也是差不多同样的一番话,也是吓得你们爸爸浑身上下筛糠。

此时,秧宝宝的脸已经煞白了。她勉强扒了几口饭,就推开饭碗,离开桌子。等这边都吃完,李老师收拾碗筷,让闪闪到那边储藏间里拿桂圆、红枣,给陆国慎炖汤。这些都是早备下的,就等这一日用。闪闪走过去,看见秧宝宝已经上床,脸朝里睡着。拿好东西走出来,已经出了门,想想不放心,又回过去,摸摸秧宝宝的额头,看是不是发烧不舒服,却摸到一手眼泪。闪闪睁大眼睛,慢慢直起身,"咦呀"一声。秧宝宝的头直往枕头底下钻,在心里嚷:笑好了,笑好了,当我怕你!出乎意料,闪闪一句话没有说,在床跟前站了一会儿,然后,推门出去了。

这天夜里,也不知是什么时候,有人将秧宝宝推醒,在她耳边说了句:陆国慎生了个妹妹!秧宝宝努力睁开眼睛,睁了几下没睁开,只觉得房间里都开了灯,将阳台照得亮晃晃的,人在阳台上走来走去。纷沓的脚步声中,秧宝宝又睡熟了。

早上起来,客堂里满是红枣炖鸡的香味,桌上放了一淘箩洗过的鸡蛋。李老师正在一个大碗里调颜料,一边和闪闪说话:要早早将红蛋发出去,亲家母昨晚上就说,现世,生了个囡!这叫什么话?我说我们家就缺囡,是喜上加喜呢!闪闪说:陆国慎的娘也忒封建,没听亮亮说,人家都羡煞陆国慎,一晚上,都是小男孩,只有陆国慎一个囡,是童子护观音。看见秧宝宝进来,母女俩不由停了一停,相互一笑,再又继续说话。秧宝宝低了头,盛了一碗泡饭,悄悄吃着。闪闪接着说:我倒是想和陆国慎换呢!

我喜欢囡,囡好打扮,梳辫子,穿裙子,插花戴朵;囡有情有义,嘴上不说,却心知肚明。闪闪后两句话说得认真了,秧宝宝也都听懂了,将脸埋在饭碗里,一声不响。吃完饭,进厨房将自己的一只碗洗了,拎了李老师备好的饭盒水瓶。背起书包正要出门,闪闪叫住了她:秧宝宝,下午去医院不去?秧宝宝的心怦怦跳起来,脸涨得通红,低头站了一会儿,小声说:我要上课呢!然后,推门下楼了。

李老师和闪闪都能够理解,一个小孩子,是如何羞于流露感情。因为他们把感情看得非常郑重,甚至是严重的,于是便慌了手脚。可是他们慢慢地会长大,不是吗?自从来到他们家,秧宝宝至少长高半头,人也漂亮了。再过些日月,她将会长成一个妩媚的多情的姑娘。她将从容镇定地面对很多事情,明晰自己的爱和不爱,自然顺畅地表达出来,免受它们的压力。可是现在还不行,她做不到坦然和开朗,许多情形都是混沌一片,半明半暗。她,他们,还在努力啄着包裹他们的壳,啄开壳的脆壁,光明一点一点进来,最终完全照亮他们。虽然没答应跟闪闪去医院,秧宝宝却答应李老师,帮忙发红蛋。她和蒋芽儿两个,一左一右拎着篮襻儿,提了一篮红蛋,一层一层地上楼去,敲开门,每户送进四个红蛋。连三楼苗族人租住的那套单元,她们也敲开了门,头一次见到那个女人。那女人看上去几乎还是个孩子,个头比秧宝宝高不了多少,但肩膀很宽,背上驮一个婴儿,额上已有了细细的皱纹。一双眼睛则格外的大,而且很稚气。她紧张地看着这两个孩子,不晓得为什么敲她的门。当看见篮里的红蛋,表情便松弛下来。大约,这是与她们家乡相似的习俗,使她想起了一些熟悉的情景。她一定让她们进去坐,因为要忙着分发红蛋,她们

233

执意不答应。最后,女人便侧过身子,让背上的婴儿喊她们阿姨。婴儿发出一些奇怪的声音,她们连连答应着告辞了。这一幢楼发过,再到相邻的另一幢教工楼发一圈,篮里的蛋只余下三五个,两人的手已经叫红蛋染红了。

回到家中客堂里,桌上还放有几篮红蛋。李老师正在分派,一篮是给陆国慎单位同事的,一篮是让陆国恬带去给她娘家邻里的,再又半篮是给女婿小季带回家的,余下的一篮则分成几摊,一摊当然是给李老师那位帮忙的老同事,一摊准备着请人捎给周家桥顾老师的老友,还有一摊是蒋芽儿带回家的。李老师的两只手也是红彤彤的,小毛的脸上都染上红了,打着嗝儿,不知吃了多少鸡蛋。这时,陆国恬从医院来了,给大家看一张卡纸。卡纸上,用墨印了个小脚爪,新生儿的小脚爪。五个小脚指头,脚心这里缺进去一块,纹路丝丝可见。李老师留陆国恬吃饭,陆国恬不依,说她娘在家等,拎了红蛋走了。蒋芽儿也拿了红蛋走了。大家又围着脚爪印欣赏一时,才理清桌子吃晚饭。

以后的几天里,就是等待陆国慎带婴儿回家。将她的房间打扫一遍,被褥抱出去,大太阳里,烘烘地晒,再用藤拍拍遍拍透,重新铺上。正巧寒流来了,早晨起来,玻璃窗上全蒙了白霜。出去进来的人,一律哈手跺脚,耳鼻通红。过一会儿,太阳出来了,天晴得碧蓝,一丝风没有,可就是站不住。空气像掺了冰碴,吸一口,凉得胸口痛。李老师说:冷得好!冬至都过了,却冷不下来,冬天不冷,春天就会坐病,天要随季候,现在终于霜冻了,太好了!所以,新生的婴儿,就叫她小好吧!

## 37

天寒了,蒋芽儿邀秧宝宝帮忙,给猫圈盖暖和些。原本,只是在芦席棚底下,木料方子的一头,与篱笆之间,大约一米宽的距离,三面再围一张芦席,比较简陋的一个猫圈。现在,她们又加一面,用两扇旧橱门一拦。顶上,架了两根木条,一头插在方子中间的夹缝里,一头插在篱笆缝里。上面盖一张塑料布,敲几枚钉子固定住。这还不行,上面还须铺些稻草。稻草好办,到种稻人家的场院里,拾一点,抽一点,积少成多,就有了。然后,又找来些旧衣服、碎布,铺在地坪上,蒙半张旧床单,四边用砖压住,就做成一张席梦思。

下一日,气温似乎略微回升一些,也可能只是适应了,不像第一天那么觉着冻。放学之后,先将猫食的事搁一搁,因前一日剩的也差不多够了,她们总是做多。从前一天起,两人都穿上了厚厚的羽绒衫。秧宝宝是一件黄色的,蒋芽儿是蓝红白镶拼的。围巾、手套、帽子,全都上身。因为空气干燥,两人的脸都皱了,嘴唇开裂了。蒋芽儿的耳垂、脸颊还生了冻疮。冻疮是紫红的,搽上黄白的药膏,越发丑了,也越发像某一种动物。就像方才说的,将猫食搁一搁,先去觅稻草。蒋芽儿提议去沈娄,秧宝宝不作声。自从知道公公去世,她再没回过沈娄。蒋芽儿只得随她朝相反的方向走去。

她们从学校后面下了新街,朝里走去,那里的村子叫小桃园。走了不多几步路,就遇一座三间头瓦屋,门前果然有一个稻草垛。两人过去,左右看看没人,就动手扯起来。却听"咣"的一响,锁住的两扇门中间,升出一只鹅颈,对着她们嘎嘎地叫。于是,赶紧撤退,再往前走。过了一爿桥,沿河走到一个溇头,也有一个场院,隔几架豆棚才有一排水泥楼房。场院上也有一些散着的稻草,用戴了手套的手划拉到一起,又是一小把。豆棚上的藤蔓都已枯了,地里亦没有庄稼,裸露出褐色的地皮。溇头的灌木丛都落了叶,光秃着河岸。所以,虽然隔得远,可站在那楼上平台,一搭眼,便一览无余。那楼上人正是她们的同学,野得很,下楼来,轻着手脚逼近她俩,忽地大吼一声:两个宵小,哪里逃!说罢,手中早准备好的烂泥就一团一团扔将过去。两人转身就跑,干净的羽绒衫被砸得泥星点点,却牢牢握住手中的稻草。这样,又聚了几把,合起来有一小捆。摊开来,也有薄薄一层。今天的任务就算完成,两人打了回票。

因为天冷,街上人到底要少一些,不得已出门的人,也是脚步匆匆。太阳只是略斜了一些,气温就又低许多。街沿底下,方才化了不久的薄冰,似又要冻结起来,颜色泛白。虽然天冷,但冷得很爽,不是像江南通常的寒天,气温并不怎么低,可天色阴沉,飘着粉状的小雨,落到地上,似冻非冻,却变成胶状的泥泞。寒气是从四面八方一点一点沁进来,骨头缝里都是。老年人的风湿痛,就是这种气候坐下的。而这场来自西伯利亚的寒流,则是北国风范,响亮。小孩子血脉活,多是不怕冷,你很奇异地发现,这两个额头上还在冒汗。走路,惊吓,干活,叫她们都忘了天冷。走过水泥桥,她们径直去了蒋芽儿家。店门开着,却没有人。蒋老板今天到柯桥进货,蒋芽儿的妈妈在楼上经堂念经,听得见木鱼的"笃笃"声。穿过店堂,走到后院,猫圈里怎么没有猫?这才发现情形不对,这般的静,只有木鱼响。

猫叫人偷走了。人们被蒋芽儿凄厉的哭声惊了过来,穿过店堂,拥进现场。蒋老板回来了,念经的人也下了楼。一些可疑的迹象被回忆起来。这三天里,就在这街尾上,有一个河南磨刀人,来来回回着,有几次在蒋老板的店后面,扒着篱笆往里张望,还问过一个路人:这家的猫卖不卖?路人回答他:是养了放生的,不卖。他便走开了。再有一个人刚巧下了中巴,也走过来探察,忽然一拍腿说:这个河南人上午与他一趟车去的柯桥,手里提一个大麻袋,往地上一放,麻袋便软软肉肉地塌下来,里面一定就是猫!奇怪的是,为什么一点声息都没有,要知道,养熟的猫是认生的,都能把麻袋抓碎。立刻有人解答了这个谜:很简单,吃药,给猫吃安眠药。这下子,真相大白,就有年轻的小伙子,要骑摩托车去追。可是,还有一个问题,河南人要这许多猫做什么?要是广东人还差不多,那边人吃猫肉,叫作"龙虎斗"。答案也来了,有一则小报上说,河南有鼠患,猫都卖高价。听是这么说,蒋芽儿妈妈倒释然了,说反正不是杀了吃,就让它们到河南去吧!可是,小孩子不依呢!蒋老板搓着手看蒋芽儿。

蒋芽儿已经不哭了,她钻到猫圈里坐着,暖和的床铺上还留着猫们的体温。那两个小伙子又要发动摩托车,可是,现在去追又如何追得上?那河南人偷了猫还不加紧赶路,恐怕火车已经到徐州了。这才悻悻地熄了火,叹息一阵,人们渐渐散去。蒋芽儿一直坐在猫圈里,不肯出来。秧宝宝说,你不做作业,明天交什么?蒋芽儿听见这话,动了动,将背在肩上的书包卸下来,垫在腿上做桌子,开始写作业。

从这天起,蒋芽儿除了吃饭,睡觉,上学这三桩事,其余时间都坐在猫圈里。她将那一日觅来的稻草薄薄地铺在塑料布棚的顶上,两扇橱门板分别用铁丝缠上,中间正好有个扣,别上,锁上一把小锁,以防别人拉她出去。她在圈里放了一雪碧瓶的冷开水,坐在里面的时候喝。甚至还把她喜欢的一些小玩意儿拿到这里,布置起来。比如,她爸爸有一次出门乘飞机,飞机上吃饭用的塑料刀叉;她妈妈去杭州灵隐寺烧香,给她买回的一套小竹器家什:一张桌子,四把椅子;再有,暑假在外婆家,表姊妹送给她的花黏纸;包括秧宝宝不久前送她的小肥皂、小牙刷、小瓶沐浴露和洗发香波。她认真地安顿着这个空弃的猫圈,任别人笑也好,说也好。

早上,她照常和秧宝宝一同去上学,放学回来,则一头钻进去,将门扇锁上,再不出来,将秧宝宝留在外面。两个好朋友就一个在圈里,一个在圈外,做功课,说话。蒋芽儿变得寡言了,而且不笑,都是秧宝宝找话给她说。有时候,她也请秧宝宝给她的雪碧瓶里添点水,或者,请秧宝宝向她妈妈要块烘山芋,一掰两半,两人一里一外地吃。好在这些日子渐渐回暖,不那么冻人,否则,这两个可是要受罪了。秧宝宝守着她,一直到天暗下来。这时候的风多少是料峭的,但她们还坚持着,直等到蒋芽儿妈妈来喊吃饭。不得已蒋芽儿开了锁,钻出来,秧宝宝才放心回家。人家说,蒋芽儿出毛病了,猫的灵魂附上身了。猫最性灵,所以最容易附身。你们看,这些人说,这小孩子的脸越发像猫脸了。也有比较科学的说法,就是她妈妈得过癔症,她自然就有癔症的遗传基因。蒋老板这下苦了!持这派观点的人说。秧宝宝心里很着急,她晓得,无论是前种,还是后种的说法,原因其实只有一个,那就是伤心。蒋芽儿太伤心了,她伤心得不知道如何是好了。

李老师家有一本台历,每天都有一则幽默故事。秧宝宝从上面抄录了几则,带到猫圈外边,念给蒋芽儿听。她自己都憋不住笑起来,蒋芽儿却一声不出。秧宝宝怀疑地问:蒋芽儿,你听我说了吗?蒋芽儿幽幽地说:听了。秧宝宝又问:你为什么不笑呢?这么好笑的故事。蒋芽儿叹一口气,停一会儿,说:秧宝宝,只有你看得起我。秧宝宝听了一惊,都说蒋芽儿糊涂了,却何以说出这样明白的话来?可见心里是十分清楚的,真叫人鼻酸。秧宝宝向猫圈的门扇前更挪近了些,说:我们到教堂听唱礼拜去,听讲萧山来了一个牧师。蒋芽儿摇摇头。秧宝宝无奈地坐回去,一时无语。这个星期天,差不多回暖到寒流之前的气温了。天高日朗,晒得人暖烘烘的。篱笆外边,零落几块田地里,早已播下冬麦。平整的地表上,留下整齐的耙梳的齿痕。褐色的土粒子里面,有一点一点白色晶莹的闪动,是前些日的霜冻尚未化尽。这些麦地,就像一方方柔软厚实的栽绒布料,嵌在更大部分废耕的粗疏板结的土地上,就像一件旧衣衫上的新补丁。几棵柏树,东一处,西一处立在田间,流露出孤寂的表情。远近处的厂房,不停息地轰鸣。轰鸣声使得这些景物看上去都在震颤,微微跳动着。蒋芽儿,蒋芽儿,怎么才能让你笑一笑,哪怕只笑一笑呢?

中午,秧宝宝离开蒋芽儿,穿过街面,回李老师家里去。上楼,推门,客堂里电视机开着,正播午间新闻。桌上摆着菜碗,冉冉地冒着热气,人却不知到哪里去了。走到阳台上,听那边有声音,便走过去。穿过外间,走到陆国慎房门口,里面都是人,围着床,一人传一人地看着什么。这时,闪闪回过头来,秧宝宝没躲及,被闪闪看见了。秧宝宝来了,闪闪说。床边围着的人让开一条道,有个人坐在床上,笑盈盈地对着她,陆国慎回来了。闪闪命令道:让秧宝抱小好。于是,正把小好抱在手里的陆国慎,就只得把小好送到秧宝宝跟前。呀!这是个什么样的小好啊,粉粉的,茸茸的,眉眼都嵌在肉里,嘴呢?也是。然而,竟然,很有表情。微微一撮,成圆形,再松开,又回复成一条线,在表示着什么意见。秧宝宝真怕把她抱坏了,可是,又实在想抱她。还好,她那软软的小身子裹在小被窝里,裹成一个很扎实的铅笔头样子。抱在手里,好比抱了一个小被窝卷。可是,秧宝宝还是感触到小被窝里的小人儿。这小人儿有一种轻微的、几乎觉不出的悸动,传达到了秧宝宝的怀抱里。人们看着秧宝宝,忽然静下来,这孩子有什么地方令大人们受了感动。她,那么温柔。

吃过午饭,客人散了,已是下午三点时光。闪闪回到楼下小店,约好有客人来化妆,然后要到小小影楼拍婚纱照。画廊门上早已经贴了告示,说明兼营"新娘化妆",化妆的生意可是要比卖画好得多。亮亮到菜市场买菜,小季带小毛出去兜,李老师看报纸,顾老师画《百子图》。秧宝宝在里外房间转了几圈,趁没人注意,悄悄地趸到陆国慎房门口,朝里张望。陆国慎背靠了床脚头的床挡,坐在被窝里,给小好喂奶。她低着头,太阳光正好照了她的一边脸颊,也在小好的脸上照了一点光。秧宝宝往里探探头,轻轻挪了几步,看得见小好的半边脸了。眼睛依然闭着,脸颊则鼓动着,用力地吸奶。这下,秧宝宝管不住自己的脚了,她一步一步迈了进去,最后抵到了陆国慎的背后。陆国慎哪能听不见,装不知道罢了,怕又把这小姑娘惊跑了。她这么敏感,这么气性大,又这么害羞。陆国慎便一动不动。小好吸一阵奶,吸累了,就停下。歇一歇,再接着吸。有一次,还叹了一口气,好像很无奈的样子。冬天午后的疲弱的淡金色太阳光,在她脸上慢慢爬着。脸上一层细得肉眼几乎看不见的绒毛,在光里面,一会儿立起,一会儿伏倒。这张还显不出轮廓的小脸,显得生动起来。秧宝宝的头渐渐从陆国慎肩膀上伸过去,伸过去,冷不防,陆国慎的脸,狠狠地在她脸上贴了贴。秧宝宝的脸一下子通红了,她不好意思地直起腰,打了陆国慎一记。两人就算和解了。

陆国慎说:把鞋脱了,上来!秧宝宝便脱了鞋,上床,脚伸进陆国慎的被窝。两人脚对脚地坐着,看小好吃奶。看了一会儿,陆国慎抬头问:你给我送头生蛋,为什么不上楼来?秧宝宝说:我没有送过头生蛋。陆国慎说:好,就算你没有送鸡蛋,那装鸡蛋的盒上面的字,是不是你写的?秧宝宝说:我没有写过字!陆国慎就说:你不晓得啊?我在公安学校读过书,专门学过笔迹学。秧宝宝一急,说道:你住在医院里保胎,还有心思去对笔迹,骗人不骗人?这话就有点儿露馅儿,陆国慎一笑,秧宝宝头一低,过去了。停了一会儿,秧宝宝抬起头,横了陆国慎一眼:人家生小孩子容易得很,就你困难,几进几出医院,还要开刀!陆国慎就笑,笑得答不上来话。秧宝宝得意了,又添一句:搞得鸡飞狗跳!好,一对一平,不输不赢。等陆国慎笑停了,两人才开始正式讲话。陆国慎告诉她医院里的见闻,两个妈妈的小孩子换错了,只错了一天,第二天便纠正了,可她俩都哭了,舍不得。一个喜欢她抱的小孩子有一个酒窝儿,另一个喜欢的则是双眼皮,你看麻烦不麻烦?秧宝宝则告诉她学校里的事情,张柔桑如何与一个小四眼狗做了朋友,小四眼狗样样学张柔桑,真正东施效颦!当然,蒋芽儿的事不能不说。这时,她方才想起蒋芽儿。因为她今天是这般快乐,就更觉着蒋芽儿不幸,更加心疼蒋芽儿了。

## 38

临近元旦,准备办喜事的人多了,闪闪便忙起来。闪闪已经停止做风铃、布贴画什么的。壁上原有的画,也已送得差不多了。就在这时,收到了东北寄来的一幅刨屑画。一艘帆船在波涛之上,上空是翻卷的白云,镶在一个桦木的框里。确实非常别致。闪闪将画挂在如今空落落的墙上,端详许久,心里不知在想什么。她称化妆为"画面孔",其中多少含有着自嘲。不过,这并不妨碍她认真负责地对待生意。客人坐到她跟前,她先要仔细打量,看几号粉底配她原本的肤色,再配何种眼影、眼线、腮红、唇红。第二要看脸形,结合了眉形和眼形,哪里需要给些阴影,哪里又需亮些。凡是文过眉或文过眼线的,闪闪一律不接,她对人说:你已经文过了,无须再化妆了。倘若求她给打打粉底,扫些腮红,修修唇形,她就说:那你不就不划算了?一样花钱,只做一半。再要说,那就收一半费用,闪闪则抱歉地笑笑:我只做全套,不做半套。将人家辞出门外。背地里她对自家人,或者要好的同学朋友说:一张脸文过眉,文过眼线,就算是受了伤,坏了,再要挽救,只有去医院。很快,闪闪的"新娘化妆"做出了名气,有一些还没做新娘、喜欢忸怩作态的小姑娘,也来化妆,然后跑到小小影楼拍婚纱照。令人惊异地,华舍人一下子变得舍得花钱了。要说,闪闪的收费不算低,可人们掏得很爽气。也有还价惯了的要还价,可你知道闪闪的脾气,一点不屈就的。还价的人立刻就不好意思了,把话收回去,坐到闪闪跟前。等闪闪要往脸上搽粉底了,生怕方才惹闪闪不高兴,手下做颜色,不由解释几句,说着玩玩的,怎么怎么。闪闪一声不响,只管手下操作,各号的笔,各号的颜色,一点一点描上去。完事后,镜子里一看,自己都不相信自己的眼睛:这人是谁?是天仙吗?

现在,闪闪的艺术画廊热闹起来,连带着,老街口上的小小影楼也热闹了。新娘和假新娘们,在这头化了妆,再跑到老街口上,进影楼拍照。搁旧的婚纱送到柯桥洗衣店里干洗、织补、熨烫,开始启用了。还新进了几套古装戏服,供拍照者挑选。就见那影楼小小的店堂间里,时常壅塞着妆容鲜丽的美女。橱窗里放旧的相片,换了新的。上面的人物多是本镇的明星。也有人流连了,看那相片,互告相中人是谁家的囡,住哪条河沿与巷子,做什么工作,如意郎君又是何人。有一日,秧宝宝与蒋芽儿放了学,从影楼前走过,门口蹿出老板娘妹囡,拉住这两位小姐,手里送上一只荸荠篮,篮里不知盛了什么,沉甸甸的,说道:带给李老师家的囡吃!秧宝宝盯着妹囡看,看得妹囡都有些发毛,然后笑了:闪闪吃?闪闪会吃你的东西,当闪闪什么人!妹囡勉强笑道:我的东西为什么不能吃?又当我什么人?秧宝宝敛起笑容,厉声说:你是秦桧,专门作奸作怪!妹囡气得浑身打战,追了秧宝宝说:你小小的人,说话这么毒,不怕嘴上生疮!秧宝宝拉了蒋芽儿一溜烟儿地跑了。想起妹囡一系列不光彩的行径,心下十分解气。走出一段,才想起身边的蒋芽儿。方才与妹囡对嘴,从头至尾,她不发一言,只是低了头,不禁又愁上心头。秧宝宝搀着她的手,那手一动不动,贴着秧宝宝的手心,有一些依赖,又有一些呆。秧宝宝更紧地握着她的手,两人走过水泥桥,向蒋芽儿家走去。

差不多走到了蒋芽儿家五金店铺门口,又要如通常那样,穿过店堂,来到后院。蒋芽儿钻进猫圈,秧宝宝坐在猫圈外的木料方子上,一里一外地写作业……秧宝宝忽然站住脚,牵住蒋芽儿的手说:我们今天不到猫圈里去!蒋芽儿不说话,只是挣着手。秧宝宝不放开,说:我们去陆国慎那里,抱小好玩!蒋芽儿疑惑地看她一眼,秧宝宝被自己突发的念头激动起来:我们去抱小好,小好很聪明,会打喷嚏,会打哈欠,还会打嗝,走,走啊!蒋芽儿被她拖了两步,又站住,说出一句话:陆国慎不肯的。秧宝宝睁大眼睛,跺了一下脚:你当是谁?是陆国慎呀!说罢,她拖起蒋芽儿,再不让她停下,跑过街面,钻进门洞,登上了二楼,摸出钥匙,开了门。与蒋芽儿两人,穿过客堂间,走过阳台,一头扎进陆国慎房间。陆国慎正给小好喂奶,听了秧宝宝的请求,很慷慨地拔出奶头,掩掩衣服,将铅笔头样的一卷小好送到蒋芽儿怀里。蒋芽儿不由伸出手接住,小好就到了她手里。

因为突然被抽出奶头,不晓得发生了什么事情,似乎是需要了解一下周围的情况,小好转了转脸,掀起一只眼睛的眼皮,看了一下。秧宝宝狂喜地叫道:蒋芽儿,她看你,她看你了!蒋芽儿脸一红,笑了。这是河南人偷走猫之后,蒋芽儿头一回笑,秧宝宝欢喜得几乎落泪。抱了一会儿小好,还给陆国慎,秧宝宝建议到客堂去做功课,蒋芽儿也没反对。秧宝宝不放心地搋着她的手,生怕她突然一起念,又回到猫圈去。牵着蒋芽儿走过阳台,回到客堂间,竟然看见妹囡坐在沙发上,茶几上端端正正放着那只被秧宝宝拒绝了的荸荠篮,正与李老师说话。看见秧宝宝进来,笑着说:哟,岳飞来了!因当了李老师,不敢胡乱放肆,秧宝宝装听不见,拉了蒋芽儿到吃饭桌上,摊开本子写作业。李老师不晓得其中的典故,自然听不懂,没法搭腔,接着与妹囡应酬。

妹囡说,自己家磨了些糯米,蒸了各色年糕,让李老师和闪闪尝味道,要是喜欢,家里还有好多。李老师说:这也太过客气了,怎么好意思吃你的年糕,还是留给你家自己的老小吃吧!妹囡很诚恳地说:我是诚心诚意送给你们吃的,要不是闪闪化妆化得好,哪会有人来小小影楼拍婚纱照?婚纱都要叫老鼠拖去娶亲用了。秧宝宝这边听了,不由与蒋芽儿相对看一眼,一笑。蒋芽儿这是第二次笑了。李老师说:妹囡你也忒抬举她了,一句话要两头说,倘若不是有小小影楼,也不会有这样多人要化妆,化了妆给谁看去?所以是互惠互利,你要是给她送年糕,她就当与你送汤团。妹囡皮厚地说:闪闪给我送汤团,我就吃!话锋一转:所以你也要收我的年糕。李老师只得笑。妹囡以为李老师这就算收下了,更是话里调蜜:李老师你福气好的唻,又抱孙,又抱孙囡,人丁这么旺,还都是人里的尖子,闪闪现在做出名了,四乡八里都晓得此地的新娘化妆!李老师则紧着摆手:哪里有如此好的光景,全靠大家帮衬,店面是对面蒋老板,半送半租,赁得来的,又有你家小小影楼招揽的生意,沾光而已。妹囡向沙发边上坐了坐,与李老师离得近一些,说:其实,我说,这个店面退给蒋老板算了,不需要,闪闪到我那里去,辟一间房给她,专做化妆间,一分租金不要,也省得这些小姑娘化了妆,端着张脸从镇梢上走到镇当中,李老师你说是不是?妹囡说到此时,才说到正题上。李老师说:小孩子的事情我从来不过问,你自己与她去谈吧!妹囡本是想绕过闪闪,因晓得闪闪是个厉害人,不好说话,才迂回地找李老师。不想李教师还是要她与闪闪自己说,不由神色有些畏缩。李老师手已提着了篮襻儿,要递回给妹囡,现看她这样的心灰,便有些不忍,改了话头说:年糕我收下了,家中这些老小都是馋嘴猫,谢谢你,妹囡!妹囡脸上这才略有些喜色,又说了些好话,退出门,下楼找闪闪说话去了。

李老师打开荸荠篮盖,果然是各色年糕,便招两个孩子过来看。有一种绿色的糕,拿到鼻前嗅嗅,有一股荠菜的清香。李老师说,这其实是艾果糕,原先是在清明时分,用艾和米粉做成,现在季节不对,采不到艾,就换成荠菜干。篮中又有一种褐色糕,则是用干菜做成,也是艾果糕一类的。再有,雪白的糕中掺有松仁,李老师告诉说,这种糕是叫作樊江松子糕。因为在绍兴东边,皋埠镇边上一个极小的镇子——樊江——最盛产。在此基础上,妹囡又发展了嵌瓜子、嵌葡萄干,各种形状点缀其中,花色各异,香味也各异。又有一种松花色的团子,本名为"松花馍粢",里面有馅儿,一是芝麻白糖,一是细豆沙。这些都是讲得上名堂的,另外,还有没名目的:赤豆色的,苔条色的,枣色的,菊花色的;长的,方的,扁的,团的。李老师不由说:妹囡何苦开影楼呢?不如开糕团店了!这其中的好多色,早已经失传,她居然还会蒸。李老师各色挑一块,用张干净报纸包了,让蒋芽儿带回去。又挑了少许几样,拿进厨房上笼蒸起。这边两个,收拾好书包,一个拿好年糕,一个送着,下楼去。出门洞,见妹囡正从画廊里走出,双方都装作看不见,交臂而过。

过了街面,走至蒋芽儿家店门口,秧宝宝拉住蒋芽儿,请求道:蒋芽儿,你今天已经笑过两次,一定要再笑一次,凑足三笑。蒋芽儿很为难地低下头。她不笑,秧宝宝就不松手,不让她回家。冬日天短,此时天色已有些暗了,两人还僵持着,局面有些尴尬。一个高女人从跟前走过,穿大红滑雪衫,瘦腿牛仔裤像两根笔杆筒,头发在脑后束一把,不小心踩了菜皮,滑了一跤,一边骂一边爬起来。方才认出,不是女人,是男人。不是别人,而是抄书郎。两人一起笑了。秧宝宝凑到蒋芽儿脸面前,惊喜道:三笑,三笑! 蒋芽儿害羞地勾住秧宝宝的颈脖,两人拥抱着,感到心心相印。各自在心中发誓:永远,永远要好,永不分离。

等秧宝宝回来,晚饭已经摆出来了。吃到一半时,闪闪才上楼来,问小毛在幼儿园乖不乖,一边洗手拿碗盛饭。待她坐定,李教师就问她有没有应妹囡的话。闪闪说:这如何能应? 要应下来,我不就变成给她妹囡打工了? 李老师又问她是如何说的,要知道,一样话有几样说,可把人说得笑起来,也可把人说得跳起来。闪闪告诉道:我就说,我到别人家地方不自在,想那妹囡也是听得懂的。李老师觉着话虽然露骨了些,却可断了妹囡的念,也好,便不再问了。一家人吃了饭,又吃了糕,各回各的房间。隔了一天,李老师让秧宝宝上学去时,顺便把妹囡的荸荠篮还了。篮里的糕换了两斤莲心,两斤桂圆。秧宝宝拎到影楼,往店堂中间地上一放,不看妹囡一眼,转身跑了。

可是,千万不要以为这就算完了。还没完呢! 妹囡是把这当开端的。自此,她几乎隔日就要过来送一样东西。而且,非常坦然地敲开门,径直走入。是吃的,直接送进灶间;是用的,就穿过阳台,放在李老师房间的书桌上。你要与她推让争执,她就说:你当是谁? 当是外人呀! 非常熟稔的口气。送的东西里有自家腌制酿作的苋菜秆、鲜米酒;有乡下塘里捞捕的野鳖;有玉石厂里,出厂价买来的一盒玉石小壶,手指甲大小,一共二十四

247

个,嵌在红丝绒上。元旦前一日,又送来一只半大的鹅娘。这只鹅娘被送入阳台的一角。顺手用砖头垒了一个窝,说养到旧历年,正好杀了祭祖。要阻挡妹囡是很难做到的,她行动坚决,说一不二,而且理由这样充足。要不收,完全是你的不对,你的无礼,是你做下的冤情。弄得李老师万般为难。李老师一家并不知道,镇上纷纷扬扬有一种传说,说"闪亮艺术画廊"要改成"闪亮影楼",已经到绍兴请了摄影师。这摄影师不是别人,正是李老师家的一名侄子。你说妹囡能坐得住?

## 39

元旦,秧宝宝的爸爸妈妈没有来,但因为她做成功一件事,所以补偿了她的心情。这件事情是,她终于,最后彻底地拆除了蒋芽儿的猫圈。开始,她是哄着蒋芽儿,将猫圈里的摆设取出来,借给她。比如那套小竹器桌椅,秧宝宝她很想在床跟前摆几天。塑料刀叉呢,借给小毛用一天,第二天再还。这些东西,从猫圈里取出来,还回去时,就还到了楼上,蒋芽儿的房间里。花黏纸呢,都被秧宝宝讨出来,贴在书包上,课本的封面,还有橱柜、冰箱、热水瓶上。然后,猫圈的门又被秧宝宝讨了半扇去,做鹅娘的小砖房的门。至此,那猫圈已经七零八落,土崩瓦解。到了元旦这一天,秧宝宝向顾老师讨来一棵只开花不挂果的石榴树,要栽到猫圈的地方。看蒋芽儿并没有反对,秧宝宝便立即动手,三下五除二,揭了塑料顶,扫清地上的铺垫,另半扇门拆下来扔一边,在地上刨一个坑。蒋芽儿甚至还提来半桶水,浇在坑里。然后,将石榴树连盆端进去,培上土,一棵树就站在了猫圈的旧址上。在这寒风料峭的冬季,完全不适合栽花种树,可只要能治好蒋芽儿的猫圈病,管它是死是活。

栽好树,秧宝宝拉着蒋芽儿从院子走出,走到后边的田间。草木枯了,视力可一直抵到河岸。河岸的线条也变得简洁,几乎是一条平行的直线。边上有一些落叶的灌木,枝丫错乱着,繁复了一些,但因为边缘干净细致,又加上天然的有秩序,看上去相当均衡,还是简洁。对岸的鸭棚,渐渐提升在视野里,陡直,更显得面积阔大的芦草棚顶,就像是用齿耙梳理过似的,细致整齐极了,有一股宋风。它充实了冬天里多少有些虚空的画面。在一大片淡青色的背景上,填进一块均匀的深灰,突出了水墨的效果。走近去,鸭棚里便发出骚动的声音,不是鸭鸣,而是一种低沉,密集,由几百,几千,甚至上万具活生生的身体,挤压,摩擦而发出的细碎声响。有些像五月静夜里,麦子拔节的"唰唰"声。不是浊音,是清音,不振动声带。单个的,几乎听不见,集起来,就形成轰响。这轰响与这里那里的工厂车间的机器轰鸣不同,那种轰鸣是持续在一条线上,而这种,则是含有着颤动,只是因为频率整齐才不觉着。那种轰鸣还是坚硬的,金属的碰撞咬合,这一种,却是肉感的,有着缠绵黏连之音。

她俩走到河边,想起上回与鸭棚女人吵架的一幕,已经很久远似的。所经历的事故会将时间放大。她们沿了河岸,朝了老街的方向走。前边有临水的豪宅,四层高,顶上覆着琉璃瓦,面上贴马赛克。后门开着,有女人在埠头上洗涮。门里有鱼肉香味,一直飘到河面上,与河水的腥气搅在一起。她们上了一面坡地,绕到楼房的正面,离开了河岸。走过这幢华丽宫殿,有一块豇豆地,棚上的藤蔓早已枯了,发出铁锈的黄褐色,质地也有些像铁丝,很有韧劲的样子。豇豆棚过去,有一片人家,平房顶挤簇着,墙与墙之间有垃圾堆、粪坑,还有几株草木。鱼肉的香味更浓郁了,垃圾和粪便的气味也更重。从平房里穿过去,就已到了老街。老街的上空,飘浮着节日里烹鱼煮肉的荤腥气,与底下的水腥合在一处,倘没有煤烟与草木灰的本土气味,就要变得肥腻,令人作呕。现在还好,只是显得丰腴。从中走过,头发丝和衣服缝里,都要染上油烟气了。天是前面说过的,江南最常有的潮冷的天气,空气中含着水分,看上去什么都是湿漉漉的。气味就变得很重,黏得到处都是。卖菜的乡下人,都打回票了,湿笋筐底粘着菜叶,两个对摞起来,豆腐格子也对摞起来,放在船头,船从桥下钻了过去。菜叶的腐味,豆腐的酸味,还有种种霉腐品的霉臭味,也都加入进来。气味真是复杂极了。老远的,就嗅得见,就晓得,华舍到了。

她们先是在一户人家的木廊底下,看盆里的一条怪鱼。鱼身窄长,像带鱼;头却像花鲢,大,圆,扁;鱼鳞黑色,比较细小。人们说是养鱼塘里漏跑出来串了种的杂种鱼。隔壁一家杀鸡,鸡肚里破出一串鸡蛋黄,有一个都带了壳,杀鸡人连连喊"造孽"。再过去一家在轧螺蛳,"咔哒"一声,剪好一只,"的"一声落在盆里。还有,在拔猪脚上的毛,煮开锅了,连沫带汤倒掉,用一把镊子,细细地一拔,一拔。一家一家挨过去看了,就到了街口,走过去,拐角上,是剃头店。今天放假,生意就好,条凳上坐了两个人在等。座上的人披了张黑乎乎的白布单,被剃头师傅强按住头,下巴颏抵在胸前。一看,是班上的男同学,眼里的余光也瞥见了她们,很没面子地一声不响。过去两家,一扇门里,一个老公公,拖了长须,老花镜掉在鼻尖上,对着一张小照画炭笔肖像。先在纸上打格子,然后,拿一支笔,对了鼻尖看一看,落笔了。从左上角第一个格子里开始,横倒了笔轻轻蹭着。旁边站两个女人,说画出来的比照相好,照相板,画出来的活,等等。从直巷子里穿过去,到了老街的外沿。一家百货小店,柜台上围了民工,看店堂里的电视,昨晚上的元旦晚会,地方台重播。走这一圈下来,饭香也起来了,合着饭钵头上蒸的鲞鱼干、霉干菜、咸肉片的气味一道,潮起潮涌。

各自回到家中,都在摆桌子端饭菜。抓紧吃中饭的一刻空闲,妹囡又来了。这一回,她男人,小小影楼的老板钱小小,也一同来了。妹囡在前面走,钱小小跟在后头,怀里抱一个大纸盒,进门往地上一放,二话不说就拆包。原来是一架影碟机。李老师自忖应付不来这局面,让秧宝宝将闪闪叫上来。闪闪一身香粉地进来,一看,晓得事情是挨不过去了,干脆把话通通倒出来。她说:你们放宽心,我决计不会到小小影楼坐堂的,即使是在这里,我也不打算长做,只不过临时性,挣点钱,把开始投资的这个坑填平,再挣点,有个一年两年的花销,我是要去杭州读书,再寻找别的机会发展,我哥哥已经帮我在杭州师范找好助考班了。闪闪这一番话,不仅妹囡夫妻听了意外,李老师顾老师也是第一次听说。大家这才晓得闪闪的计划。妹囡有些惭愧地说道:到底是李老师家的囡,志向大,想想也是的,华舍这个地方,眼看是要报废了,有出息的,哪个肯在这里谋生计?李老师就说:话要两头讲,有出息的在哪里都有出息。然后一定要钱小小将影碟机怎么拆,就怎么装,原样带回去。妹囡夫妻哪里肯,推让几个来回,简直就像要打起来一样。最后,李教师板脸了,说:倘若不肯带回去,那么,从年糕算起,一样一样都计价,一并还上。又转身喊一声:秧宝,把鹅娘抱进来。秧宝宝立即去阳台上,将正晒太阳的鹅娘抱起。来的时候是只半大的小鹅,如今已是满满一抱,抱都抱不动了。这样,妹囡才不得不将影碟机装箱,两人又一前一后出了门去。虽然讨到了定心丸,可心情却有些惘然。闪闪不与他们竞争,多少像是看不起他们,抛弃他们。

客人走后,李老师对闪闪说:那样大的事情,如何不听你说起?闪闪辩道:与哥哥商量过的。李老师说:那也是亮亮的不好,大概是怕我拦你了。闪闪自知有错,弱下声腔:早晓得你会不开心。李老师说:我倒不是不开心,只不过是忧虑,人人都往外面跑,这镇子怎么办?闪闪说:关门打烊。李老师骂一声:说死话!不再理论,接着摆菜端汤,吃饭。李老师顾老师毕竟是开明的人,其实是不会妨碍子女的追求。不过,人到底上了岁数,喜欢看到一家人大大小小,吵吵闹闹地围在身边。但事实摆在眼前,亮亮在杭州读研究生,有一天总要把陆国慎母女接去。闪闪这又要从头来过,保不住有一天,小季和小毛也跟出去。到那时,只剩两个孤老,不免是会有些暗淡的。调过头,再看眼前呢?满眼里都是人,心里就又踏实下来。将来的事将来说,一天一天有得过了。所以午饭的气氛并没受影响,那个话题也不再提起。

饭后,两点钟,闪闪的店里就没有断人。多是新娘,化了妆,再去拍婚纱照,然后直接往柯桥某个酒店喜宴上去了。也有自备摄像机,等在汽车上,候在门口。汽车上都结了彩带,车头上立一对西洋娃娃,一男一女,洋装礼服。车里面,最好的一部竟是奥迪,其余的也是帕萨特、桑塔纳2000型。闪闪的店门前,真是称得上车水马龙,非往昔可比。可谁能想到,这样热腾腾的生意,随时都会停掉,女老板干别的去了?这就是闪闪与一般人不同的地方,她服现实,又不服现实。

一下午,秧宝宝和蒋芽儿都是在这些香粉胭脂堆里钻着,看一张张脸,在闪闪手下变色变调。原本各不相同的脸,在红粉绿脂的堆砌之下,渐渐变得彼此相像,几乎分辨不出你我他。都是一色的美人,忽闪着蒲扇样长睫毛,有曲线的红嘴唇,面如桃花。一旦变了美人,走路行动就都有些飘逸,袅袅婷婷,扶摇而去。小店有一面墙,空出来了,镶了一面大镜子,几乎满墙满壁,将美人们映出双份。镜中人有着一种流光溢彩,天人一般。两个小孩子混在其间,看着看着就动起手来。先是秧宝宝给蒋芽儿画脸,再是蒋芽儿给秧宝宝画。因是生手,所以各项都很夸张,粉底搽得雪白,眉描得极黑,睫毛液滴得下水来,唇膏用的是一号,艳红。腮红拍了两大片,看上去怪极。闪闪不由停下手,惊异地看着她俩,然后说:可演《情探》中的小鬼。两人就带了这样的妆,走出门去,也不管人家怕不怕。果然有许多人回头看,看一眼,她们就给个白眼:怕你!这一天,恰巧两人都穿了立领对襟排纽的中国式绸棉袄。一个是红底子上用花布剪了团花贴上;另一个是绿底上织进去隐福字,更像戏装。蒋芽儿又回来些活泼劲,却有些害羞,和她以前不太像。她很依恋地拉着秧宝宝的手,一刻不舍得松开。

就这样,她们又来到老街。老街这时候让太阳晒暖了,也干燥了一些。气味略散了,有一点热烘的太阳气透出来。淡薄的水面上,映出她们立在桥上的影子。看不真,花团锦簇的两片。几乎每个河埠头上都有人洗刷东西。河边廊下也站了人,抱着小孩。都看这两个孩子,以为是唱观音戏的小童子。引来这许多目光,她们并不难堪,存心似的,秧宝宝说:我们叫!叫什么呢？蒋芽儿胆怯地问。自从得过猫圈病以后,蒋芽儿变得胆小了,总是低着头。秧宝宝鼓励道:我先叫,你跟我。于是,她深深地吸一口气,喊道:呵啰啰啰……这是赶鸭人的叫法。蒋芽儿小声跟上来:呵啰啰啰……叫声从水面上弹跳着过去,虽不很响,可传得很远。桥洞里藏着的两只鸭子竟被唤出来,伸头探脑地望着。然后,秧宝宝换了一种叫法——"宝玉哭林"的叫法:林妹妹,我来迟了,我来迟了!这一声喊,一点不悲,而是慷慨激昂。哭过林妹妹,秧宝宝忽转了调门,逼尖嗓子叫道:咦哎——这一声,叫得人要捂耳朵,锐利异常。蒋芽儿也同样来一声,气要弱一些,就像秧宝宝的回声似的。无来由地瞎叫一阵,秧宝宝唱起了公公的歌来:状元奈有个曹阿狗,田种九亩九分九厘九毫九丝九……蒋芽儿这就跟不上来了,眼馋地看着秧宝宝嘴动。秧宝宝的节奏自是要比公公快得多,嗑瓜子吐皮似的吐出字来:买得个溇,上种红菱下种藕,田塍沿里下毛豆,河磡边里种杨柳。杨柳高头延扁豆,杨柳底下排葱韭……河岸边的人都静了声,听这又高又尖的声音数落着,某人某年里勤劳的生计,一寸一寸地种着食粮瓜菜。一首歌谣唱完,秧宝宝哈哈哈地笑几声,拉着蒋芽儿跑下石桥,跑进巷子,不见了。

晚上,都聚在客堂里看电视,忽然有小小的声音在阳台下叫:夏静颖!别人听不见,只有秧宝宝听得见。她立起身跑出去,从阳台边上往下看。月光下站着蒋芽儿,仰着头叫她。秧宝宝问:什么事,蒋芽儿?蒋芽儿说:你在做什么?秧宝宝说:看电视,你在做什么?我也在看电视,蒋芽儿说。两人一上一下地说了这些话,然后,蒋芽儿回转身跑回街对面自己家,秧宝宝也转身回了房间。

# 第 七 章

## 40

　　元旦一过,时间变得急骤起来。备考,考试,发放成绩单,放寒假,直逼着春节过来。都在备年货了。路上常可见人,手里捉着白鹅的一对翅膀,快步走着。桥下船板上,也是用草绳缚了白鹅的脚,伏着。一年中,最隆重的祭祖日子将要到了,白鹅是最珍贵的祭品。人们不叫鹅,而是叫白狗。听说过没有,此地一句俗谚:家有万贯,不用白狗下饭。就是这个意思,白狗的尊贵性。然后,黄酒甏,乘在船上,走在路上,过来过去,酒香扑鼻。菜场里,花鲢最走俏,因为要做鱼圆。一做一脸盆,养在清水里,年里边好烧砂锅。蒸糕,腌肉,醉蟹,冻豆腐,盐煮笋,敲板栗,卤鸭,冻大肠,霉菜头,晒干菜,烤虾干,腊猪头,酱黄瓜,糟鸡,包蛋饺。新街老街的店铺里,一齐摆出了炮仗摊:大响,小响,连响,一响,二响,千响,万响,堆起了。红彤彤的大本小本日历,也堆起了。红蜡烛,一对一对装。线香,一把一把封。再往前过去,工厂陆续停工,外乡人开始回乡过年。中巴来来往往。满的去,空的回。机器声不知不觉中全停息下来,但是呢,讨债的开始来了。到东家厂讨烧煤钱,到西家厂讨丙纶丝钱,到北家厂讨酒水钱,再到南家厂讨打麻将的赌债钱。前庄后庄,大庙小庙,都在扫尘清烛油,打扮菩萨,准备正月初一迎高香。沈溇的古戏台张灯结彩,新戏台也扎起几座,多是些养殖大户请了班子来唱绍兴戏。总之,一片过年的喜气。年关一天一天临到眼前了。

小年夜这一天,秧宝宝的妈妈来了,要接秧宝宝到绍兴的娘娘家去过年。并且,这一去,不再来了,因为已经替秧宝宝报进了绍兴市区户口,报名进了一所住宿小学。这所小学是一个海外老板投资,三年级就开英语课。秧宝宝已经脱掉了一年半,所以要赶紧插进去,跟上。这所小学还开电脑班、奥林匹克数学班、电子琴班,等等,爸爸都安排好了。平时,秧宝宝住校,礼拜,就到娘娘家过。娘娘家开一爿理发店,刚买起新房子,四房两厅。妈妈先带秧宝宝到沈溇去,看看老屋,这一次去了,不知什么时候再来了。路上,妈妈问秧宝宝,去绍兴读书高兴不高兴?秧宝宝答不出,就说:还好。去绍兴,她不能说不高兴,如今,人人都在往外走,她也是喜欢去新地方的。但是,因为有了从沈溇住到华舍的经验,她对去一个新地方又有几分生怯。她比去年长了一岁,不像那时候天真简单,她预先地已经对新生活有了茫然的心情。她坐在妈妈的自行车后架上,穿过老街口,上了新街。远远看见自己的学校,降了旗,一根旗杆孤零零地矗着。外乡人一走,这镇子一下子清静下来,再是冬天,更是人少了。太阳很好,暖冬的日头,有些光晕,是空气中的肉眼看不见的尘粒子。所以,投下的影,边缘亦有些毛,洇开了一些。车下了新街,骑过土路,一片粪坑,在近午的太阳下,有些化开,散出发酵的酸臭。路边的小片麦地,修整得马虎,稻茬也没犁干净的样子。地边上扔了一只化肥袋。腌腊醉卤的香味也笼罩了这个小村子,淘头的水洗荤腥洗得都发腻了。堆积的泡沫塑料块,都变成黑灰色的一堆油。自行车骑过石桥,直向老屋骑去。

水杉虽不落叶,可毕竟凋零了些,疏落地掩映着老屋的院墙。老屋的院墙似乎矮了一截,墙基的一周花岗岩往地里埋了埋。院前的空地上,东一堆稻草,西一堆稻草,草丛里出没着几只腌臜的草鸡。妈妈掏出钥匙开了院门的锁,推开来。出乎意料地,院子显得大了一些,是因为空。墙角的鸡窝空着,石凳上没东西,一根晾衣服的绳是空荡荡的,檐下的鸽笼也空着。石板地白森森的,落了几片水杉的叶。秧宝宝随妈妈走进穿廊,走过灶间。灶间也是意外的干净,柴草扫净了,灶空着,碗盘都归进菜橱里,不知从何方向进来一束阳光,落在灶台上,有些像下午三四点钟的光景。妈妈推开通后园的门板,几乎就在推开的这一秒钟里面,后园里,黄灿灿的萋草"唰"地抬起头,又"唰"地伏下来。真是荒得惊心!所有的藤蔓叶秆,全收成筋和丝,变成一种白不呲咧的颜色,又让阳光照黄了。草将亲人们的坟丘,井沿,水池子,都掩埋了,顶上又落了一层香椿树叶。

妈妈喃喃地说了一句什么,又将门掩上,回到穿廊前头,摸钥匙开了东西厢房。上回撩起的帐子,如今依然撩在帐顶上,露出床后的橱柜、箱笼。妈妈开箱翻出几条棉絮毛毯,打成一个包,准备带去绍兴,给秧宝宝做铺盖。又拣出一堆鞋,全受潮生霉,又干瘪走形,没一双秧宝宝能再穿上的。妈妈骂了秧宝宝一声:吃人的脚!将鞋归进一个纸板箱。秧宝宝爬上床,又去检索橱上的抽屉。可拉开抽屉,看见那些成年累月的灰暗杂物,兴致一下子没了。推上抽屉,又下了床。百无聊赖地站一会儿,就走到了西厢房里。米缸、面缸、旧自行车、破纺车,和一些犁耙农具,依然放在原处,占了半间屋。那套沙发木坯孤零零地垒着,其中一只单人的,卸下来安在屋角,旁边是公公的床。公公的铺盖席枕全收走了,只剩一张光板。秧宝宝忽有些害怕,她好像看见公公坐在床上唱歌的样子。坚持一会儿,还是掉头出来,站在院子里,微微打着战。院子的地上全是阳光,可她还是害怕,老是有公公的身影,走来走去。忽然,背后传来"砰"的一声响,她几乎尖叫出声。掉过身去,原来妈妈找了块木板,在钉穿廊底上通后园的木门。秧宝宝赶紧过去,帮妈妈扶了木板,让妈妈腾出手,拿钉子,敲榔头。钉上门,再钉窗,最后,将穿廊这头的门也钉上了。这一下,老屋便被封住了。

这天的中午饭,是在沈溇妈妈要好的小姊妹家吃的。蒸了霉干菜肉,又切了咸鸭,五香茶叶蛋,清蒸鲫花鱼,烫黄酒。小姊妹问妈妈老屋如何处置,妈妈说也想不出来。卖是卖不出手的,住又不可能,暂且这么封着,不管怎么说,后园里还有几个阴人呢!小姊妹说:难免就要荒了。妈妈道:已经荒得吓人了。大人们说话喝酒,秧宝宝只是扒饭,不一会儿就吃好了,离了桌子,在门口站着。小姊妹家的房子是三兄弟合造的,连成一排,有点像秧宝宝她们的教室楼。三层,门前一条长廊,可彼此走通。水泥方柱撑顶,楼顶是平台,可晒稻谷、麦种、菜籽。底层长廊前,水泥铺了地坪,三家合打一眼机井。此时,其中一位妯娌正在井边地上斩羊排,地上一片血糊,边上立了几个小孩看。这一家是做羊肉买卖的,收购了羊,宰了,分部位斩开。烹的烹,煮的煮,送去近处几个镇上卖。这时,从前边一排楼转出一个人,穿一件橘色的羽绒衣,袖口、底边、帽圈、领口,镶鼠灰色人造毛,头发编成两股辫子,辫梢上系着彩色丝带,脚上穿一双半高的蓝色小靴子,靴口也镶着皮毛,不过是白色的。这个绚丽的小人儿,低着头,慢慢地走过来。走到这一排楼房跟前,走进与秧宝宝隔一扇门的门里。这个人是张柔桑。

秧宝宝听见那边屋里传出热情的招呼声,过一会儿,主人搬了几张竹椅出来,放在廊下,阳光正好照在那里,照在张柔桑身上。张柔桑低着头,在一堆毛线织物上挑着针脚,手飞舞着,令人眼花缭乱。女主人在一边看,仆从似的替她放着线,嘴里啧啧地夸奖,赞叹。看斩羊的小孩儿,现在又围拢到张柔桑跟前,秧宝宝只能从人缝里看见张柔桑。她觉着张柔桑也看见了自己,因为她始终低着头,不往这边看一眼,秧宝宝便也不往她那里看了,转过头,看溇底。石板桥上,立了一个男人,背了半爿猪,回答着人们的招呼。过了一会儿,妈妈就叫她走了。

回李老师那里,是小姊妹送她们母女的。用自行车驮着她们带走的东西,还有她送妈妈的东西,一条腌肉,一大包霉干菜。秧宝宝依然坐在妈妈的书包架上,两辆自行车一并往镇上去。飞快驶过老街口上,驶过水泥桥,停在了教工楼底下。上楼推门,见客堂桌上放一个大包,是李老师送秧宝宝的东西,有新书包、笔记本、铅笔盒、一件毛线衣、一双旅游鞋,还有些吃的:蜜饯、米花糖、自家炸的五角星泡芙。妈妈喘息未定,便到李老师房里收拾秧宝宝的东西。秧宝宝也跟了去,留下小姊妹自己同李老师应酬。妈妈将秧宝宝的衣服从柜子里拖出,一件件理好,见其中有一顶粉红色开司米小帽,问是谁的。秧宝宝一把抢过,跑到陆国慎房间,陆国慎正伏在睡熟的小好身边,用一把小剪刀剪她小手的指甲。秧宝宝将帽子往小好枕边一放,不看陆国慎一眼,跑了出来。

秧宝宝的东西很快收拾停当,来的时候不多,以后却陆续往这里拖一点儿,拖一点儿,不知不觉,此时已经是两大旅行包。加上方才从老屋带来的、李老师送的,满一地的行李了。李老师家的人都从各房间里聚来,人多,东西多,又要说上路的话,又要说道别的话,要互作介绍,要互表谢意,再要争着拿东西,喧喧嚷嚷着出了门,下了楼,过到路对面,到镇碑处去候中巴,前前后后走了一片人。走过蒋芽儿门前,陆国慎说:秧宝,不去和蒋芽儿讲一声?今后不知什么时候见面呢!其实蒋老板已经往楼上喊了两声,蒋芽儿就是不出来。忽然间,闪闪又站住了,说忘了一件东西,让秧宝宝跟她回小店去。秧宝宝跟了她穿过街面,进了小店。闪闪从墙上取下那幅蟋蟀画,周家桥老友画给她的,当时,闪闪说好,借它挂一挂,走时让她带走。闪闪把画塞给秧宝宝,说:原以为我先走,结果却是你先走了。墙上又少了一幅画,更加空阔。这个热火火的小店,终显出一些败落气。秧宝宝将画抱在怀里,转身走出小店。

停了一会儿,大家话都说得差不多时,去往绍兴的中巴开到了。拉开车门,让秧宝宝先上去,再一件件东西递上去,妈妈最后一个上来。秧宝宝一直埋着头,下巴颏抵在怀里的画框上,无论车下人怎么喊:秧宝,再见!秧宝,下一年再来!她就是不探头。她还听见妈妈骂她没良心,代她向李老师道歉。然后,在一片热烈的道别声中,车开了。车摇摇晃晃地开走了,沿着柯华公路,向东开去。这镇子渐渐地抛在了身后,它的腥臭的气味渐渐地抛在了身后,它那始终蒙了一层雾、模糊着视线的空气,抛在了身后。它这黏稠粘手的、不断渗出浓郁体液的小镇子的院墙,房屋的山墙,青砖地,青石板桥,瓦呀,砖的,一并抛在了身后。

它是那么弯弯绕,一曲一折,一进一出,这儿一堆,那儿一簇。看起来毫无来由,其实是依着生活的需要,一点一点增减,改建,加固。如同所有的水乡小镇,因为有着太多微妙的弯度和犄角,很不好处理。但是,它忠诚而务实地循着劳动、生计的原则,利用着每一点先天的地理资源。比如,临水的房屋,少占地,水上又有风,多用青砖铺地,青砖透风透气,不回潮;杉木的板壁最经得起风吹水噬;瓦呢,冬暖夏凉;那沿水而设的街市,与河道互相依偎,便于起居和出行;河道窄处设一领桥,好过河,宽处,建鸭棚,好放鸭;无数个断头河,也就是溇,那就"上种红菱下种藕";高处防潮,簇拥着多一些的院落,凹处地肥,栽树,或者瓜棚豆架。你要是走出来,离远了看,便会发现惊人的合理,就是由这合理,达到了谐和平衡的美。也是由这合理,体现了对生活和人深刻的了解。这小镇子真的很了不得,它与居住其中的人,彼此相知,痛痒关乎。

可它真是小啊,小得经不起世事变迁。如今,单是垃圾就可埋了它,莫说是泥石流般的水泥了。眼看着它被挤歪了形状,半埋半露。它小得叫人心疼。现在,它已经在秧宝宝的背后,越来越远。它的腥臭烘热的气息,逐渐淡薄,稀疏,以至消失。天高云淡。

2001年6月20日 一稿<br>2001年9月3日 二稿